星星之眼

楚飞 ⊙ 著

湖南文艺出版社
HUNAN LITERATURE AND ART PUBLISHING HOUSE

博集天卷
CS-BOOKY

图书在版编目（CIP）数据

星星之眼 / 楚飞著 . -- 长沙：湖南文艺出版社，
2021.1
ISBN 978-7-5404-9853-5

Ⅰ . ①星… Ⅱ . ①楚… Ⅲ . ①长篇小说－中国－当代
Ⅳ . ① I247.5

中国版本图书馆 CIP 数据核字（2020）第 211030 号

上架建议：畅销·小说

XINGXING ZHI YAN
星星之眼

作　　者：楚　飞
出 版 人：曾赛丰
责任编辑：丁丽丹
监　　制：邢越超
策划编辑：刘　筝
特约编辑：王　屿
营销支持：周　茜　文刀刀
版式设计：梁秋晨
封面设计：资　源
封面插图：大　丁
内文排版：百朗文化
出　　版：湖南文艺出版社
　　　　　（长沙市雨花区东二环一段 508 号　邮编：410014）
网　　址：www.hnwy.net
印　　刷：三河市鑫金马印装有限公司
经　　销：新华书店
开　　本：880mm×1270mm　1/32
字　　数：229 千字
印　　张：8
版　　次：2021 年 1 月第 1 版
印　　次：2021 年 1 月第 1 次印刷
书　　号：ISBN 978-7-5404-9853-5
定　　价：49.80 元

若有质量问题，请致电质量监督电话：010-59096394
团购电话：010-59320018

自序

在北京工作近四年，算是二次背井离乡。

梁振华老师的朋友圈有一句话，很打动我："所有写作，最后都通往故乡。"我不能自诩过高，但这个故事的初衷，就是给自己一次探索故乡的机会。

我一直都是没有乡愁的人，尤其是工作之后，很少回去，但是在写完这个故事的时候，忽然清醒了。我并不是没有乡愁，而是躲避了太多年，有什么是需要躲避的呢？无外乎是从少年时期就开始流落，对它疏离，对它没有渴望。我花了很漫长的时间，去逃离。

然而，乡愁早已根植在心里了，只是自己不知道。南方的小镇，竹林，稻田，山坡，小叶栀子，门前的池塘，枣树，是藏在我心里的所有风景。我在故乡经历过的每个春夏秋冬，最后定格成了南方芽色的世界。这些环境，是这个故事的底色。你们可以在文字里看到它，希望它可以是我未来写作里不可缺少、不用躲避的部分。

在北京的生活，越来越简单，我学会了喝酒，学会了抽烟，经常在人群里孤独地存在。当然，这样不好。朋友圈越来越窄，但还是有几个知心的朋友。

老喻和我同事八年，几乎每周我们都会找个时间聚在一起喝酒。他是重庆人，在北京工作近二十年，没有房，买不起，租了个儿十平方米的房子，老婆孩子乐在其中。他是我在北京见过的最乐观的人，开心，幽默，有责任心。

我基本没见他喝醉过。仅有一次。应该是前年的夏天，我们在喝了一场大酒之后，凌晨三点，他执意要走一段路，走到了大望路的通惠河，那里有一座桥，他把眼镜摘了丢在地上，忽然就对着通惠河大声哭了。

大半年前，他接到电话，说父亲身体不好，他回了一趟重庆。大年初二的晚上，他和母亲送走前来串门的亲戚朋友，母亲把家里里里外外收拾得很干净才去睡。可是，第二天早晨，他发现母亲在床上安详地去了。

老喻是个情感上很克制的人，这是他很难过去的心结。

就在桥上哭喊了足足两个小时，凌晨五点的北京，路上已经有了行人。哭完，他说，他好了，就当一次正式的告别了。

我捡起他的眼镜递给他，说："没有这副眼镜，你是个瞎子，看不清路的。"

外表再钢铁似的人，内心里也会有百转千回的时候。

后来一有时间，我就会回老家看看，陪伴老人。山形依旧，只是故人，有些可能就不再来了。无尽绵延的南方山峰，淹没过无尽的悲哀。

2018 年夏天，播完《结爱·千岁大人的初恋》后，我去了一趟西藏，走走停停，把经历过的人和事，揉进了这个故事里。我喜欢十点钟纯净空灵的羊湖，但要看那样美的风景，得经过海拔越来越高，车外就是万丈悬崖的盘山公路。于我，无异于经历一场生死。

每次出差完回去，都会第一时间找张越吃饭，我们越来越忙，吃饭慢慢变成在公司附近周边溜达一圈，感谢这些短暂的时光。

任小荔在我失眠成疾的时候，一边疯狂吐槽我，一边把她在亦庄空着的房子让我搬了进去，那里很安静，确实治愈了我的失眠。书的第一稿就开始给她看，她说这个故事比我第一本小说成熟，她依然吝啬她的言辞，但我已然心安了一点。我对她一无所知，但她知道我的所有，哪天离开了北京，我会想念她。

最后，感谢下 Bob，一个炎热的周末，他喝着酒给我讲了这个故事的雏形，他是一个善于把生活故事讲鲜活的人，而我，是一个善于倾听故事的人，以及，会写。

请原谅我在第二本小说出版的时候，这样定义自己，这样我才有勇气，去想第三个故事。

第 一 章

旧故

怕花

　　经过村口的时候，三个身影中的小男孩忍不住停了下来。一张简陋的长条桌，一口滚烫的锅里发出油炸的爆裂声，切成细条的土豆丝，和上面粉，炸出了香脆。旁边摆有一盆酸萝卜，用牙签一串串地穿好。五分钱一串，老板全部的营生。

　　走在最前面的姐姐回头瞪了一眼，小男孩眼神一缩，快走好几步跟上。

　　"姐姐，等等我。"小男孩感受到姐姐可能生气了，声音怯怯的。

　　"本就不想带你来。"姐姐这样说着，却放慢了脚步。她的右手牵着妹妹，妹妹五岁，看上去比同龄人矮小羸弱，姐姐得稍微屈着点身体，才能牵着她。弟弟跟上来后，想牵着姐姐的左手，无奈姐姐一直在走，没够得着。

　　出了村口没多远，眼前是一条向上通往山顶的幽径，左右路边的稻田里只有湿润的泥土，不见生物。这条小路，却满是绿意。原来是一条竹林小路，茂盛极了。南方的冬日了无生趣，但因为有了成片的竹林和远山的青柏，倒又是另一番景象。

　　姐姐停了下来，弟弟终于在这个时候牵着了姐姐的手。

　　"我们要爬上去吗？"弟弟问。

　　姐姐松开弟弟和妹妹的手，若有所思，最终还是回头说："虽然不早了，但今天有很重要的事跟你们商量，所以还是要爬上去，带你们去一个地方。"

弟弟有点雀跃。最近一个月几乎足不出户，憋疯了，他一口气跨了好几个青石板台阶，跑到最前面。姐姐的表情看不出任何变化，但似乎被弟弟感染了，也向着台阶走了好几级。

身后传来哭声。妹妹的嘴巴从出门到现在就一直扁着，看到哥哥姐姐都走了，忍不住哭出声来。

姐姐和哥哥连忙跑下来，到妹妹身边，姐姐蹲下问妹妹怎么了。

"我怕。"这是妹妹一路上第一次开口说话。

"胆小鬼，有什么可怕的？"二哥望着妹妹，他比妹妹只大一岁，个头也只高一点点。

姐姐瞪了他一眼，看着妹妹说："姐姐哥哥在，不用怕。"

妹妹只顾哭，也不说话，伸出手，指着那条路，眼睛哭成了一条缝。

姐姐疑惑地望着那条路，什么都没有。空旷的竹林，因为冷，这个时候村里不会有任何人在这里出没。姐姐回望了妹妹一眼，妹妹知道姐姐没懂她的意思，哭得更大声了。

"哎，我说你为什么哭啊，说出来嘛！"二哥明显不耐烦，但靠近了妹妹一步。

姐姐朝着弟弟做了个"嘘"的手势。哭了好一会儿，妹妹才又伸出手，还是指着那条路，不过这一次是朝着地下指的。姐姐恍然大悟，这几日一直刮着风，风吹落了沿路见缝生长的小叶栀子的叶子和残存的些许花瓣，满地都是。小叶栀子在南方四季可见，尤其在阴凉处，生命力更旺盛，但也禁不起如此风力。

姐姐的眼睛像是被针刺了一般疼痛，心也跟着揪了起来。原来妹妹是怕踩了地上的花瓣，妹妹曾说过，人要是踩了花，花会痛。家里院子围墙往年的野花野草，妹妹也是不允许哥哥踩踏的。

姐姐把妹妹搂在怀里，眼睛里的雾水一层一层如潮般涌了上来，但是她得克制。

"傻孩子，这些花落在了地上，就是守护这片土地的，它们会再生再落，不会痛，反而会很开心，你能陪它们走这条路。"

妹妹发呆了一瞬，似有所悟地点点头，她相信姐姐说的。

她好像又想起什么来，说："还有，姐姐，你忘了，这条路就是那只母猫夜里经常走的路啊。"

母猫？哪只母猫？姐姐努力地回想。自从父亲出事这一个月来，她的脑袋里再也没有其他的事，八岁的她，照顾好母亲和弟弟妹妹是眼下的全部，甚至她逼着自己要尽快长大。

"就是那只肚子上的毛是白色的。"

"妹妹，你傻不傻，哪只猫肚子上的毛不是白色的？"二哥忍不住插话，他现在还不知道妹妹前面为什么哭，姐姐在安慰妹妹的时候，他也只是似懂非懂。二哥说话如此憨实，也不怕姐姐骂，他知道姐姐除了会瞪他，从来不会真的动手。

"二哥，今年夏天的时候，也是晚上呢，我们还在路口，就这个路口，堵过那只母猫，你当时不让它去我们家。"妹妹恼二哥，一下子变得口齿有点不清，还非要说。

噢，姐姐和二哥都想起来了，是有一只母猫在今年的夏天经常半夜去家里，那是因为家里来了一只小猫，还没断奶，它是自己跑家里来的，姐弟仨都舍不得它走，就决定喂养它。母猫知道那是它的孩子，一开始总半夜来爬窗，把窗户上的墙纸扒破了好几次，终于有一次它被二哥逮着了，一路追到这条竹林小路。母猫感知到以后不能再去看望孩子，它的眼睛在黑夜里散发出幽绿的光，吓到了妹妹，她拼命地躲在哥哥姐姐后面。

后来，他们没再追赶过母猫，母猫又偷偷来过家里几次，没发出一点动静，不知道是什么时候起，就再也没出现过了。

难怪妹妹还记得。

二哥有点懂妹妹了，那是这个夏天属于他们共同的记忆。

"妹妹，我背着你，你紧紧贴着二哥的背，就不会害怕了。"二哥身板也没大多少，但知道保护妹妹是他必须做的事，言语间自然也就透着不能拒绝的口吻。

姐姐表示赞许，望着这条路，越过尽头处的一个斜坡，她知道那里有一个好地方。

"我在前面带路，你背着妹妹，"姐姐说，"谁都不许回头，一直走，就能看到星星之眼。"

"什么是星星之眼？"妹妹仰着头问。

"上去就知道了。"

三姐弟沿着小路爬到了尽头，一路上都不说话，二哥的步伐落在小叶枸子的落叶上，发出"咯吱"的声响。

登上了山顶，一阵风冒出来。妹妹一直贴着二哥的背，紧紧地贴着，其实她感觉二哥背她还是有点吃力，但二哥岂肯认输，她贴着背好像都听到了二哥"怦怦"的心跳声。虽然姐姐早已告诉她花是不会痛的，可是她还是心痛，不由得扁着嘴，只是没再哭出来。到了山顶，视野开阔，也就跟着欢呼起来，三姐弟有种跨越了巨大困难之后的喜悦。

冬日里的风终究冷，吹了一会儿，姐姐知道不能再站在风口了。

"跟我来。"姐姐说着，又七拐八拐地走了一小段路，来到一片大竹林，这里的竹子不再是山脚下的小竹树，而是成团成簇坚固的散生竹，它们茂密地抱在一起，渗入彼此的生命里，不可分开。

太阳是阴冷的，山顶本来就空气稀薄些。姐姐走到其中一片散生竹前，它们又像是这一大片竹林里最坚不可破的团体，得侧身才能钻进去，二哥和妹妹也紧跟着钻了进去。外面看上去密密麻麻，里面的空间却很大，仿佛另一个世界。

"不知道母猫后来怎么样了？"妹妹小声地说，她还是没有忘记那只母猫，她哀怨地看了二哥一眼，不由得责备，"都怪你，它只是想去看看小猫，都是你，把它吓走了。"

二哥不说话，情况确实是那样，得归责于他，他本来只是觉得好玩，只想吓唬吓唬母猫而已。他不回妹妹的话，任由妹妹哀怨的眼光落在身上，手上却没停下来。他把脚底下的竹叶捧做一堆，又捧到妹妹身边，说："硌不硌屁股，坐到叶子上面吧。"

妹妹哼了一声，竹叶堆得厚的地方，果然舒服很多，又哼了一句，嘴还是噘着的，却说："二哥，你也来坐，我坐不了这么宽。"二哥挪了挪屁股，两兄妹紧紧挨着坐在一起，互望了一眼，笑了起来。

父亲意外去世的一个月里，妹妹每天都是哭着睡着，醒了又哭，这是她第一次笑。

"二哥，你的脚过来一点。"妹妹把二哥的腿掰了过来，把头倒在了二哥的肩膀上，舒服了，问姐姐："姐姐，为什么这里是星星之眼，能看到星星吗？"

"白天看不到，晚上一定能看到。"被散生竹笼罩的这片空间里，头顶是葱郁的竹叶，冬日的寒气令竹叶向下低垂，依然美不可言，竹身高大笔直，抬头望去，视线越来越窄，竹叶却越来越茂盛。

"我也没在夜晚来过，但是，如果此时此刻有星星，一定会很美。"姐姐有点遗憾，她早就发现了这个地方，一个人也不敢夜晚独自来，弟弟妹妹都小，要是被母亲知道自己怂恿他们来这里，会被骂死吧。姐姐现在多么希望母亲能有骂她的力气，可是，也是在知道父亲死亡之后，母亲心绞痛犯了，怎么都不见好，这几日愈加严重，只能卧倒在床，家里里里外外都要靠她来打理。

"我还以为姐姐晚上偷偷来过，不带我们。"妹妹靠在二哥的肩头，这会儿她说话不带哭腔了，把鼻涕都蹭在了二哥的衣服上，也不知道他有没有发现。

二哥的坐姿并不舒服，一直低着头的他，也抬起了头望向天空。天空正起着浅浅白白的森雾，他有点分不清是云还是雾，有一丝丝落日阳光穿透了薄雾和浓密的竹叶照射下来，那是一天中最后的光线，他也觉得此情此景很美。妹妹刚才哭得很凶，鼻涕和泪水渗透了他的衣服，他的肩膀感到一点湿润。

阳光忽然就消失了。"姐姐，要下雨了吧。"他说。

"瞎说，刚才还有太阳呢！"姐姐斥责他，但自己也拿不准，要是真下雨了，肯定会被淋，这里没有地方可躲。

"我就是感觉要下雨了嘛，你看，太阳躲起来了。"二哥不服，气势弱了三分。

"你是狗鼻子，能闻到啊？"姐姐没好气。

"狗能闻到要下雨？"二哥平常有点怵姐姐，嘴上却不肯认输。

妹妹则游离在哥哥姐姐的斗嘴之外，她只想看星星："二哥，我好想在这里看看星星啊。"她已然忘记小叶栀子那条路和母猫带给她的烦恼了，此刻，她的眼睛闪烁着渴望的光。

二哥看了姐姐一眼，姐姐也望着天空，他倏地站起来，说："妹妹，你先闭上眼睛，不能偷看，二哥给你变出星星来。"他才说完，就发现妹妹用双手捂住了眼睛，但是在手指缝里偷看。"哎呀，我说了不能偷看，快闭上。我喊一二三，你再睁开眼。"

妹妹把眼睛闭得紧紧的，手指缝也合得紧紧的，一点都不敢偷看，姐姐则以一副"我看你到底要搞什么鬼"的表情看着弟弟。

只见二哥走到一根竹子前，轻轻地摇了摇，力气是收着的，又迅速地摇晃了另一根竹子，如此反复，一口气摇了许多根。

他喊道："一，二，三，妹妹，快睁开眼睛。"

妹妹打开双手，望向头顶，"哇"的一声叫出来。碎碎点点的墨绿竹叶正从天空降落，仿如竹叶瀑布，二哥继续轻轻摇晃另一根。妹妹伸出双手，竹叶落在手心里，她激动地喊着："哇，真的有星星，是竹叶星星，好美啊，姐姐，你看，真的有星星。"

"二哥说有就有。"二哥甚是得意，拍拍双手。

"得亏你想得出。"姐姐轻声说，不过，姐姐在那一刹那，也觉得仿若星空降临，白日之光像是被它们映射出来的。姐弟仨一起享受着"竹叶星星"落在手心里的感觉，都露出了笑容。

姐姐希望时光能就此停住，弟弟和妹妹像是一个月之前那般快乐。可是，当最后一片竹叶落到手心里的时候，她知道，有更重要的事，今天必须跟弟弟妹妹说。

"好了，现在要说正事。"姐姐正襟危坐，见姐姐这么严肃，妹妹不由得往二哥身上靠了靠。

"今天姐姐说的话，你们都要记在心里。"

"村上面的人还没有任何说法吗？"二哥问，他最害怕的就是姐姐突然严肃，这一个月来，姐姐俨然是这个家的主心骨。

姐姐点点头，继续说："我决定明天去一趟镇上的派出所，我已经打听过了，听说镇上新来了一位市里派来的警察，爸爸这件事，必须有个说法，不能等，我要亲自去。"

姐姐逼着自己说话的口吻像一个家长。其实，镇上她也只是去过三两趟，还是父母领着去的，明天她可能连派出所的方向都找不到，但是她铁了心要去，从村里到寒戈镇，有二十来里地，村里每天有一辆三轮车开往镇上，她打算一上车就到最后面去蹲着，售票员应该不会找她收车费。眼下，家里已没有多余的钱，父亲意外去世赔偿的钱，母亲不肯签字，钱还没到手里。

"市里来的警察会帮我们吗？"二哥问。

"警察肯定都会帮我们的，听说这位警察很厉害，我也只是听说。"姐姐说，从小父母和老师都教育她，遇事要学会找警察。

"姐姐，你昨天说，那笔……赔偿的钱，有问题？"二哥也在强迫自己接受父亲已经过世这个事实，强迫自己接受大人的用词。

"嗯，接下来我要说的，就是这件事。"

姐姐抬头望了望，头顶真的不知道什么时候聚集了一团乌云，刚才弟弟说得没错，天迅速阴沉了下来。还有零零星星的竹叶在往下坠，刚才的一幕她将会刻骨铭心，她希望有一天真的能和弟弟妹妹一起，站在星空下仰望一场真正的流星雨，可是她只能将这美景当成幻象，埋葬在正在流失的每一分每一秒里。这些不属于自己，她很清楚。

她把手伸进口袋里，拿出几样东西，摆在弟弟妹妹面前。

"这是什么？"弟弟问。

妹妹抓起一个白色瓷制的东西，表面光滑无痕，看上去很新。

"那个叫陶埙，像笛子一样，能吹出声音来。"

三个人都从未见过陶埙，小小的，妹妹翻过来看，另一面白色的瓷面上有些地方被染黑了。二哥反应过来，问道："这是爸爸的遗物？"

"是。"姐姐嘴角轻轻抽动了一下，仰起头。

妹妹把陶埙捧在手心里，轻轻地抚摸。

"这是谁送来的？"二哥呆若木鸡，好像在问姐姐又好像是自言自语。他想起一个月前镇上通知村里，让他们一家人去领骨灰盒的时候，除了深黑色的骨灰盒和被告知煤矿老板的赔偿是两万元，没有其他任何东西。当时一家人都沉浸在巨大的悲痛之中，没有人去留意遗物这件事。

想到父亲就这样走了，什么东西都没有留下，二哥很想哭，可是姐姐一早叮嘱全家只有他不许哭，他至今不懂为什么唯独他不可以哭，一开始他还是忍不住，但好几次马上要夺眶而出的眼泪都被姐姐凶神恶煞地逼退了。现在，他已经习惯悲伤也不要哭。原来一个人的眼泪可以收放自如，好像被割掉了泪腺。

姐姐此刻的眼神就是那把割掉泪腺的剪刀。

"这就是我今天要跟你们说的，无论你们懂不懂，都要记住。"姐姐一边说，一边打开了另一样物品，是用一块手绢包好的，里面是一张有点皱了的报纸。妹妹完全不识字，二哥刚上一年级，他拿起那张报纸，除了零星地认识几个字，也看不懂。

"姐姐，上面是报道爸爸遇到的那场矿难吗？"二哥猜的。

"正是。"姐姐继续说，"这两样东西，是一个外地叔叔送过来的，据说我们的爸爸曾有一点小恩于他，所以他送来了父亲的遗物和这张报纸。他说，陶埙是爸爸买给小妹的，本来过年会带回来。这张报纸，是当地报社刊登的新闻，我看了一下，上面有一句，听好了。"

姐姐拿起报纸，眼睛酸胀得厉害，若不是弟弟妹妹在场，她马上就能哭出声来。

"煤矿负责人欧阳铁鑫表示会积极配合调查事故发生的原因，并已发送紧急电报告知死者家属和当地政府。记者获悉，死者获赔十万元赔偿金，其他伤者赔偿金额还在商榷中。"姐姐停了停，把后面一组成员的名字念了一遍，这份报道中有好几个字她也不确定是否念对了。

二哥听到了王林生的名字。

"爸爸的骨灰确实是林生叔送回来的。"他想起，他们去镇上的时候，骨灰盒就在林生叔手里，林生叔在汾城煤矿是和父亲唯一分在同一小组的同村人。

"名单里其他人都是别的镇上的？"二哥问。

妹妹紧紧地握着那个陶埙，听姐姐说陶埙是父亲专门给她买的，她更是再也舍不得离手，此刻，她似懂非懂地听着哥哥姐姐的谈话。

姐姐拼命控制着自己的情绪，连小妹现在都没哭了，她要稳住局面，需要沉住气深呼吸。她坐在地上，深沉了良久，才开口说："这位叔叔也证实了一个很重要的信息，煤矿商人和当地政府赔的钱，不是两万，而是十万。"

二哥像是触电了一般，虽然对钱还没有概念，但他也知道这是天大的差别。"那剩下的八万元，去哪儿了？"

悲痛再次无情地袭来，无边无际，在姐姐心里扩散着。这一个月来，当她知道真相后，内心的悲痛和愤怒总是在黑夜里等着她，睁着眼睛等天亮的时候，无数次击垮她。

"姐姐，为什么明明有十万，他们只给两万？"这次是小妹的声音，微弱颤抖着。今天出门前，姐姐一直思索要不要跟小妹讲，小妹除了哭，什么都不懂，她那么弱小，脆弱善良，连铺满小叶栀子花瓣的路都不敢踩，她怎么能承受得住这些残酷的事实。

但还是得让她知道，姐姐这样想着，张口说："那位叔叔的意思，剩下的钱，被我刚才念到的名单里的人分走了。他们隐瞒了事实，没错，他们不仅隐瞒了事实，还成了护送爸爸骨灰回乡的好人。"

"爸爸……"小妹终于忍不住了，号啕大哭起来。

二哥抱住妹妹，他的脸上一点表情都没有，眯着眼似乎在思索什么。

"我们可以告诉他们吗？"二哥问姐姐，姐姐自然懂，"他们"说的是村里的干部。

"我猜，没准这件事他们早就知道，可能也没有办法，也可能……我说可能，也许被封口了。""封口"这个词原本姐姐也不知道是什么意思，这会儿很自然地说了出来，"这件事不能再声张，所以我才决定明天要亲自去一趟镇上的派出所，把这个重要的信息跟警察说。那个叔叔曾受恩于爸爸，想来不会说假话，他也没必要说假话。我想，警察会给我们一个公道。"

"我跟你去。"二哥站起来。

"我认真想了想，明天我自己去。你和小妹在家里，妈妈病在床上，需要照顾，小妹一个人不行，所以还是我去。你们在家等我回来就好。但是这件事，不能再跟妈妈说，虽然她也已经知道了，我一个人出门，她肯定是不放心的，明天问起来，就说我去颜医生家去给她拿药了。"

"明天颜医生家的药我去拿。"小妹说。姐姐心痛起来，不知道小妹到底有没有听懂今天她说的话。她把那张报纸又重新用手绢包起来，生怕再弄皱了，这张报纸由她保管，陶埙自然是小妹的，二哥什么都没有，难免有点失落。

"弟弟，姐姐把这片星星之眼送给你。"

二哥的眼睛突然晶亮起来："姐姐，你说的可是真的？那我以后就要常来，来看真的星星。"

"我也要来。"妹妹抱着陶埙，她太喜欢这里了，刚才二哥送给她的"竹叶星星"，已经是她看过最美的画面了，若是真的能在竹林苍穹之下看到满天星，一定会很美很美。

妹妹把陶埙放在嘴边，试着在那几个孔上吹出声音，但吹不出声响。她知道姐姐会吹家里的长笛，也是父亲所爱，她把陶埙小心翼翼地递给姐姐："姐姐，你会吹吗？我想在星星之眼听一首。"

姐姐接过陶埙，试着吹了吹，声音马上就出现了，妹妹有点小激动："姐姐，我想听《虫儿飞》。"

"我试试。"说着，姐姐用手指按住了上面的孔，轻轻地吹起来。第一次听到陶埙发出的声音，三姐弟都很惊喜，那声音空灵无比，在这山顶之上，在星星之眼里面，更是清灵飞扬。

一曲吹完，天真的要黑了，有雨点落到他们的身上。他们钻出竹林才知道，外面的天空已是满天乌黑乌黑的云，雨点越来越密。

三姐弟相互牵着手，迅速地消失在最后的光亮里。

这一天是一九八六年十一月三十日，南方的初冬，罕见地迎来了一场暴雨。

知
寒

一九九九年，世纪之交。南方。

不过是阳历的十一月底，已近寒冬，往年此时光景，远不至此。今年寒冷异常，远山青翠松柏的明亮也扛不住突如其来的寒流，变得灰暗阴沉。广播和电视里天天都说，今年将是五十年不遇的寒冬。五十年不遇是什么概念，也没人能说得清楚。南方的冬天每年多半都是潮湿阴冷的，没有特殊的记忆。

石井镇上的主马路上半年刚压了新的柏油，柏油路还是个稀罕事，政府鼓励致富先修路，路修好了，确实很多人也先富了起来。

路还是新的路，但经不起日日车来车往的尘土飞扬，镇上完全没有环境治理，除了清晨的清扫，多半时间路是脏的。两年前亚洲金融危机，股市跌到冰点，房地产崩盘，投资业惨淡。一九九八年爆发全国下岗潮，外界连带的种种变数虽然对石井镇影响不大，但街道两侧的小店老板们突然开了窍，学会了沿海城市做生意的招数，满大街都是"跳楼甩卖""卖血清仓"，更有甚者，直接写着"再不清仓，妻儿离家"，让人触目惊心，没来由地激起了镇上人的同情心，纷纷帮忙清仓。没隔几日，店家又若无其事地把写了字的木板翻到另一面，换上了"新货上架"，做的还是帮他清仓的人的生意。

赤崎警官就站在街道边，身边是一根光秃秃的电线杆，有一两只雪候鸟立在上面，待不住，很快就飞走了。该下一场雨了，警官想，偶尔吹来的干枯树叶落在地面，连同灰尘，如沾染了某种窒息的气息，没有丝毫生气，黑云压顶，一场初冬时雨倒是很有可能随时会下。

但终究等了一天也没下。

赤崎警官穿着黑色大衣，嘴里含了根烟，掏出打火机，使劲刺啦着打了几下，连火影子都没出现。嘴唇干裂，烟嘴在嘴皮上动不了了，他用手挡着火，才发现手用不上力，有点僵冷。又使劲捣鼓了几下，终于有了火苗。警官冷不丁地回头望了一下，把身后周围的角落扫了一遍。

什么都没看见。手里的火依然没点着，举起来摇了摇打火机，原来是没气了，还好一个小贩收工回家经过，借了火，总算是把烟点着了。警官抽的是一种叫笑梅的烟，经济危机烟反倒上涨了一毛钱，卖一块钱一包。这里的人都叫他警官，大约是他过于肃穆，但他也逐渐习惯了这种称谓。

起风了。看来这场雨一时半会儿还是下不下来。

风举寒衣乱，便是现在的画面，警官身上的大衣被风吹得扬了衣角，布料有点年份了，这是十年前他结婚时的新衣，裁剪得体，现在依然合身，警官的身材这十年没走形。

赤崎警官抽着烟，一边往镇上的超市方向走，走几步就停下来，仿佛身后有人，但回头什么都没发现。如此反复了好几次，也不再回头了，干脆停下来把烟抽完，像是在等谁来。有时候望望天，雨就是不下。

到超市不远。门口摆着一个卖中草药的小摊，无人看守，警官低头看了一眼，不动声色，脚下步子往后面退了几步。旁边是一家理发店，玻璃窗上红纸黑字贴着"新世纪洗剪吹五元大酬宾"的字样。看来生意是真不景气，数字五特意加大了字体，非常醒目。

玻璃映射着的身后依然是空荡荡的，什么都没有。

门开了，老板出来迎客。

"原来是赤崎警官，稀客稀客。"平时老人孩子叫警官，他也就一笑而过，就是个称谓，但跟自己同龄的人也叫警官，他有点不好意思。老板的笑容略微浮夸，声音竟然起了调，像是中途突然发现了意外般。天气糟糕，理发店的生意更是萧条，今天店里才来了几个客人，收入几十块，勉强够维持一天的房租。

警官从玻璃镜里看到自己的头发，有点长，确实可以修剪一下了。他也不多言语，进了店在挨着门口的椅子坐下。扫视了一眼店里，除了老板，还有两个学徒，一个学徒正在里面的房间给客人洗头，一个很无聊地在翻一本旧杂志，里屋的学徒看到警官望过去，有点紧张地回望了一眼，继续埋头干活。客人是躺着洗头的，看不到脸，阔腿裤的裤脚一张一合。

"您是要洗头还是剪头？"见警官不苟言笑，老板问。这里的人把理发叫作剪头，再俗气一点干脆叫作"剪脑壳"，老板自然不敢开这个玩笑。都说世上有两种登门让人害怕，一种是去登医生的门，一种是警察来登门。

"剪一下吧。"

赤崎警官把快遮住眼睛的头发往左边拨了拨，露出眼睛，眼神混浊。他轻轻叹了口气，岁月在人身上最悲哀的劫难，往往是从眼睛开始的，不知道从什么时候开始，清澈的眼睛就消失了。眼角的细纹看上去似乎比眉毛还多，女儿常说他是淡眉怪侠，不仅眉淡，还上下挑眉，尤其是皱眉的时候，像是左右眉毛相互挑衅。学校里只要有写爸爸的命题作文，女儿必写他的眉毛。

头发确实长了，后脑勺的头发裹在大衣里，扎着后颈骨，硬生生地痒。

老板亲自上阵，帮他把大衣脱了挂起来，动剪刀之前，老板又说："您不妨闭目养神一会儿，很快就剪完。"

警官闭着眼，问："刚才站在门边的人是谁？"

"刚才？"老板一脸云雾，不由得紧张起来，"下午除了里面的客人，就只有您来过。"

"没事了，剪吧。"他也猜到老板会这么说。

警官在镜子里看着自己，脸色黝黑，他想起今年上初一的女儿在作文里写的关于他的句子："他有一双如鹰的双眼，很有魄力，他是一名警察，我看过他在破案中的模样，也有几分害怕，但是一想到他那淡淡的眉毛，往上挑，不知有多可爱，真是怪侠，等他老了，那淡眉得多慈祥。"

不知不觉，女儿很快就满十三岁了，警官心头一暖，马上又充满了愧疚，女儿在跟着他受苦。四十五岁的他，今年从寒戈镇调任到石井镇，两个镇相距一百多里，说是调任，实则是下放，寒戈镇的条件远比石井镇要好，在地理位置上，它挨着市区，教育和医疗都好上许多。

这么大年纪突然调任，说没有不甘是假的，但依然得接受现实。

赤崎警官的父母都是市里唯一一所师范高等专科院校的教授，为人正直，在铁饭碗的年代，知识分子家庭难免都希望儿子能接他们的班，可他最后还是选择做了警察。

好在妻儿也很快适应了这种生活，让他可以在石井镇尽心尽力地工作。调任两月，镇上的治安好了不少，几起大的群殴事件，还有几个外地假药商浑水摸鱼的案件，都处理得利落干脆。前天镇上正式发了公函，宣布了他的职衔——重大案件大队队长，昨天所里给他办了简单的欢迎仪式，未来要在这里扎营了。

剪刀声起起落落，头发细碎地落下来。

突然，赤崎警官听到什么东西滚落在地上，声音拉得很长，他示意老板暂停，起身推开了门。冷风像是在门口等候了许久，嗖地灌了进来，把他脸上剪落的碎发吹散。

门外依旧没有人，这会儿天色暗沉，快要天黑了，街上零散着几个低着头路过的人。

赤崎警官还是跑到了马路上，超市门口的中药摊还在，那里藏不了人。他左右前后旋转扫巡了一圈，最后把视线落在理发店旁边的一条小巷子口，巷子虽然延伸得很深，但一眼能望到尽头，人是藏不住的，除非是……离巷子口没多远的地方，有一堆杂物。他把理发店的围布扯了下来，弯腰顺起一根木棍放在身后，慢慢朝杂物堆走过去。

什么都没有。没有人，连小猫小狗都没有一只。

警官扔了木棍，又回到巷子口，把地上的围布捡了起来。奇怪，他嘟囔了一句，今天这是怎么了，总感觉身后有人。他特别肯定，有一双眼睛在背后盯着他，只是找不到，看不见，甚至连有嫌疑的身影都没看见。

头发终于剪完，刚才警官的举动把老板吓到了，拿剪刀的手一直发抖。

一个学徒拧开了一瓶新的洗发水，一股香味从瓶里散发出来，警官瞥了一眼，洗发水的瓶身上印着"柏莉斯 shampoo，让你的秀发永久清香"。确实是清香的，他仔细闻了闻，是栀子花的味道。

从前在寒戈镇，栀子树家家户户的小院都有，鼻间熟得很，山林野外更是有不少野生的小叶栀子，花不常开，但四季常青，生长在灌木丛边。也是因为小叶栀子的存在，令原本看上去荆棘荒芜的山丛，多了许多南方独特的气息。栀子的清香不张扬，像是不经意间被抽离出来的气味。

架子上还摆有许多瓶，看来店里也是有卖的，等下回家看看家里是否有，没有的话，可以让妻子来这里买来用。想是这么想，但赤崎警官并没有开口问价，头发剪了，也没打算洗头，把五块钱放在桌上。他走了后，老板准备关门了。

回家的路上，赤崎警官再未回头，脚下步伐明显加快。

很快就到了家，妻子莫小慧已经为他备好了热水，家于他的温暖，是任何时候回来都会有烧好的热水洗澡。警官洗澡速度极快，整个人舒坦惬意了，疲劳感全无。

女儿李溪澈正趴在桌上做功课，开着一盏小台灯，灯光照在女儿的脸上，这份宁静让警官觉得温暖。因为工作上的调动，女儿不得不从邻镇跟着转学过来。所里分配了一套房，不大，在一套小单元楼里，七十多平方米，小两居。没有多余的书房，女儿平时写作业的书桌只能摆在客厅，好在孩子并不计较。

女儿很恬静，她出生那年的冬天，南方意外地连续下了几天的暴雨。

警官对女儿出生那一天记忆深刻，折腾到午夜女儿才落地，夜空万籁俱寂，他抱着孩子站在窗边，外面的暴雨已然过去，但仍有淅沥的小雨落在玻璃窗户上，像清澈的小溪流，那一刻在他的眼里什么都是美好的。妻子叮嘱他，世间已经很浮躁了，一定要给孩子起个恬静的名字。

那就叫溪澈吧，像小溪一样，清澈，安静，向前，不争不抢。

警官擦着未干的头发，搬了条凳子，挨着女儿坐下。女儿看了他一眼，轻声地说："爸，你舍得剪头发了？"说着，她将手中的笔放下，走到父亲身后，果然，后脑勺长长的疤痕还在。

她伸手轻轻碰触了一下，仿佛疤痕还会有痛感。

这道伤疤是在一次出警时中的一枪留下的，子弹擦到了后脑勺，当时出了很多血，差点要了他的性命。伤是好了，却也留下了永久的疤痕。有了孩子之后，他就一直留的是长发，还好是在后脑勺，头发一长就遮住了。

当年从鬼门关走了一圈后，他有了结婚成家的冲动，但心里有后怕，所以婚事又一拖再拖，直到三十一岁才结婚，是局里晚婚晚育表彰的典型。

婚后，他就没换过发型，头发的长度始终能遮住疤痕，今天也不知道为什么，莫名有了想剪头发的冲动。也是，进理发店不办案，不剪头发能干什么呢？

"溪澈，你怕不怕？"警官拉过女儿的手，柔柔软软的，冰凉。

女儿顺着爸爸的手，从背后环绕着他的腰，说道："这有什么可怕的，爸爸不怕，我就不怕，妈妈也就不怕了。"

小女孩一句简单的话，便把家庭关系勾勒得很清晰。

那次受伤之后，当时所在的市局表彰了他，但没多久，市局要选调一位刚升迁的警察下基层，调任寒戈镇，李赤崎接受了委派，带着当时即将临盆的妻子去了寒戈镇。

说起来那是一九八六年冬天的事，现在女儿都十三岁了，时光遥远。

从寒戈镇调任到石井镇，于他而言是无所谓的，在哪儿都能工作，谁的人生中没有过几次背井离乡呢？但是对妻儿来说，便是跟着受苦。四十五岁，居无定所，再过五年，就是知天命的年纪，心里难免不安。就像天气预报说的，今年的寒冬会很难熬，至于具体会有多难熬呢，没经历过，就无法猜测到。

饭菜已经上桌。"过来吃饭吧，很快就会凉的。"南方没有暖气，连电热扇也没有，很少外出的妻子，却是比丈夫更早知寒冬将来。

妻子声如其人，温婉、朴实，没有家长里短，只有勤勤恳恳地付出，对于早出晚归的丈夫和警察这份危险的工作，没有任何怨言。

警官飞快扒了几口饭，想了想，也没忍住，说："今天总觉得有人在跟踪我。"

妻子顿了一下，口里还是回着："别是你多想了，你才来多久。"又给他盛了一碗饭，但总是不安的，又问："回家路上还有这个感觉吗？"

他懂这句话的意思，平日里妻子都很低调，尽量不让人知道他们的住处，其实只是不声张，有人真的想找到家里来，也只需多打听几个人。

"出了理发店的门就没有了，也许真是错觉。"警官说的是实话，也是安慰的话。

"应该是错觉，但最近小心点肯定是好的。"

警官瞅了眼女儿，溪澈正低着头吃饭。是个懂事的小姑娘，长这么大，他这个做父亲的就没怎么操心过。她出生那天的暴雨，真是吓人，但孩子如此温婉如溪水的性子，令人欣慰。

妻子去厨房把汤端了上来。"明天要出任务吗？"又自己补充了一句，"哦，明天是周末。"

"所里没什么事，但得去十七组看一下，村里过世了一个酒鬼。十七组还没去过，顺便去拜访村上的几个干部。"

"天气预报说明天要冷得多，里面得套毛衣。"

"知道了。"

吊唁

次日，果然如妻子所言，天气更冷冽了，步伐若快一点，脸上会被冷风拍打得生疼，一夜东风过境，天空倒是放蓝了。

十七组的路不太好走，赤崎警官一路都皱着眉，和他并肩出行的是刚来实习的张炜遇，警官正好需要一个助手，两人凑成了一个师徒班。他很满意这个徒儿，省城专科警校大学三年级的学生，还有半年毕业。

两人走在去十七组的路上，师徒偶尔也闲聊几句。

"炜遇，现在习惯我们小镇上的生活了吗？"

"没有什么不适应的，师父放心。"炜遇说。

"比城里能安静一点。"

"每天早起都能听到拖拉机轧马路，我的定时闹钟。"

赤崎警官蹙了眉，说道："所里的宿舍能听到拖拉机的声音？那能行吗？你还在长身体的年纪，得有个好睡眠。"

炜遇接话，道："在警校就养成了习惯，早睡早起，还能去后山爬一爬。"

如此有一句没一句地说着，师徒脚下走得却更快了。

"后山有什么好爬的。"

来到了十七组一个大陡坡，炜遇走路生风，连气都不见喘，赤崎警官扭头望了一眼徒儿："到底是大学生，体力就是不一样，你看上去不像只受过一两年训练的学生。"警官这么说是有根由的，他刚来石井镇就碰上假药商兴风作浪的顶峰时期，所里正头疼，他接手后，炜遇跟他搭伙，帮忙收集到了不少证据，摸到假药库房的窝点，集中起来连窝端了。

"初中毕业我自己考了警校，是中专，包分配，没想到后来又考上了警校的大专，运气吧，多练了几年。"炜遇不想应承师父的夸赞。

"你那会儿中专可不好考。"父母都是高校教授，自小耳濡目染，赤崎警官知道当下的教育情势，虽然中专越来越式微，但倒退四年，中专教育体制很吃香，现在还有很多人在赶包分配的末班车。炜遇明年毕业，也能搭上。

迎面有一人，在坡顶处站着，见了警官，双手连忙从衣袖里抽出来。是十七组的村委会主任。

"赤崎警官您可真够早的。"

警官客气地回了一句早。今天张嘴都有点困难，主任还是顶着风介绍了下十七组，他说，现在走的这条道，是组上集资新修的路。马路虽不宽，但政府已然给了极大的支持，才破了石岩遍布的地势，十七组得以跟镇上有马路通联。

"因为是新修的，我们就干脆叫新开田。警官见笑了，我们都是土包子，也没读过什么书，怎么顺口就怎么叫。"主任使劲搓着双手，他的手有点肿，手背还有裂纹。赤崎警官知道，在村上做个村官，自己家里的五亩三分地还是要耕种，工资可能养不活一大家子老小。

路的两边视野慢慢开阔了，一面是水种稻田，分得很整齐，方方正正的，还有一面种植着尾参、丹皮、芍药等药材，是一块药材基地，面积虽不大，但药材才是石井大部分人家的营生。来石井两个多月，赤崎警官对这里已经有了一定的了解。夏季的新开田绿油油的，生机盎然，可见冬日极度残忍，现在这片田地只剩荒凉，空空如也，仿佛就是一片原野，从未被开垦。

路的另一面是一片湖泊，无名湖，主任解释道，就是没有名字。

刚刚走过的陡坡，炜遇问主任为什么不铲平了让路更顺。

"年轻人，这你就不知道了，坡下面葬着一座老祖宗的旧坟，很灵的，风水宝地，老祖宗保佑着这一方水土呢，没人敢动。还真的从没出过事。"主任脸上颇有点骄傲，当年政府修这块田地的时候和村民做了一番斗争，最后还是以妥协告终。

炜遇注意到坡的路边立着一块石碑，不用问，是功德碑，也是路标，村里有车进出的都以这块石碑为标的，行到这里要放慢速度。

站在高地看新开田，看得到荒凉颓废的稻田和倒映着近处山丘的安静湖泊，浅绿琥珀色的湖面。南方的冬天，就是如此，残酷又动人，有着刚毅，又带着对自然的怯懦。

十七组他们原本应该早点来拜访的，恰好碰到村里在做丧事，出于礼节，赤崎警官和炜遇前往死者家里吊唁。

正好赶上最后一波吊唁，灵堂已完成盖棺仪式，等待出殡。

灵堂极为简陋潦草，设在小院中央的大堂房，一块长白布挂在堂前，门口不见花圈，超度亡灵的法师穿着黑色长的布衫，红色的袖边，嘴里正念念有词，他挥着手中的法师鞭，隔一会儿就往地上撒一把米。主任点了三根小线香，递给赤崎警官，警官接了线香，弯腰叩拜三下。

没有哭泣声，也没有外来客人在家长里短，通常做白事，总能听到有人对死者的生前做一番评论，或好或坏，都是一生。但现在完全是肃静的，死者没有其他的兄弟姐妹，守在灵堂上方的只有两个小孩。

无人知晓警官的身份，但因为有主任陪同，村里人知道应该是重要人物。赤崎警官祭拜完，正准备离开时，原本跪在遗像前的女孩起了身走过来，离他一米远的距离，在一方棕叶粗线做的垫子上跪下，俯下身，也是三拜。

警官知道这是家属的回礼，伸手去扶，女孩起了身。

正常情况下，都是家里男丁来回礼，主任有点尴尬，在赤崎警官耳边悄声说这家的儿子腿脚不太方便，说着指了指坐在轮椅上一动不动眼光呆滞的男孩。他腿上盖了一块毛毯，面无表情，灵堂里的人进进出出，似乎跟他没有任何关系。那是警官见过的最死白的面色，是经年不见阳光的惨白。

"这是镇上派出所的赤崎警官，特意过来吊唁的。"主任压低了声音对女孩说。

已经退回去跪在垫子上的女孩听见这话，抬起头，朝着警官礼貌地点了点头，又低下了头。

门外挤进来一个人，怒气冲冲的，手里拿着一张字条，主任见过太多这样的场面，连忙去挡，但已经来不及了。

"主任，你今天帮我做个证人。"来的人说。

主任只想翻白眼，来人就是故意的，无非就是死者生前欠了债，怕后人不认。

"什么事不能等出殡后再来说吗？死者为大，先入土为安。"

"我不放心啊，主任，这是易大海两个月前在我那里借的八百块，借条我带来了，利息可以不要，本钱得还。"

"还能怎么算，"主任拽过那张单子，上面是易大海签字画押的欠条，"你去找易大海啊，懂不懂事，也不分场合。"

"主任你这不说笑了吗？人都死了，但也不能赖账。"来人听主任这么说，急了。

赤崎警官露出厌恶的表情，死者已去，何必让生者难堪，可俗世就是如此。他正要开口说话，跪着的小女孩走了过来。

"欠条给我吧，不会赖债的，"她盯着来者，继续说，"父债子还，天经地义，我们不会跑。"

来人脸上立刻堆了笑，说："这就好，这就好，我就说易大海的孩子会懂事。"

"只是眼下我们手头困难，但我会想办法的，给我一点时间。"女孩又说。

"没问题，没问题，只要能给就行，"来人冲着主任点头哈腰，"多谢主任，打扰了。"

女孩把欠条慢慢折叠好，放进口袋，又退回了原位跪着。

炜遇还从未见过村里办丧事的仪式，隔着门槛，站在灵堂外等着。这时，有人过来轻声提醒法师，出殡吉时已到，法师像是嫌弃来提醒的人，但还是及时地挥舞了手中的法杖，院子里瞬时响起了鞭炮声，很短的一挂，光是听这瞬起瞬灭的鞭炮声，也能知道这户人家家境贫苦。

上来四个壮汉，法师一声"灵柩起"，就正式出殡了。

村里的人都前来送行，因着赤崎警官在的缘故，村民说话声都压低了一点。小女孩捧着遗像走在灵柩前，散落的长发遮住了大半张脸，看不出悲喜。

出殡的队伍走远了，赤崎警官站在院子门口，院子里面只有那个坐在椅子上的男孩，椅子已经被人抬到了挨着灵堂旁的一间厢房，门是打开着的。警官望了一眼，恰好男孩也顺着方向望了过来，眼睛依然无神，却噙着泪水。

"师父，什么情况下，冬天的尸体会有点腐烂？"人群完全走远了，炜遇低声问。

"如此寒冷的季节，怎会这么快腐烂？"

"就刚才，有人去跟法师说该出殡了，我听到说有点腐烂。"

赤崎警官皱着眉："不太可能，现在有防腐技术，夏天都没这么快。"他转身看了主任一眼。

"是这样的，不是腐烂，死去的人叫易大海，是个酒鬼，太能喝了，每天都喝大酒，开个破摩托到处乱窜，也没什么正经手艺。前天晚上又喝得烂醉，骑摩托的路上说是在家门口摔了，身上摔得血肉模糊，发现的时候还有一口气，但还是没能熬过去。"主任生怕本来一件简单的事被误听了，连忙解释说。

"这样啊。"赤崎警官艰难地点上了一根烟，离开的时候，他又往院子里望了一眼，男孩还坐在那儿，要是没有人去帮他，他只能一直坐在那里，但他不再无神地盯着某个地方，而是闭上了眼睛。因为有光线照着，苍白的脸看上去不那么吓人了。

还是有光亮的地方，人才会透亮些，赤崎警官望了一眼湛蓝的天空。

主任催着他们往村里的"大队部"坐一下，"大队部"是村里干部开会和宴客的地方。

"这孩子多大了？"

"好像是十九。"主任回答。

"刚才没看到孩子母亲？"

"孩他妈很多年前就走了，这孩子以前也不是这样的，后来得了怪病，整个人都不灵光，他妈就是因为一时上了火，急坏了身子，没撑多久。"

"村里对两个孩子会有一些补贴吗？"这原本不属于警官的管辖范围，所以他也只是象征性地问一嘴。

主任面露难色。

"满了十六岁，村里的补贴条件他们兄妹俩都不符合了。"话是炜遇说的，这两个多月在镇上下乡的走访里，他学到了不少。

赤崎警官像是忽然闻到了什么气味，吸了吸鼻子。"好像是栀子花的气味。"这个气味昨天在理发店时有闻到。

"可能是我衣服上沾的。"炜遇扯了衣角闻了闻，果然有点。

"哦，你也喜欢栀子的气味？喷的香水？"

炜遇露出尴尬的表情，赤崎警官也难得见到他如此。

"年轻人应该去谈恋爱，正是恋爱的年纪。"

换了别人，赤崎警官可能未必愿意开这个玩笑，但也没多问其他，年轻人应该谈恋爱，却肯定不喜欢被人问三问四的。

之
白

南方初冬，岁月阴寒。

事实上，石井的远景并不萧条，青山环绕，远山里都是翠色青柏，成片的散生竹林，生命力旺盛，一年四季都是顽强的青翠，它们是冬日里的希望，给人冷冬过去必是暖春的幻想。这样的景象陪伴着石井镇，生生灭灭，从未停止。

不知道眼前的生灵，有多少能等到明年的春暖花开。

冷啊。季之白忍不住发出了感慨，小镇上的年轻人正流行一种风潮，无论多冷，里面都只穿一件白衬衫，但他跟不了这股风潮。今天他在衬衣上套了一件黑色的毛衣，毛衣厚实抗冻，是母亲花了两年才织好的，针脚密密麻麻，结实得很。他曾笑话母亲，这件毛衣从夏天织到春天，春天织到冬天，直到他去年年底上高三的冬天，才穿上。

以前总觉得时间很慢，一转眼，毛衣穿了有一年了。

这样的天在家里围炉多好啊，但是今天必须出门一趟。

很快就到了目的地，他在一个小地摊前停了下来，地摊摆在镇上邮局门口的一个角落里，旁边是邮筒。一年四季，没有几个人会多看一眼这件老古董，也没有人再往里面丢信件。

小摊上摆满了磁带，花花绿绿的，老板目测年纪二十二三岁的样子，每天扛着一个大麻布袋，哗啦啦把磁带往一块布上倒，一开始还摆整齐，后来就是一大堆堆在那儿，谁有兴趣就自己翻。大部分是港台歌星的磁带，谢霆锋卖得最好，其次是只要拼有一首谢霆锋单曲的，也卖得不差。满大街都在唱"说再见别说永远，再见不会是永远"，也有烫着黄毛的小青年唱《单身情歌》，叛逆女孩喜欢哼"十个男人七个傻八个呆"。沿海的岭南歌星开始北上，但北京的新人像洪水猛兽，朴树、金海心、羽泉在春晚一夜成名。

季之白问候了一句，便盘着腿坐在邮筒下面，翻看胡乱堆着的一堆磁带，大部分他都看过，但还是喜欢看。小摊上都是盗版带，老板原本雄心勃勃地要在广州做一番事业，没想到各地开始打击盗版，店是开不下去了，亏得血本无归，只能打道回府。小镇上的生意勉强聊以度日，一周不开张也是常有的。

因是熟客，老板递给他一个单放机，一根很长的耳机线，季之白接过去，拿起朴树的一盒磁带放了进去，他很享受靠在破旧的墨绿邮筒下随意听磁带的感觉，哪怕今日真的冷到已觉深冬不远，也许明天就出不了门。

邮局上空的黑色电线垂得厉害，两只小雀在上面跳跃。

季之白原本现在应该坐在温暖的大学教室里，但是近四千块的学费，着实让家里为难，母亲下半年开始一直生着病，两个出嫁的姐姐刚成家不久。姐姐们想给他凑学费，之白于心不忍，不愿拖姐姐后腿，干脆试着给学校招生办写了申请延后一年入学的信件，也没抱太大期待，学校方面倒是很快就回了信，同意了。

可惜，今年外出打工的人都陆续回了家，金融危机导致失业率高了许多，他只能蹲在家里，好在镇上有个唱戏的师父愿意带他，师父看中他是年轻人里少数能静下心来看戏文的，什么《西厢记》《寒窑记》《凤还巢》《赵氏孤儿》，他都能解说一番。之白既能唱小生，也能唱大花脸，能文能武。让师父苦恼的是，季之白若是登台，能跟他这个年纪相仿的旦角，不好找，镇上的年轻姑娘喜欢围观，却无人愿意学。所以，能唱小生的机会不多，平时他就打杂、替补。师父知道他还想复学，需要钱，能上场的时候都尽量照顾着。但这份差事也就能谋生，存不下钱，寻常人家的喜事，请不起戏班子。

下午不过才四点一刻，天看上去就要黑了，听了有一会儿，季之白准备回去，今天他准备带走一盒磁带，一盒两块钱。

他看到一张盒身已经缺了一角的专辑，是齐豫的《橄榄树》，正要伸手去拿，突然冒出另一只手，把那盒磁带拿了起来。

季之白抬起头，眼前一头乌黑发亮的长发，柔顺得此刻连风都像是被控制了一般，变得轻柔，力道刚刚好，鬓角细碎的长发在女孩的脸上如柳丝般掠过，偶尔露出来的眼睛，清澈，面庞清冷。女生没有注意到之白在看她，直接把磁带从摊上捡了起来，左右翻看，直到老板用手指了指，她才发觉蹲在邮筒旁边的男生也想要这盒磁带。

两人的眼神碰到了一起。

"呀，之白哥，怎么是你蹲在这里？"一个女声，并不是长发女生在说话，旁边还有一个人，是易娅。

之白尴尬地摸了摸后脑勺，有点慌张，憨笑了一声，才认出来，长发女生是易初颜，三人都是十七组的。

"之白哥，不好意思，你也是要买这一盒吗？"易初颜的声音和她的眼睛一样，听着就纯净。季之白忽然感到莫名紧张，口有点干，不知所以地点点头，又抬起头来看了一眼易初颜，两人都笑了。

按说他们并不算陌生，只是不知为何，季之白这次见到易初颜，像是初次见面一样。

她的衣服上还绑着一条黑布带。

"是，哦哦，也不是。"慌乱之中的他有些语无伦次。

"那……还是给你吧。"易初颜说。

"那怎么行？"旁边的易娅一把从初颜手里抢过磁带，"要不这样，你们分别说一下，你们喜欢这盒磁带的哪首歌，我再来决定让给谁。"

"《欢颜》。"两人几乎同时脱口而出。

易娅有点为难了，眼睛左右骨碌转着，又说："你们猜，《欢颜》排在第几首，谁最接近答案，就归谁，我数一二三，你们用手指来代表数字。"

易娅也不等两人是否同意，不由分说喊道："一，二，三。"

季之白和易初颜反应都很快，同时伸出了手，都是一："b 面第一首。"

易娅从发旧还破了壳的磁带里把歌词页抽出来一看，果然是 b 面第一首。

"这……"易娅说，"看来你们都看过这盒磁带。算了算了，你们自己决定，这么难的题，你们竟然都能答对。"

"初颜，还是给你吧，我原本也还在犹豫，并非一定要买。"季之白说。

易初颜把磁带塞到他手里，又迅速拿起了另外一盒："我也只是第一眼看到了那一盒，《橄榄树》我有，所以给你，我要另一盒。"

她捡起来的是一盒从未拆封完全崭新的，她轻轻吹去上面的灰尘，是日本陶埙大师宗次郎的专辑。

"这是纯音乐吗？"易娅问。

"也算是吧。"

"很少有人买的。你什么时候开始听的？"易娅嘴快。

"很偶然听到的，整个镇上，只有他这里有。"初颜拉过易娅的手，"就它了。"

季之白把五块钱给老板，老板什么也没问，找了两块，"开张的收摊生意，打个折。"说着，开始准备收摊。

易初颜坚持把一块五给他，他也没好意思坚持不要。

天边最后一点光亮在顽强支撑，回十七组的半道，天已经黑了，没有路灯，三人行。

"易娅，明天是不是要返校了？"初颜问。上周父亲意外去世，易娅特意周末提前赶回来陪她，但周一之前还是要回学校的。

易初颜和易娅同岁，今年十八，比季之白小一岁，高一只念了一年就休学了，易娅学习成绩一直不好，小学降了级，正好跟晚入学的初颜同址，初中毕业之后，勉强考进了一所职业学校。

"是呀，这也太美了吧"，易娅紧紧挽着初颜。三人走到了新开田的斜坡上，琥珀色的湖面近在眼前，黑色笼罩着，湖面像是沉醉了一般，静美无比。

易娅深呼吸了一口气，十八岁的年纪，真是再美好不过的年华了。可是于初颜完全不同，现在家里只剩下她和哥哥易初尧，哥哥在十五岁那年突然患上重症肌无力，腿完全使不上劲。那会儿母亲还在世，带他看遍了能去的大医院，最后医生判定哥哥患的是肌萎缩性侧索硬化，也就是渐冻症。

不过三年时间，她和哥哥成了孤儿。

琥珀色的湖面真的很美，易初颜也有同样感受，她闭上眼睛，深深地呼吸了一下，虽然吸进的空气是如此寒冷。

"我们来打水漂吧。"季之白提议，他也不知道为什么会冒出这个念头。

"好啊好啊，初颜，你还会玩吗？"易娅附和道。

易初颜浅浅地笑了笑，扬了扬眉，说道："玩就玩，我又不是没见过你小时候打水漂的样子。"

这一瞬间的扬眉刻在了季之白的心里，是一种坚定、一种果敢，父母相继过世对她的打击，应该不是十八岁的年纪所能承受的。

"现在可不一定了。"易娅岂愿服输，"之白哥，你做裁判。"

提议人倒变成了局外人，直接是两个少女的对决。

季之白俯身在路边拾起了一块薄薄的瓦片。打水漂最重要的是得会挑瓦片，薄、轻，其次就是弯腰的弧度，眼睛瞄准了湖面，手扬起的时候，瓦片也跟着飞了出去。

一二三四五六七八，少女还没对决，先为季之白喝起彩来，真是完美的示范，水花压得很低，像是一行白鹭飞过水面。

易娅先开始，得了四下，初颜把飘散的头发扎成了马尾，手中的瓦片飞了出去。六下，季之白和易娅不禁为她鼓掌。

天空倒映在湖面，湖天一色，那么幽暗，深不触底，却美好至极。季之白在初颜的脸上看到了淡定之色，马尾在空中甩来甩去，甩出了一道灵动的弧线。

易初颜把手放在嘴边哈出一口气，可惜她并未回头，看不到季之白眼里此刻的心动。

等她转身的时候，季之白身边多了一个人，她认出是上周父亲出殡那一天，陪警官一起前来的人。他穿着黑色的长款风衣，里面一件薄薄的白衬衣，脸是方的，但高高凸起的颧骨让他的脸看起来很立体。这样的穿着，不像是警察，和这苍莽的新开田格格不入。

她礼貌地点了点头。

"这位是？"易娅开口问。

"我是所里新来的实习生，张炜遇，跟着赤崎警官。"自我介绍完，炜遇礼节性地笑了一下，他刚才看到了易初颜打过的水漂，指着已恢复了静止的湖面说："好看。"

"炜遇，为什么这么晚来十七组？"季之白问。

"我在等我师父，他在来的路上，你们组上出了点事，我们过来看看。"一说到任务，炜遇的语气淡了几分。

身后的十七组家家户户都亮起了灯，微微弱弱地，远远地，在远山阴郁雾气的笼罩下，像是苍穹之地，每户人家都生起了炉火，火影照着窗户，映射出冬日围炉的温暖。

风灌着每个人的脖子，冷飕飕的。三人朝着黑夜的深处走去，空气中偶尔传来几声犬吠。

炜遇站在他们的身后，影子被拉得细长细长，在黑夜里深邃幽静。

赤崎警官很快到来，步履匆匆，赶超了前面三人。

"大叔，不，大叔警官，这么着急是要去哪儿？"易娅胆子大。

赤崎警官并没有停下来，但还是应了一声："你们君叔那儿出了点状况。"

三人相互看了一眼，君叔前天出工，一夜没回来，昨天被人发现在自家矿地里，已经死了。明天要出殡，这会儿还能有什么事呢？

"我们也去看看吧。"君叔平日里对后辈很和善，原本明天出殡他们也都是要去送行的，警官这个时候出现，说明出了其他意外。三人加快了速度，往君叔家的方向走。

暗
涌

君叔家门口，亮着一盏灯，旧得破了皮的花电线从内屋牵出来，随意地搭在墙上，灯泡左右晃动，越走近，白晃晃的，刺眼。

正堂屋内传来哭声，抽抽搭搭的，声音不大，大约是君叔的亲人。有几个老人和妇女围在一起小声嘀咕着，脸上有一丝恐惧之色。

"君叔今年五十七岁，无子嗣后代，昨日被人发现死于山间一处山矿下，矿井不高，但下面都是建房子用的基石，应该是磕到了石头，头部失血过多死亡。"

季之白三人走到君叔家门口的时候，炜遇正在将了解到的情况向赤崎警官汇报。易君老年光景凄凉，两间矮房还是祖上留下来的，修修补补，他风餐露宿，没有后代，连个哭灵的人都没有。

同家族的老人出面帮忙料理后事，君叔死于户外，遗体不能进正堂屋，只是家族年长者不忍见他凄凉至此，那地矿是易氏家族的地，勉强找了个"建房用的宅基地也是家"的理由，又亲自去祠堂请了菩萨，君叔才得以进了正堂屋，明天一早出殡。

"哭的人是谁？"赤崎警官皱着眉问。

"好像是君叔的相好，但是两人没有结婚。"炜遇也是从旁边人的议论中听到的。

"人是她发现的吗？"

"不是，是组上其他人。"

赤崎警官来到灵柩前，围观人群自动后退让出空间。

易初颜站在易娅身后，扯了扯她的衣角，说："走吧，这有什么可看的。"

季之白在灯下看了一眼易初颜，她脸色苍白，他想到她才刚刚经历过这样的不幸。

"来都来了，就看一下，君叔的死竟然不是意外，你不好奇吗？"易娅不仅不走，还往前挤了挤，其实也没多少人，但这会儿都挤在了一起。

炜遇掀开了白布。

尽管很多人都知道发生了什么，但还是有人发出了尖叫，季之白明显感觉到易初颜往身后退了退。

炜遇表现出了警校学生专业的冷静态度，他吩咐人把门外的灯往堂屋里照，取出随身携带的小相机，开了闪光灯，先拍了一组照片。赤崎警官从口袋里掏出一副白手套戴上，抓起了君叔的手。

君叔的手腕被举了起来，是垂着的。

"手腕骨折了，应该是摔断的，从手臂周围来看，看不出有与人搏斗的痕迹。"炜遇轻声说。

赤崎警官把死者的手掌翻到另一边，只见食指处血肉模糊，露出森森白骨。

"君叔被抬回来的时候，没人发现吗？"他问。

"说是当时只急于把尸体用白布遮盖弄回来安葬，因为头部失血过多，没人注意到。"

白骨刺眼，食指上的肉像是被人用什么利器生生剔下来的。

"炜遇，看看这用的是什么利器？"赤崎警官心里琢磨着肯定是刀片无疑，翻开死者的另一只手，并无异样。

肯定不是意外，左手是完整的。这只右手于君叔而言有什么特殊的意义吗？或者说，君叔右手的食指，于这个谋杀者，有什么意义？

赤崎警官的脸比夜色还要黑冷，又叫了几个易氏家族的人问了些话。

据他们说，易君生前是个老实巴交的人，连跟人争吵脸红的事都没发生过，不太可能与人结仇，一辈子也没见过什么大钱，生前无积蓄，房子老得摇摇欲坠。

"他平时总去地里干活吗？"赤崎警官问。

"也不常去。君叔的腿脚不太好，是有一年被那个女人叫去盖房子时摔伤的，落了后遗症。"易家家族的人答道。

赤崎警官眉头皱了皱，灵柩旁有一个女人在低着头抽泣，头发枯蓬，大约五十出头的年纪，说的应该就是她了。

其他也问不出什么信息，所有人都确认君叔最近没有和任何人有过节，别说近期了，这一辈子都是个话不多的人，若不是手指处有异样，没有人会怀疑他的死另有其因。甚至，如果不是这个女人要求在盖棺前再看一眼君叔，他的食指被剔骨将是一个永远的秘密，无人知晓。

赤崎警官让炜遇把女人叫过来问话，旁边的人告诉他，女人是哑巴，不会说话，昨天听到君叔过世的消息，一路哭着从十五组跑过来，还没进门，人已先晕了一圈。

"这样啊。"

女人几乎是把脸埋在草席上，发出呜咽声，她的身份本来就被指点。

易氏家族有长者过来说："警官，不知道现在什么情况，可明日出殡吉时不能改啊。"

突然来的意外，虽然报了警，但几位年长者主张明日一切照旧，怕误了吉时影响整个家族的运势。说话者语气非常客气，实则只是告知，赤崎警官的意见并不影响决定。

赤崎警官交代了几句，便带了炜遇离开。警官一走，围观的人群也就散了，只有几位至亲在准备明天下葬的事宜。

第二日一早，一场很重的霜雾降临，清晨的石井镇白茫茫一片，新开田湖泊的湖面结了薄薄的一层冰，琥珀色的湖面被冻住了。

"衣服袖子硬邦邦的。"赤崎警官站在阳台上抽烟，看着昨晚忘记收了的衣服，正犹豫要不要收。妻子走过来，把另一件半干不干的衣服用晾衣竿撑了上去，说："霜打得重，反而容易出太阳，下午我记得收就是。"

把烟嘴掐了，顺手扔进垃圾桶。

"垃圾桶真是放得妙啊。"警官说。妻子瞪了他一眼，说："还是戒了吧，垃圾桶放这儿，一看就知道你还没戒掉。不要以为溪澈不知道，她只是不想点破你这个老父亲。"

赤崎警官憨笑了一声，他得早点出门，昨天跟炜遇约好，今早第一时间去那个哑巴女人家，这会儿应该已经出完殡了。

他一下楼，远远就望见炜遇站在警局门口，还是昨日那一身黑色长大衣，深邃的少年，似乎在沉默里思考。

"衣服颜色和你这年纪不搭。"赤崎警官主动调侃，很是难得。

炜遇回了一句："我有个老师曾说，不苟言笑是一个职业警察的表情。"

"呃，这话过于刻板。"赤崎警官很满意这个徒儿，几乎没有什么坏毛病需要他纠正，观察力，甚至是表情管理，都比他更好。

"十七组我已经去过了，君叔已经出殡，那个女人，"炜遇略微停顿了一下，"看上去才像是君叔的亲人，唯一的亲人。"

"这里的人不擅长表达喜怒哀乐。"

"懂。"炜遇不再说话。

师徒二人往十五组走去。

石井镇的人都知道，十七组和十五组两个小村落不和多年，曾经有一年，镇上提出并组，这两个村为谁并给谁大打出手，没有一方肯退让，最后集结在水库旁边一决生死，所有壮丁老少妇孺都出动了。镇上见双方如此较真，并组的事只能作罢。十六组却并了出去，硬生生地在这两个小组之间空缺了一组。

"这都什么年代的事？"炜遇问。

"大概快有二十年了，我刚调到石井来，就有人跟我说过。"

"小镇村民打架，能用什么打？"

"无非就是锄头、木棍，生死之架。"

"所以这是君叔和那个女人不能在一起的缘故？"

"正是。"

"我看得出来，只有那个女人是真的悲伤。"炜遇说。

"可她现在也是最大的嫌疑人。"

经路人指路，很快就到了哑巴女人家，大家叫她林婶，男人早年过世后，没再改嫁。

一个小院，三间房，中间是堂屋，左边是客厅，吃饭待客都在那儿，右边厢房是卧室，虽然简陋，一目了然，但小院并不凌乱，很难想象这是昨晚坐在地上披散着头发呜咽的女人的家。

此刻，林婶一脸木然地坐在堂屋，房间没有生火，穿堂风直灌而入。

警官上门，立刻就围了一大群人过来，林婶不会说话，只有从旁边人口中打听。

很快，林婶就有了不在场证明。连续三天，十五组都组织了妇女扫文盲的集中课，虽然林婶不会说话，听力还是有一点的，那三天林婶都在现场。

"除非是晚上。"人群中一个人说。

"我说你不知道就别瞎说，十七组都说了，老头是死于白天，不是晚上。"人群中又有人纠正。

赤崎警官看了一眼炜遇，炜遇点点头："君叔的死亡时间虽然很难精确，但确实不是晚上，尸体僵硬的时间更长。"

"林婶不可能杀害君叔，我们都知道，若不是有君叔，林婶要么远嫁，要么就成乞丐了。"

赤崎警官环视了一眼这三间房，虽然有点旧，但跟周边许多残败的土砖房屋相比，已然非常舒适了。

"这房建了多少年？"他问。

"大约有十来年了吧。"一个看上去快六十的老人站出来，走到院子里一处枯藤下，用力拉扯了下枯藤，露出一块小石头，赤崎警官和炜遇把石头上的枯叶扒开，上面写着"建于一九八六年，冬"。

十三年前建的房子。

尽管林婶有充分的不在场证明，但还是不能遗漏重要信息，赤崎警官直接问："那几日，易君有没有来找过林婶？"

有说有的，有说没有的，说有的人明确说出了时间："大前天，老头儿中午的时候来过，应该是在她家吃了饭才走。林婶知道大家伙不喜她和那边来往，所以也没吱声。"

"肯定不是林婶，婶这房子就是那边出钱盖的，要不是建了房，林婶原来的房屋早倒了，十几年前就破烂得很。"又有人说。

屋子里传来椅子脚挪动的声音，只见林婶站了起来，走到赤崎警官身边，停顿了一下，没有人吭声，她盯着赤崎警官，良久才张嘴，一边发出声音，一边做手势。

"她说什么？"赤崎警官问旁边人。

有人跟林婶用手势交流了几句，回警官："她说，君叔那天中午过来吃饭，反复跟她念叨，十三年前的人来了。"

"十三年前？那个人是谁？"赤崎警官追问。

林婶摇摇头，再问什么她都一律只是摇头，不再有其他信息。

"她的意思是，当时君叔没再多说什么，其他的她也不知道。"

今年是一九九九年，十三年前，正好是一九八六年，赤崎警官走到枯藤下的小石头旁，房子正好是八六年建的，出现了一个吻合的时间节点。

从十五组出来的时候，太阳破云层而出，果然晨霜越重，阳光穿透力就越强。

赤崎警官望了一眼炜遇，正好炜遇也看向他。"走吧。"两人已然很有默契，都知道要往十七组那条分岔路走。

不过，很快就让他们失望了，君叔实在是个平凡得有点渺小的人，一生都在为生计奔波，什么都做过，挑担卖过小百货，摆过地摊卖过瓜子，工地上干过苦力，挖过煤矿，拖过木板车，一辈子也没存上什么钱。给林婶盖房子的事，组上的人都知道，没人阻止他，因为两组箭在弦上的关系，君叔也不曾提过娶林婶过门，但有什么好的都先尽着林婶。

除了有一件事。说是当年林婶家盖房子封顶的时候，按照风俗，建房封顶都会有一位德高望重的师傅在屋顶上杀一只公鸡祭血，杀四方邪气。"当时一刀下去，那只鸡是死了，却没有血滴下来，很多人在现场都很震惊，君叔受了惊吓，一脚踩空，从屋顶的横梁上摔了下来。"

说话的是村主任，他比其他组的村干部都要积极。

"后来呢？"赤崎警官看着君叔那飘摇的旧房子，屋檐角的一片青瓦看上去马上就要掉落下来了。

"倒也没发生什么，房子盖得很顺利，只是他的腿一直没好利索。当时好多人说很邪门，是易君人善积了福，用自己的一条伤腿把邪气压了下去。"

如今易君入土为安，没有更多的过往被记得，至于他十三年前做了什么，更是无从知晓，在穷困的年代，每家每户都在博一家口粮，各扫门前雪，跟眼下的生活完全不能比。

如此折腾了一圈。

"也不是全无收获。"回去的路上，赤崎警官对炜遇说。

"想知道师父怎么看。"

"应该师父问你才是。"

"没有人能想起来君叔十三年前具体做过什么，也就意味着，十三年前，没有人和君叔一起去外地打过工，君叔可能是单独外出务工。还有一种可能性，他是和外面的人一起，这种情况常见。"

赤崎警官"嗯"了一声，说："还有呢？"

"组上的人都说君叔一直都是没有钱的，但是那一年他拿出了钱给林婶盖房子，证明他要么一直默默攒钱，要么就是那一年突然赚到了一笔钱。"炜遇继续分析。

"你觉得是哪一种？"

"应该是突然得了一笔钱。因为林婶说，他前几天总念叨，十三年前的人来找他，可见那个人起了很大的作用。之后君叔死亡，右手食指被剔骨，不难猜测，君叔十三年前所得的可能是一笔横财，才会一直心虚。"

炜遇说完，走在前面的师父停下来，使劲拍了拍他的肩膀，他一下没受住力，突然被拍矮了一截，师父说："可以啊，警校没白待。"

"可是，十三年前的人和事，我们一样都不知道。"

"你已经提到了一个人。"赤崎警官说。

"谁？"

"那个突然出现的十三年前的人。"

"我们并不知道他是谁。"

"但凡来过，必有痕迹，"赤崎警官说，炜遇在他的眼睛里看到了一丝不安，"除非，这个人根本就不存在，是君叔念想中存在的人。"

"不懂。"炜遇有点迷茫。

"没事，你慢慢会懂的，我也只是猜测其中的可能性。你先把剔骨的利器弄清楚，看具体是什么，"赤崎警官拍拍身上的大衣，因为加了一件毛衣，总觉得身上过于厚重了，继续说，"真是够狠的，看那剔骨的手段，应该就是那么一下。"说着，比画了一个动作，一刀切。

经过一户人家的时候，里面隐约传出了天气预报节目的背景音乐。

"原来都七点半了啊，饿了吧，去我家吃饭，没好菜，但肯定管饱。"师父发出了邀请，炜遇岂能不从，中午在村主任家随意吃了几口，这会儿两人都觉得饿了。

易初颜嘴里含着几粒米饭慢慢咀嚼着，电视里的天气预报刚播完，电视画面出现了小雪花，沙沙作响。

哥哥易初尧把单放机的录音键"啪"一声关了，从里面取出一盒磁带。

"哥，这盘磁带都录满了吗？"

"嗯，录满了。"

"AB 面都录完了？"初颜又说。

"满了的。"

"其实你可以只录一面，倒带回去听就好。"这个建议初颜提过多次，哥哥依然坚持把 AB 面都录满。录满 AB 面其实很难，因为哥哥只想录天气预报的纯背景音乐，但每次天气预报都只在最后走字幕之前才有十几秒的纯音乐。

"我喜欢这样。"哥哥没好口气。

易初颜夹了一口菜送往嘴里，桌上还摆着另一只碗，剩了一小半。吃了几口，她缓缓地说："哥，你知道这个背景音乐叫什么吗？"

易初尧的鼻子抽搐了一下，不说话。

"是《渔舟唱晚》。"

"你怎么知道的？"哥哥的确不知道背景音乐叫什么。

"知道就是知道，忘记是看哪本书上说的了。"易初颜张了张嘴，两个人的声音都只能在彼此距离范围内听到。

"哥，你为什么要录这首？"

"怎么这么多为什么。"哥哥的嘴角又抽搐了一下，他极力控制着，想起小时候和初颜第一次见面的情景。

"都录完了，就来把饭吃了吧。"易初颜起身，过去推哥哥的轮椅。说是轮椅，不过是凳子改良的，四个凳脚上都安装了一个小轮子，小轮子看上去很弱小，但也能支撑得起。

兄妹俩接着吃饭，易初尧的脸色难看，什么话都不说，过了一会儿，还是妹妹先开口。

"哥，你房间里生了煤火，窗户我给你稍微打开一点，你翻身时尽量不要靠近窗户。"

"知道了。"没有更多的话，哥哥狠命地把碗里的饭往嘴里扒，一口气吃完。把碗放在桌上，发出很大的声响。

易初颜沉默着。

"如果我没猜错的话，你房间窗台上少了一盆风信子，对吧？"易初尧问，这句话憋在心里很久了，自从父亲去世，他到现在都不敢问，成了兄妹俩的隔阂。

垂着的发丝挡住了易初颜的眼睛，她不吭声。

"为什么这么做？"易初尧的声音如风雨雷电交错般袭来。

"你不是我。我也不需要向你说明什么。"终于，易初颜站了起来，她不想回答哥哥的问题，也不想再听，她的声音很细，可细微里带着倔强不容反驳。

"你把东西给我看看。"

"什么东西？"

"你明知故问。"

易初颜想离开，但她意识到不该跟哥哥生气，医生一再叮嘱，哥哥不能有情绪上大的波动，否则会引起并发症。父亲去世，已经对他造成了很大的影响。三年前大病一场之后，他还困在自己成为渐冻症患者的悲伤命运里没出来。

"哥，你知道的，唯独那一样不能给你。"说完，易初颜回了房间。

"初颜！"

她还是转了身，隔着没合上的门缝隙看着哥哥，眼神没有退让。

只听到易初尧大声吼了一句："你有没有想过妈在天上的感受？"

她收起了眼神里的锋利，没再说话，关上了门，门的缝隙慢慢将兄妹俩的视线切断了。

如哥哥所猜，窗台上原本有三盆风信子，现在只剩两盆了。风信子在南方很难培植，易初颜将它们养在温室里，隔三岔五地放到后山的土地里，精心呵护，才勉强存活几盆。

房间的灯泡坏了，还没来得及换一盏新的，她划亮了一根火柴，点上一盏琉璃灯，深呼吸一口气，决定今晚要出门一趟。

出了后门，通往左边的路，尽头处是一座已经废弃了的青砖灰瓦的福堂。

重霜降落之夜，易初颜和赤崎警官师徒都走在十七组那条漫长的路上，往相反的方向走去。

封
尘

炜遇吃了饭就走了，赤崎警官送到楼下，回来的时候带着霜雪，今年不仅冷得早，连霜夜都来得早。

女儿溪澈见父亲回来，自己搬了凳子，挨着坐下。在炉火边，赤崎警官把鞋子脱了，直接把脚踩在炉子的铁边上，刚踩上去又缩了回来，烫。

"真是冷啊，跟吃刀子一样。"警官抱怨着，今天在外面跑一天，没少吃刀子。

溪澈把头歪着，倒在父亲腿上。妻子端了两杯热水过来。

"爸，刚才吃饭的哥哥，以前都没见过。"

"刚来还没多久。"

"我记得以前你不愿意带实习生的，怎么突然变了？"

妻子在旁边整理账本，也扭过头来看着丈夫，说："对啊，我也记得以前你不喜欢带实习生。"

"得分人，吊儿郎当的，带在身边还碍事，炜遇业务能力可以。"

烤了一会儿，袜子冒出热气，脚冰了一整天，这会儿有点热气了。

"你说一九八六年，都发生了什么？"警官问妻子。

"不就是溪澈出生那一年吗？"冬天的老茶泡一会儿，就香气四溢。

"这我自然记得，"警官捏了捏女儿的鼻子，"那一年冬天，下了一场很大的暴雨，冬天抗洪，牺牲了不少人。"

"怎么问这个？"

"今天去查案，有两个事件都跟那一年有关。"

"也没什么特别的吧，"妻子漫不经心地说，像是努力地在回忆，"真没什么特别的，那一年我怀着身孕，每天都坐在家里，也不记得什么，非要说什么，我就记得我们隔壁家的小孩被拐了，是被一个来家里借住的房客拐走的，孩子妈妈常常上家里来哭诉。唉，那两年，到处都有孩子被拐。"

警官用手伸出一个八字形。

"哎呀，知道啦，说八遍了是不是，这记性，我还以为第一次说呢。"妻子有点不好意思，人都说一孕傻三年，她觉得自己傻十三年了。

"一九八六年，寒戈镇才刚刚通电，你还记得吧，我从市区把你接到镇上时，到处在埋电线杆。"

"我哪能忘啊，这是我最不能接受的，那时流行一句话，没有电，不方便。"

"我从小就在油灯下看书，哪有像现在这么好的条件，彩色电视，都有二十九寸的了。别说，我还记得你很迷一部电视剧。"这是属于夫妻俩共同的记忆，赤崎警官在心里感慨怎么一下过了这么多年。

"什么剧？我怎么不记得了？"

"《霍元甲》啊，看得比我还过瘾。"

妻子笑了笑，那时刚结婚没多久，还买不起电视，楼下一户人家有黑白电视，每晚都搬到院里的空地上，所有人自带板凳，围在一起看。

"你也别说我，《珍珠传奇》你也一集没落下。"

忽然就说到这些往事，赤崎警官发觉已经很久没像现在这样，在温暖的炉火面前，一家人说说笑笑。

一直插不上话的溪澈问："爸，我们家什么时候才能买上彩电？"

赤崎警官抱歉地笑了笑，自从调到石井来，还没时间给家里添置什么家具家电，别说彩电，连黑白的都没有。

"很快就买。"话是说出来了，可他心里还是有点发愁，有同事推荐了一款二十九寸的康佳彩霸，咬咬牙买一台吧。

第二天一早，赤崎警官到办公室，进门便发现了趴在桌上的炜遇，一看就是熬了夜。一份手写的报告压在他的手下，赤崎轻轻地抽出来。

报告简洁明了，简单地分析了死亡时间，大约是在三日前的上午十一时，至于凶器，因为叫不上名字，所以写在纸上，还用了双引号。

上面写着——"内置刀片竹制八爪剔骨器"。

警官的高低眉相互压制起来。

这写的什么东西？剔骨器？听着就瘆人。虽然名称很古怪，但看到炜遇画的图就一目了然了。

图上首先画了一个类似八爪的东西，是用竹篾做的，内里用虚线画出来，是一块块隐藏在竹篾下面的小刀片。四片。

赤崎警官顿时就明白了，这种利器不难制作，竹篾和小刀片每家每户都有，只是在竹篾下面固定好刀片，确实能多出一道剔骨的功能。

他不寒而栗。

炜遇醒来，见师父已经看明白，只补充着说了一句："死者伤口同时有竹篾和刀片的剔痕，所以我画了这张图，方便师父看懂。"

警官点了点头。炜遇给师父上了烟，又去泡茶，茶是用石井产的茶叶做的，师父平时茶喝得浓，炜遇每次也就多放一些，今早的比平时更是浓了一分。

"师父，我们学校都用上电脑办公了，我们所里什么时候也用上，会方便许多。"

警官抬起头看了他一眼，嘴巴往外努了努，说道："公共室有一台，说是奔四的，我还不会用，回头你教我。"

炜遇挠挠头，有点不好意思："我其实也就会打打字，有一段时间没用了，今年学校计算机老师刚教的新的五笔口诀表也生疏了不少。"

师父没再接话，沉默地看着这张图。

不知过了多久，他突然站起来，走到窗边的桌旁，拿起了电话。

季之白还是鼓起了勇气，站到院子外面，敲了敲门，门声刚响，靠里的厢房窗户便探出一张脸。是初颜。

　　他挥了挥手里的磁带，初颜从房里跑了出来，看上去心情还不错。

　　"上次说要交换着听的，不知道还算不算数？"之白手里拿的正是那天买的那盒《欢颜》。

　　"当然，你不来找我，我也打算去找你换呢。"初颜打算伸手去接磁带，想想还是应该先把人请进屋，"进来坐坐，刚才我哥还说，好久没见到你了。"

　　"刚经过他房间，门是关着的，就没去打招呼。"初颜往隔壁屋望了望，回头说，"可能睡着了。"

　　他轻手轻脚地进了初颜的房间。

　　长这么大，季之白还是第一次进女生的房间，有点不知所措，所幸他很快看到窗台上面摆着整齐的一排磁带，有的盒身都磨坏了，一看就是被主人熬了许多很深的光阴。他凑了过去，窗台上还有盆不常见的植物，不，应该是从未见过。

　　"这个是什么？"他问。

　　"风信子。"

　　"很少见。中间的茎球很特别。"

　　"有点丑吧，但我觉得好看。"

　　"不，不，也是好看的。"季之白觉得有点尴尬，岔开话题，"对了，那盘磁带呢？"

　　"之白，你自己选，想听哪盒都行。"说着，初颜伸出了指尖，在那排磁带上划过，最后抽了一盒出来，是那天买的，封套已经拆了。季之白很喜欢初颜指尖划过磁带的动作，她手指修长，若是弹钢琴，该有多美。

　　"还是听这一盘吧，《故乡的原风景》，我也想听听。"

　　季之白把磁带放在手里翻了翻，正暗想是不是应该走了，初颜说话了，原本她就想要去找他的："之白哥下午要去哪里？"

　　"要去瑜师爷那儿，下午他要教我敲大鼓。"这事他可不敢忘，瑜师爷不是谁都愿意言传身教的。

"我见你登台过一次。"初颜说，"那次你唱的不是小生。"

季之白努力回想最近一次登台是哪一出，好像是《寒窑记》，唱的是薛平贵身边的武将，是武生，想起来就有点窘，瑜师爷教过他空翻，那是他第一次在舞台上表演空翻，紧张。

"贴了胡子的那次对不对？"

"对，我们在下面看得都很好笑，年纪轻轻就唱老武生了。"初颜笑了起来。

"那一出唱的是薛平贵十八年后从西夏国回去找王宝钏，他身边的武将自然也是跟了他多年的老人了，而且年纪还得比他大，才显得忠心，所以我们都要贴上胡子。"

"那一场确实很激烈，"初颜拨了拨脸颊边的长发，又问，"敲大鼓很难吗？"

"还没试过，肯定很讲究的，我敲过单皮鼓，敲在鼓眼上声音就没问题，瑜师爷要教的是牛皮大鼓，力度反而不好掌控。但是空翻都能学会，敲大鼓应该不成问题。"季之白突然想起什么来，"你刚才说，下午找我有事？"

"也不是什么紧要的事情，我突然想起，以前新开田还没修的时候，有很多稻田，你还记得吗，我们小时候一起去过。"

季之白还记得，虽然参与的次数肯定不多，他一心闭门念功课，不喜欢玩。那时他对初颜的印象，总觉得她让人有一种抗拒感，具体也说不上来。大概还是像之前那样想的，明明应该是熟悉的，每次再见却又有陌生感。咦，但今天陌生感好像没有了，想起从上次见面到现在，都是温暖的。

"稻田抽穗的时候最好玩了，我记得那会儿你和我哥一起玩，在田埂上跑，有时候会连人被甩到稻田里去。"

"然后，稻田里突然冒出一些大人来追着我们骂。"

"是啊。"

两人有了一些共同的记忆，简单，倒是有趣。

"之白，我想让你帮个忙。"

"什么忙？"

"我哥很久没擦澡了，但是他……我怕他会长褥疮。"易初颜说着，垂下了眼眸。

"不耽误事，正好我也很久没见他了，等下他醒来，我就去。"

正说着，旁边房间有了动静。季之白在门口喊了一声，里面传来易初尧羸弱的声音。

季之白看了易初颜一眼，她只是摇了摇头。

易初尧身上的情况比他想象的要差很多。因为翻身不便，背部已经长了乳白色的颗粒疥疮，破了皮的地方流出了脓水。易初尧已不是少年意气风发的模样，现实早让他的青春活力灰飞烟灭，只剩一具皮囊。有些看上去结了痂的伤口，用棉签蘸上药水轻轻触碰，面上的皮薄如蝉翼，脓汁流出来，用纸巾擦拭，纸巾太粗糙，碰触到伤口的时候，易初尧扭曲的面色更是枯黄。

季之白还记得当年易初尧发高烧，在家里烧了三天后才被送到县城医院，耽误了最佳治疗时间，从县城医院回来的时候，就是现在的样子了。

甚至村里有人说，易初尧可能熬不过那年的冬天。可是他熬过去了，他的母亲却没能熬过第二个冬天。

房间里没有一丝光，窗帘遮得死死的，季之白起身去把窗帘拉开，把扣得紧紧的窗户推开，手上沾了锈尘。窗户一开，清冷的空气马上钻了进来，像是要洗涤房间里的污浊。

两个人同时吸了一口气，此刻这寒冷竟然如此让人觉得有新生的力气，可见，寒冷并非冬天最残忍的事情，比死亡更可怕的是没有勇气打开窗帘，没有勇气让寒气侵体。

一个少年躺在床上，眼睛半睁着，看着冷冽的窗外。

一个少年站在窗户边，想着自己的前程，看着远处不知道要走多少人才会苍茫的路，暗生悲怆。

屋子里的混浊空气清新了不少，窗户和帘子还是得拉上，季之白又给易初尧换了一杯新的温水，见他紧绷着的嘴角依旧没有松弛。房间里的时光，便如尘封了的岁月和尘封了的回忆，不再有翻新的迹象。

他从易初尧的房间走出来，门口蹲着初颜。不知道为什么，没有任何迟疑，季之白向她伸出了一只手。初颜抬起头望着他，老旧的屋檐下，阳光从屋顶参差不齐的青瓦缝隙里照射下来，照在她的脸上，两道很深的痕迹，像是刚刚被雨水冲洗过的小路。

那道光忽然不见了，这是冬日残阳的残酷，一道没了生气的光，便是日落来临。

仰起的脸，空中的手，刚刚好。

初颜把手伸了过去，季之白轻轻一拉，人便站了起来。

哥哥的门关严了，天色犹如一块黑色幕布，正在慢慢拉上帷幕。

初颜提议去后门走走。

后门是另一种风景，对面的苍柏看起来离得近了许多，没多远处有一块凹下去的地形，连着一片都是苍柏和竹林，一直蜿蜒到了对面的小山，青翠之色始终不曾断层，如此，远处也就显得近了。

季之白舒了一口气，在这里长了十九年，竟然未曾来过后山。

初颜顺着门外的小路，在一块小地前停了下来，是厚实的竹篾和透明的尼龙布搭建起来的温室，每块尼龙布上都有针扎的透风口。里面有两盆盆栽，长得尚好。

原来是刚刚在初颜房间里见过的风信子。

"风信子在南方的水土不好养，得用花坛来养，秋天就搭了温室，但还是不易存活。"

如此细心养风信子的女孩，恐怕石井也找不到第二个，至少自己没见过，季之白这样想着，问："为什么会种风信子？"

易初颜端起了其中一盆，说道："风信子的花语是善良，与人为善，与这世界为善。"

季之白想起前几日在地摊上见到初颜的模样，就像初见，温暖之感再次扑面而来，她的信仰如此简单纯粹。

天空已是阴暗之色，好像这阴暗，才是天空原本的颜色。

"风信子能抗寒吗？"虽然风信子看上去美好也足够顽强，但水土不服，又遇寒冬。

"好好养着，就一定能存活。"

要亲自跑一趟寒戈镇。赤崎警官手里拿着炜遇画的图，凶器叫作"内置刀片竹制八爪剔骨器"，名字古怪，但他已然知道是什么样的凶器了。

上午他给寒戈镇以前自己就职的公安局打电话，想确认一下从前在寒戈镇是否有同一种作案手段的案件，这两天查到的线索，勾起了他一些没有关联的头绪，就凭着这一点"疑似的疑虑"，他下午得亲自走一趟。

局里安排好车已经是中午了。

寒戈镇距离石井镇一百多公里，路不太好走，一路颠簸，还要经过许多山道，前后一个半小时才到达目的地。赤崎警官回到了熟悉的寒戈镇，离开没多久，什么都没变，但又似乎离开了很久，人事有变动，新来了几个协警，是生面孔。

局里对他很客气。接待他和炜遇的是王武义警官，以前共过事。

赤崎警官把石井镇的情况简单说明了一下，想求证记忆中有桩类似犯案手法的案子，是否发生在寒戈镇，是否真实存在。

因为之前来过电话，王武义警官很痛快，第一句话就证实了赤崎心头的疑虑："我也记得有类似的作案情况，应该是十几年前，时间不太确定，具体要去档案科把材料调出来看一下。"

赤崎警官迅速地在心里盘了一下，现在可能出现了第一个时间重合点。

武义警官陪着二人来到档案室，档案室的办事员是一位老爷子，六十岁，半退休了，记忆似乎没有从前好，他努力回想了大半天，一边找，一边摇头。他对这个案子印象不深，哪怕赤崎警官强调了作案手法还有凶器，老爷子也没太想起。

局里每四年都会更新一次档案室的文件，十几年前的案件资料，要去顶层的材料室找，很不巧，材料室是另一位快六十岁的办事员负责管理，今天不在，连同钥匙也不在局里。

"不好意思，现在很少有案子能用到十多年前的材料。"老爷子有点愧疚。

看来是要白跑一趟了，赤崎警官心有不甘，寒戈和石井两镇相隔并不算太远，但路不好走，总归是不方便，更何况寒冬会在什么时候彻底到来，并不可预见。

"您还记得当年是谁在跟这个案子吗？"赤崎警官问武义警官，武义警官紧皱眉头，面带为难之色，十几年前的案子实在有点想不起细节了——既然已经想不起，想必当年也并不是多么轰动，但他还是努力想了很久。"哦，对了，我觉得你可以去找一下王棱，当年他接手这个案子的可能性很大。"

武义警官拍了拍他的肩膀，赤崎警官知道是什么意思。十三年前，自己结婚生子，王棱作为局里的生力军，自然也承担了更多的案子，如今王棱早已升任副局长，今年自己被调迁，是王棱极力主张的。

王棱的办公室就在三楼，万幸，王局正好就在。

"确实有这么一桩案子，作案手法很相似，但当时的死者并非因这个而死。"王局脸上并无太多笑容，回想着当年的案件。死者是一名儿童院的副院长，当时的儿童院是镇上唯一一所福利院，存在的时间很短，没多久就跟县城的儿童院合并了。

"副院长是谁来着？"赤崎警官问。

"王林生。"此案也并非经王局之手，但他还是印象深刻。

"嗯，听名字应该是当地人。"看上去只是一句简单的话，赤崎警官却抓到了重点，早些年不少外地富商喜欢在偏远地区做慈善公益，像儿童院这种大的福利机构，是他们首选的资助项目。谁是负责人，谁自然也有一定的话语权。

"除了院长，其他负责人都是我们本地的。"在寒戈镇，王姓居多。

王局接着回忆：十几年前，王林生突然暴毙，当时的医检报告显示，他死于极度亢奋状态，据说当晚王林生和儿童院里医护处的护士长正搞在一起，他死的时候，刚刚偷情完。可后来也听一些传闻说，王林生可能是死于水银中毒，至于食指被剔骨，应该是王林生死后之事了。医生判断，很大可能是因为食指碰触过水银，水银侵入伤口，导致溃烂。

"后来怎样结的案呢？"

"当时造成的社会舆论对儿童院很不好，而儿童院本身作为公益慈善机构存在，也关系到各方利益。王林生确实是因为偷情致死，这一点毋庸置疑，所以结案判的是死于偷情暴毙，那位护士长后来被革职。啊，不对，好像当时也死了。此案就算了结了，案件到此为止，事实上，再查也不会查出更多的信息，无非就是儿童院的一些利益纠纷。"王局又回忆起来，后来，儿童福利院被曝出涉嫌参与拐卖儿童，最终政府介入清查，整顿之后，被勒令和县城儿童院重整合并，寒戈镇之后也再无儿童院了。

"挺可惜的，很多无家可归的孩子没了去处。"赤崎警官惋惜道，"王局，这个案子案发的时候，是什么时候？"

"应该是一九八七年的春天，前一年的冬天格外寒冷，跟今年有点像，开春也开得晚了。"

赤崎警官又寒暄了几句，便起身告辞，也简单向王局说了一下石井镇的案件。

告辞的时候，武义警官把他送到楼下，告诉他等档案一查到，会第一时间联系他。

出了警局门，赤崎警官点了一根烟，跟在身后的炜遇说话了："师父，刚才你特意问了具体的时间，是有特殊的记忆吗？"

"一九八六年，我老婆怀孕了。"赤崎警官放慢了脚步，若有所思。得知怀孕消息的时候，当时医生说因为他老婆体质弱，如果想要保住孩子，必须每日往返医院打安胎针一个月，除了打针还必须卧床二个月。预产期是在冬天，就是十一月底，所以他对那年的冬天印象特别深刻，局里特意给他提前批了假。虽然王林生的案子是一九八七年春天发生的，但两个时间节点挨得如此近，必定有关联。

"炜遇，你知道吗，冬天最冷的时候不是下雪下冰雹，而是什么都不下，只刮风。"

那一年的冬天风就很大，还有暴雨。

"师父师娘是有福之人。"炜遇在办公室见过赤崎警官的全家福，师父爱家，对女儿更是宠爱，通常只要有时间，就必定是陪着孩子的。

再也不想走那条路了，为了这个孩子，吃了多少苦，只有他自己知道。赤崎警官心里默默地想，上了车他就闭着眼不说话，师徒一路沉默。

有多少记忆会尘封，就有多少记忆会解封。

第二天清晨，石井镇迎来了第一场雪，猝不及防却又像是被召唤了很久，远山的青柏一夜之间被压弯了，湖泊结了厚厚的冰，屋檐角吊着浑圆的冰棍子，长长地垂在青瓦上。

余温

　　这场大雪连续下了六天，也不见停歇，路上不见人的行踪，于石井镇来讲，这是艰难冬天的开始。路上结了冰，交通完全停滞，停水停电，世界末日的谣传在炉火边开始蔓延。有人开始屯米屯油屯蜡烛，超市的一袋米卖到了十块一斤，萝卜论根卖，豆腐按块卖，即便如此，货架上也无东西可买。

　　而寒冬给季之白带来的，是几近灭顶之灾。

　　这一晚，季之白冒着大雪去师父家，大伙儿难得聚在一起彩排，要排两曲。一曲是《扫窗记》，折子戏，浅蓝色的戏服穿在身上，他要扮演的是多才多艺但命运多舛的高文举；另一曲唱的是《桃园三结义》，季之白负责敲大鼓，敲大鼓并非简单的差事，这出戏里对武生的要求极高，要在舞台三连空翻。村里几位曾经唱戏的老人闲来无事也过来凑热闹，给年轻人讲戏文。

　　行头是旧行头了，但穿在身上，依然掩盖不住季之白身上的少年气，有老者赞他天生是唱小生的身板和模样。据说季之白的爷爷曾经是个游街的唱戏人，四方登台，只是国粹日益落寞，到了如今的年代，想要在民间看一出完整的戏都难。

　　戏文没听几句，隔壁院滨婶的声音遥远地从雪地里传来了。

　　"白儿，快回去看看，你妈妈刚在院门前摔倒，幸好被发现了，现在怎么叫都叫不醒，"滨婶的声音带着哭腔，说到后面这句几乎就要哭出声来了，"怎么叫都不答应，怕是不行了，你赶紧回去吧。"

季之白眼前一黑，脱了戏服就往家里跑，几个一起排练的伙计也跟在后面，冰路太滑了，好几次差点摔倒。

好在离镇医院不算太远，就算再难行，也还是能去的。

母亲躺在病床上，一动不动，好像睡着了一般，鼻间呼吸一阵急促一阵微弱，微弱的时候，一点声音都听不到。母亲就这样在镇上医院躺了三天。

镇医院三天前就已经告知他，母亲是急性脑出血，脑部有大面积的血液涌动，无法做手术，要看病人脑部血液的吸收情况，当时下了病危通知书。今早医生通知他下午去办理出院，把母亲接回家去度过最后的时光。

哭喊已然无用，医生尽力了。

季之白到现在都不愿相信这个事实，三天前的下午他出门，母亲还在炉火边帮他纳新鞋的鞋底，叮嘱他早点回家。母亲的身体确实不好，尤其是今年经常出现极度疲惫晕倒的情况。季之白不能去念大学，母亲时常自责，有时候拿着大学录取通知书反复地看、反复悲叹。

病床外大雪封天，所有的道路都不通车，季之白的两位姐姐被大雪困在镇外的一家旅店，根本出行不了，电话也打不通。

下午，村里好心的人找了几个身强力壮的人，从医院借用了担架，母亲躺在担架上，气若游丝，几床被子裹身，大伞遮雪。从镇医院到季之白家的路，独自走都困难，更何况是把一个病人抬回家。

临出病房门的时候，医生来叮嘱了，可能病人撑不过这段路途，要随时做好准备。

山形依旧，青山旧颜，人世却无常。母亲无异于被宣判了"死刑"，大雪封路，脚下的这条路，可能是他和母亲就此告别的路，第一次为母亲撑伞，竟然是生与死的别离。

没想到，母亲竟然撑过了这一路的风雪。

进了家门，家里早有人帮忙生了火，没有电，也有人送来了蜡烛。母亲仍然是昏迷状态，跟在医院一样，嘴唇惨白干巴，生了许多细小的裂缝，因为吞食不了食物，在医院就只能靠打葡萄糖。季之白用棉签轻轻地将母亲的嘴唇打湿，棉签滑过的裂缝应该是很痛的，可是母亲一点反应都没有。

他又去村里的医务室求医生继续给母亲吊上盐水，虽然医生说可以准备后事了，可母亲还有一口气在，就不能放弃，村里医务室的医生勉强冒着风雪过来，把剩下的药水放在他家，教他换针换药。

晚上八点，两个姐姐还未能进家门，来探望母亲的人陆续回了家。

雪就没停过，季之白坐在母亲床前，雪色映进了房内，空空如也。

这样的状态又持续了两日，母亲并没有咽气。

季之白跟人说起自己感受到母亲想说话，好几次他都把耳朵凑在母亲嘴边，可她终究什么也没说。

围观的人说这是回光返照。

今天雪倒是停了，再快，两个姐姐也要明天上午才能进家门，现在他唯一的希望就是，姐姐们能赶上见母亲最后一面。

客厅和堂屋里来围炉的人群来了又散了，散了又来了，院子的大门开了又关，关了又开，终于在此刻安静了，雪从院落里杉木树上落下的簌簌声，如若就在耳侧。

隔了一会儿，门再次发出了吱的一声。正在给母亲换药的季之白回头一看，是易初颜。

"初颜，这么晚，你怎么来了？"自从母亲生病之后，他还没见过初颜，也许初颜来过，只不过他的心思全然不在进进出出的人身上。

"之白，你还好吗？"初颜拎着一盏琉璃长灯，灯芯散发着蓝绿的火苗。

季之白没想到初颜会来，前几日还是自己去安慰她，可现在，自己陷入了无尽的绝望之中。

看着发愣的季之白，初颜走了进来，把琉璃灯轻轻地放在桌上，走到病床前，摸了摸季之白母亲的额头和手，两人沉默良久，房内只剩下季之白母亲鼻里冒出的粗重的呼吸声。

初颜往脸盆里倒了一盆新烧开的水，滚烫的毛巾在她手中来回翻腾之后，她把毛巾敷在了季之白母亲的手上。

"我妈说，人的手心有了热气，整个人都会舒服起来。"初颜说。

"他们说将死之人都会回光返照。"季之白的声音很轻，像是害怕自己听到自己说的话。

"也许她有什么放不下，还在等。"

"应该在等我的两个姐姐。"

初颜不再说什么，又静坐了一会儿，季之白送她出门。

两人往外面走，初颜说："之白，之前带你看过我家里的风信子，知道我为什么喜欢风信子吗？它很难养，但它一旦生存下来，就有无穷的生命力。"

季之白在黑夜里看到了她倔强的脸庞，从容而坚定。

初颜永远都如初见般让人温暖，不知道什么时候开始，从前陌生的抗拒感消失了。

脚底下发出踏在雪地的声音，两人并肩走着，琉璃灯一闪一闪。

"之白，人都会有山长水断之时，我们生来本就充满了苦难。"初颜停了下来，望着落满了杉木树的积雪，季之白侧看她的眼眸，如墨一般。

再厚的积雪，终有融化的一天，初颜又说："山长水断，就换一条路，万劫不复的时候，就学会幻想。幻想不是什么好事，但会让我们没那么煎熬。"

"你有过万劫不复的时候吗？"季之白问完就后悔了，初颜这几年经历的苦难远比他多，可是眼前的大雪纷飞，连路都看不到，何谈出路。

树影恍惚，身影单薄，韶华抵不过苦楚岁月。

漫天风雪停歇了。

除了季之白坚持着吊着盐水，医生没再开任何药，母亲的呼吸仍然跟在医院一样，时而急促时而羸弱。

两位姐姐拖家带口终于在风雪中徒步进了家门，三姐弟免不了抱在一起痛哭。

　　村里来过两位算命先生，算命先生都说季之白的母亲熬不过今晚，让人提前准备好请锣，所谓"请锣"，一是悲送，二则是告知逝者已逝。

　　虽然不信算命先生，但两位姐姐还是照做了。

　　夜晚降临的时候，三姐弟坐在母亲的房间里。

　　季之白永远都会记得那个晚上，被算命先生预言的晚上，母亲昏迷的第七天。

　　大约是深夜十二点，一直昏迷不醒的母亲，忽然抬起了手把身上的被子掀开，嘴里喊着热。外面风雪如此之大，室内烧着炭火，温度也不高，不可能热。姐姐把被子盖上，母亲又伸手掀开，但母亲的手终归是没了力气，最后只能掀起一点点的被角。无奈，姐姐将盖在母亲身上的一床被子完全掀开，母亲才没再挣扎，呼吸竟然没了之前的急促，慢慢平缓下来。

　　这个夜晚，姐弟三个都没睡，等着天明。

　　天一亮，他去请了镇上医生来家里诊断，医生看了仍是摇头，但建议他们送市区医院。看了一眼外面糟糕的天气，要不是风雪已停，步行都艰难，别说去市区了，就算是去往镇上，也难，就算路能行，也没有人敢开车去。从家里到市区的路，都是冰封的。

　　季之白去村主任家求助，主任听了先是一愣，原以为他是来商量丧事的，没想到他执意要找车去市人民医院。主任只好带着他走遍了大半个村子，此路难行，无人敢应声。

　　晌午也没有找到敢去市区的车，季之白只恨自己不会开，要不怎么都是要去的。连续七天七夜的大雪，石井镇已是肃杀残冬，苍莽银白，再看不到其他颜色，满山青柏的翠绿，也被屏蔽了。

　　刚进家门，大姐就很着急地说，母亲断断续续地高烧低烧，村里的医生来看过，不建议打针，只能持续消炎，再用毛巾物理降温。不过依然反复无常。

　　季之白反身想去找镇医院的医生，但据说因为停电停水，镇上的医院都是关门的，只有一两个医生在轮值，即便是这样，他也要抱着期待去。

出了院子门，一个身影远远地朝他走来。

易初颜大口大口地喘着气："我知道哪里有车能送伯母去市里的医院，就看你敢不敢去。"

都这个时候了，只要有一点希望，刀山火海，季之白也会去，问道："谁家的车可以去？"

"邻组上的易桥叔，他家住在另一边。"易初颜指着往北的方向。

"易桥叔我知道，可是你怎么知道他敢去？"

"早听说他爱财如命，他有一辆车，我猜你只要给他双倍的车钱，他准能去，不行就三倍。"

"是啊，我怎么没想到他呢，早年发大水，镇上都淹了，是他开着车蹚过了一道道水沟。"

"不妨一试。"

季之白感激地看了初颜一眼，来不及多说什么，此刻他心里只想尽快找到车。

邻村并不远，只需要穿越新开田，走到镇上，再过一片田野，对面便是。

路过新开田的下坡，季之白倒吸了一口气，路碑已经被埋了一大半，坡度有点高，又滑，他干脆坐在地上，闭着眼滑了下去。

虽然很心急，但还是得一步一步踩实了前行，用了大半个小时，他才走到了易桥叔家。这一路走过去他一点绝望都不曾有，初颜那天晚上说，要学会在万劫不复的时候幻想着希望，何况现在雪停了，这本身就是希望。

最重要的是，母亲还没有放弃。

易桥叔家的院落门很矮，门口的雪连脚印都没有，一眼就能看到停在屋檐角的车，是一辆七座的小巴车，平时镇上常见的拉客车。车身一点雪都没沾，像是刚刚被擦拭过一般，季之白眼里一热，想必车主应该就在家里。

果然，易桥叔正坐在火炉前，跷着二郎腿，屋子里没点蜡烛，借着窗外的光亮，他嘴里哼着小曲，火炉上的蜂窝煤上热着一壶酒。

　　"易桥叔好，我是十七组的季之白，你一个人在家啊。"

　　"他们都在广州，也回不来。"易桥叔眼皮都没抬，等季之白说完来意，他才慢慢悠悠地把火炉上的酒壶拎起来，朝着一个浅到见底的小瓷杯里倒，酒在空中划落出利落的弧线，早闻易桥叔贪酒爱财，真是一点都不假。

　　易桥叔把桌上的酒端起来往鼻间闻了闻，小啜一口。

　　他的动作越慢，季之白越急。

　　又啜了一小口，易桥叔才抬起头，也很直接："去哪儿？能给多少钱？"

　　"去一趟市医院，您说多少钱合适？"

　　易桥叔倒也不含糊，直接喊了价，六百！

　　六百！真的有点夸张，平时开车去市区也就七八十块，但眼下不能讨价还价，只要能救母亲，六百也接受。季之白从口袋里掏出六百块递了过去，钱是他和姐姐凑的，一共也只几千块。

　　易桥叔不急着接钱，起了身，走到室外车前看了看天，说："这样的天气，除了我，也没人敢开车上路了，这样吧，你先回去，如果明天早上九点，没再下雪，我会开车去你家接人，如果还下，就……"

　　"叔，可是恐怕等不了这一夜啊。"季之白心急如焚。

　　"这雪不停，车没法上路。再说，我院里的雪得先弄干净了，车才能出门，你就祈祷明天不下雪吧。"

　　"我不怕，现在只求能尽快出车，就是大恩。"季之白忽然想起易初颜的话，山长水断，总会有另外一条路出现。战胜这彻骨之寒，就可能比时间跑得更快，就有希望把母亲从鬼门关拉回来。

　　未来本来就未可知，命运有时候靠赌。岁月艰难，可这倥偬时光却从不肯为谁停留。

　　回去的路上，季之白在雪地里往家的方向奔跑，一路上听到石井镇的人们发出的欢呼，原来是来电了。昨天停电了，镇上马上组织了救急小组，修好了电路。

很快，季之白要送母亲去市医院的事，无人不晓。在出发前镇上通电了，似乎是一种新的预示，说这些话的人和宣扬世纪末日到来的人，是同一拨。

两个姐姐连夜收拾，被褥、衣服、热水壶，都是必需品。

夜晚，季之白站在小院里的杉木树下，从前这里枝繁叶茂，如今一眼苍穹蔓延，命运的暗涌会改变什么，似乎只能睁眼静候。明天要去市里，道途艰险，如果人生真的有意外，此时此刻最想见的人是谁？

脑海里冒出来的是易初颜。也许是最后的告别了。

易初颜家的院落异常冷清，易初尧房间亮着灯，挨着的另一间房的门是关着的，屋檐一角青瓦凌乱，被厚厚的冰包裹着的干枯桃树枝垂在空中。

本来想离开，但一想到自己为什么来，还是敲了易初尧的房间门。

易初尧把单放机按了关闭键，他放的音乐声很熟悉，但具体想不起是什么音乐。易初尧自然也知道季之白现在的境况，反过来安慰了他几句。

季之白说想找一下初颜，易初尧停顿了一下，眼睛里闪现了什么又瞬间熄灭了。

他示意季之白安静："你听。她应该在后山。"

万籁俱寂，耳边隐约有悠扬的声音传来，像是笛子的声音。

这个时候一个人在后山清冷的地方？季之白以为自己听错了："后山？是风信子温室的那条道吗？"

"你知道风信子？还见过温室？"易初尧压低了声音。

"那天来借磁带，去看了一下。"

"既然你都知道她在哪儿了，不如过去吧！"易初尧拿起了单放机，塞上耳机，把垫在背后的枕头抽了出来，慢慢将身体往下蜷缩。

季之白知道他在赶客。

借着雪地的光芒，他穿过堂屋，推开后院的门，循声而去。

果然，本来遥远的声音近了许多，像笛声，但比竹笛的声音低沉厚重了些许。沿着后院那条路，经过风信子的温室，雪地上一连串深深浅浅的脚印，跟着路上的脚印走了一段小路，他来到一片竹林。

密密丛生的散生竹，易初颜披着一件雪白的长斗篷，头发散落在衣帽里，盘腿坐在一堆竹叶上，嘴唇跟着手中的乐器转动，手指娴熟，那乐器发出的声音空谷婉转，曲子感伤。

不知什么时候，大雪竟然停了，季之白不忍打断，直到一曲吹毕，他从未听过这样的曲子。

站在那片竹林外的季之白，踩着雪地走了进去，忽然有种踏雪寻梅的感觉。

低着头的易初颜仰起了脸，短暂的惊诧，还从未有人来过这里，她刻意压低了吹奏的声音，怕惊扰了别人。

季之白忍不住感慨从不知道在山村的小角落里，竟然有一方乐园，至少是易初颜的乐园。

"这个地方是有名字的。"

"还有名字？"季之白觉得越来越有趣了。

"是，叫星星之眼。"

"星星之眼？"虽然此时此刻天上没有星星，只有大雪初霁后还零星飞扬的雪花，站在竹林抬头往上方的天空看去，是无穷尽的美丽，不敢想象若真的是在星夜，这里会是怎样的一番景象。星星之眼，确实很美。

"之白，你站着别动。"易初颜眼睛忽闪，走到一根竹子下面，轻轻地摇晃了一下，只轻轻地一下，天空中唰地落下了漫天的雪花。

雪花落了他一身，头上都白了。他和易初颜对视了一眼，两人发出了笑声。

易初颜拍掉他身上的雪花。

"别说，真是好看啊，在这样的竹林里，落什么都是好看的。"

"正是。"

"一开始你一定幻想过要是落下来的是星星该多好，是这样吗？"季之白望着易初颜的双眼，虽然天空没有繁星，但她的眼睛里此刻星光灿烂。他莫名怜惜。

"算是吧，简单纯粹。"

寒风凛冽，但季之白还不想离开，星星之眼，似乎是一个可以让他刹那迷失的地方。

"刚才你吹的曲子是？"

"《故乡的原风景》。就是那天我买的那盘。"

"真好听啊，故乡的原风景，原风景被你吹出了另外的情绪，大概就是乡愁吧。"

"风景也都是因人而异，谁让你以前只专心读书，不闻窗外事，新开田那片稻田，那才是真的美。我有时候想，我们到底有什么是能割舍的，有什么又是不能割舍的，每当我问自己的时候，我就会去稻田里走走。"

季之白从未听易初颜说过这样的话，十八岁的人生，就开始思考什么是割舍，对他来说，太遥远了。他深呼吸一口气，来自星星之眼的冷空气。

"你手里的乐器是什么？"季之白今晚发现易初颜就像一个突然闯入他视线的陌生人，她生活里有太多他未知的事物，从那盘被废弃的磁带开始，风信子、温室、星星之眼，还有故乡的原风景，和她手里的乐器。

"陶埙。"易初颜握在手里，看上去是一把有年代感的陶埙。

"我想再听一遍《故乡的原风景》，可以吗？"

易初颜点点头，依然是《故乡的原风景》，季之白在那一刻决定将自己原本要说的告别的言辞，全部收回去。他必须回来，这里是他的故乡，这里有他不能忘却的原风景，这里有让他心动的姑娘，有无限惊喜的星星之眼。此刻，他看到了自己的内心，一定要度过万劫的信念。

对，就是信念，在他十九年的人生里从未出现过的一个词，今晚出现了。

静静地吹完一曲，易初颜问："之白，如果你可以选择，你最想变成什么？"

"此刻可能想变成这里的一根散生竹，它们如此坚韧。"

易初颜望着他的双眼，问道："你要找的车他是不是答应了？"

"如果明天不下雪的话，明早就过来。"

易初颜望了望天空，星星之眼静谧如斯。大雪初停，只是命运不由己，由这场雪来决定，心里一阵悲哀，但她还是说了一句，也许对一个正在困境中的人来说，一句胜千言万语。

"一切都会好起来的。"

季之白现在心里很确定，这个女孩，在任何时候，都可以给他温暖，哪怕是在寒冷无边的雪地里，冰雪不断侵袭，也能让他感受到温暖。

"不知道你有没有看过一首歌词，叫《假如我是真的》，里面有句词。"

"哪句？"

"假如我是清流水，我也不回头。"

季之白知道她有所指："肯定不回头，这一遭一定要走的。"话都说到这里了，季之白依然不想把今晚的见面当作一场告别。

"初颜，你有哪些岁月是想回头的吗？"季之白发现自己对她的了解少之又少。

易初颜望着他，笑了，又扭过头去，不看他。

"说不上来。"

"可能每个人都有一些想回头的吧。"

"嗯，希望明天的你要走的路，是你不想回头的。"

"不会。"

暗
涌

车从新开田缓慢地开了进来，像一只背着重壳的蜗牛。车慢慢近了，院子里站满了人，赤崎警官正好来十七组配合检查电路，经过这里，听说季之白的母亲要去市区医院，也过来看看。他拍了拍季之白的肩膀，叮嘱他如果有什么困难，尽管开口。

其实这一刻对季之白来讲，万物都是寂静无声的，他只能听到自己沉重的心跳声。在他日后的记忆里，时间从来没有这么慢过，沉睡的母亲躺在一只小竹床上，从里屋被抬到车上。阳光照着每个人的脸都苍白，他看着眼前每一张脸孔，清楚地知道，大家是来送行的，此去能否无恙归来，并没有人抱太多希望。在他的内心里，这一次是他人生中的悲壮之行，母亲的生命，连同这糟糕的风雪，刻在一九九九年世纪末的记忆里。

三姐弟分了工，他和二姐上了车，大姐留守在家，母亲躺在副驾驶的位置，座位调到最低，身体可以躺着，呼吸也能顺畅一点。

车门关上的一瞬，二姐再也忍不住，放声大哭。

车子开出小院，易初颜站在门口。

白茫茫的雪地上，易初颜薄薄的嘴唇冻得红紫，她的脸上带着笑，像是可以暖化脚下的冰雪，如春风即将过境。白茫的世界里，一个十八岁的姑娘，捧着一盆绿色的风信子，这个画面在季之白脑海里定格了。

直到易初颜把盆栽塞到他手里，他才回过神来。

"带上它，记得放到伯母的床头，不需要每日淋水。"

司机在车上喊了一句，季之白赶紧上了车，他听到易初颜说，等天气好了，她会去市区找他。

他没有再摇下车窗，甚至没有再看一眼易初颜。能在绝境里有一点温暖，是多么弥足珍贵，哪怕只是一句简单的话，一句不一定能实现的话。

倒是司机在启动车之前，还摇下了车窗，对着窗外呵呵笑了一下，又按响了喇叭。

车子上放了音乐，是郑智化的歌，不知道是什么歌，第一次听，但是歌词很清晰。

在黑夜里点一盏希望的灯／像天边的北斗指引找路的人／在心里面开一扇接纳的窗／像母亲的怀抱／温暖找路的人。

此刻的季之白，像是找到了一盏这样的灯，父亲在他小时候就已经过世，母亲守着他们姐弟三个，日子清苦。虽然此刻前路茫茫，但母亲安静地躺在眼前，还有生的希望，心里又续上了温暖。母亲的一生像流萤一样卑微渺小，却能照亮着他，已然足够。

车开远了，人群也慢慢散去，易初颜仍站在原地，身边多了一个人也浑然不知。

等她反应过来，赤崎警官正摘手套准备要走，手套上沾满了黑色的机油，是刚才在电房帮忙时沾的。他又腾出右手来摘了帽子，他不太习惯戴帽子，但自从剪了头发，妻子总叮嘱他戴上，可以御寒。

炜遇顺手接了过去，跟在身后，初颜也要回家。

"你刚才手里的花是什么品种？没见过。"警官问。

"是风信子。"

"哦？风信子？名字怪好听的，它是管什么的？"警官的意思是问风信子是用来装饰的还是有用途的药材。

"你说的是花语吗？"

"花语是什么？"赤崎警官是真不知道，不过他显然没有兴趣，转头又问，"你用的是栀子花的洗发水。"

易初颜的步子小，已经落后了。"是啊，今年很流行。怎么，大叔知道栀子花？"

见警官点了点头，她又问："警官您这道伤疤看上去很重，现在还痛吗？"

有点没话找话，警官这样想着，他从炜遇手里拿了帽子拍了拍，戴在头上，刚刚好，把那道伤疤遮住了，说："都十几年了，哪里还会痛。"

易初颜突然蹲在地上，捧了一把雪在手里使劲揉，变成了雪球，掷了出去，雪地被砸了一个坑，这是她最大的力气了。

"力气不算小。"赤崎警官很久没见过这样的画面，只有少年才有心气玩雪吧。他想到了女儿，应该找个时间陪她去堆雪人、打雪仗，若不是紧急救援镇上电力，今天本是休息的时间。

易初颜拍了拍手掌的雪屑，嘴角带着笑意，说："警官你说，要下多大的雪，这个坑才能填满呢？"

幼稚。赤崎警官莫名开朗了一点，大人没有人会说这样的话，原来偶尔跟孩子在一起说说话，心里会舒坦很多。

先经过易初颜的家门口，赤崎警官想起来，第一日来十七组的时候，就曾在这户人家吊唁，小女孩举止得当，知道要给宾客回礼，神色自若。

赤崎警官和炜遇礼貌地道了一声别。

来电了，有更重要的事情要做。

少女目送他们远走，又回头看了看雪球砸下的坑，远远地望去，坑很大，没有下雪，此刻还没被覆盖。

真是使了全部的劲。

"电话通了，那边有人值班。"回到警局，炜遇第一时间再次拨通了寒戈镇警局的电话，他继续说，"但车队说没法派车，至少还要等三五天。"

"三五天？镇上有没有人去清扫大马路上的雪？"赤崎警官不太满意这个数字，破案要争分夺秒，不能等。往年镇上通路必须在一天内恢复交通，但他知道，今年不同，现在是冰灾，实现起来很困难。他皱着眉头，眉毛越发青黑，他心里不能藏事，非要解开这些疑惑，内心才能安心。易君的死，虽然只有一场大雪的时间就能被遗忘，可是，背后还有太多的谜没有解开。

他此刻呵出的气，是一团迷雾，浓到不易散开。

不易散开，就更要解开。赤崎警官走到办公桌前拨了电话，电话响了很久才被人接起来，是王武义警官，寒暄了几句，电话转到了档案科。负责陈年档案的负责人在，对方是一个返聘回来的退休前辈，以前也是档案科的科员。

赤崎警官简单地把之前了解到的情况描述了一遍，对方就知道是哪个事件了，一边在档案室里翻找着近十年的记录档案，嘴上也没停着。

"好像是一九八六年的案子，十三年了。"

"没错，就是那件案子。"终于要找到一点新的眉目了。

"当时儿童福利院是新建的，副院长王林生上任不到半年时间意外死亡，结案时的说法是死于水银中毒。"

"怎么会是水银中毒？"

"他和他的情妇，也就是福利院里的护士长曾小梅发生过性关系，水银中毒，加上极度兴奋，导致脑梗塞而死。这些细节都经法医验证过，没有疑义。"

"有没有记录跟食指剔骨有关的内容？"

"你说什么，食指被剔骨？哦哦哦，我也有点印象，是被剔骨了，很惨，但案底上只记录了食指腐烂。"

"没有说明腐烂的具体原因吗？尸体明显不可能在那么短时间内腐烂，况且，怎么可能单单一根食指腐烂呢？"

"没有其他定论。大概是情妇——那个护士长所为，所以一并论处了。"

赤崎警官用笔快速地记录着，又问："如果是情妇杀人，动机是什么？"

对方想了想说："杀人动机应该是分赃不均，据说当年的福利院水很深，但具体什么情况就晓得了。哦，对了，是八七年的春天，三月。"

对面传来一阵翻纸张的声音，办事员对副院长王林生的身份背景做了补充。

"王林生，在当儿童院副院长之前，曾经做过小生意，常年在外务工者。但资料上显示，他念过高中，高考失败，之后在家务农。"

"嗯，高中学历是那个年代的高学历了，这应该是他之所以能当上副院长的一个很重要的考量因素。"

"上面还有一条记录，说王林生涉嫌花钱买职务。"

果然。

但后续没有更多的记录，毕竟是十三年前的案子，档案里也没有任何新闻报道的存档。赤崎警官又追问了一些，跟案件有关的有效的信息不多。

"抱歉，目前档案室里只发现这些，希望能帮到你。"

"已经帮了很大忙了，如果有新的信息，麻烦给我们回电话，打石井镇派出所的电话就行。"

对方好像又发现了什么，说："你等等，等等，还有一张照片，是当年儿童福利院的大合影，王林生就坐在最中间的位置。"

"照片？护士长在不在？"

"不认识，后排站了好几个，应该就是其中的一个吧。"

"好的好的，等天气好点，我会过去一趟看看照片，请务必帮忙保管好。"

道了谢，挂了电话，这通电话带来了新的信息量，赤崎警官把所有信息都陈列了出来，摆在桌上。易君和王林生都是食指被剔骨，当年的护士长判刑后病死狱中。时隔十三年，同样的作案手法，显然，凶手另有其人，凶手还活着！

但同时，最大的疑问之处就是，易君和王林生分别在两个不同的镇，会在十三年前有什么交集吗？

"如果能找到这个交集，也许就能找到更多共通点，是个突破口。"炜遇总结说。

嗯，赤崎点点头，看来再走一趟寒戈镇非常有必要。只是大雪封路，至少还得三五天，现在连门都出不去。

"也不知道季之白是否顺利。"赤崎警官看着窗外喃喃自语。

回家路过超市，想买几根蜡烛，怕停电，但货架上什么都没有。

真见鬼，花钱都买不到东西了。超市库存的食物也不多，他扫了一眼，火腿肠被拆了包装，按根卖，十五块一根，连萝卜和白菜都卖到十块钱一斤，往年这些菜在超市是卖不出去的，直接去周边的村地里现摘现买就行。可见镇上动手种菜的人越来越少，一场冰灾，倒像是一场饥荒。

路真的很难走，步履艰难，赤崎警官突然又想到了季之白，没法联系上，没有消息就是好消息吧。

到了家，桌上摆了两道菜，辣椒炒坛子菜，紫菜汤，还有一块霉豆腐，妻子说超市买不到肉。一家人才来石井，还来不及储存食材，这些菜，都是跟同事和邻居借的。在这个特殊时期，说借不为过。

赤崎警官摸了摸女儿的头，内心里一阵愧疚，桌上的菜过于寒酸，眼下连肉都吃不上。女儿像是知道父亲所想，拿起筷子夹起了一小块霉豆腐，看向父亲，说："爸，好吃得很，香着呢。"

车子终于到了市中心医院，足足开了十二小时，还是易桥叔在超车、插队，路上母亲一直出现呼吸时而粗重时而微弱的现象，总算撑到了医院，人奄奄一息，立刻被安排进了 ICU（重症监护室）抢救。

ICU 进不去，只能在门口等。姐弟俩在医院 ICU 的长廊上熬了一整晚。第二天早上有十分钟时间进去探视，但只允许一位家属进去。

二姐季怡从病房出来，像突然被击垮了般蹲在地上，季之白轻轻地喊了一声姐。

二姐泣不成声："我看到了妈全身都插满了管子，瘦得只剩下骨头，只有这么长了……"

她用手比画出一个长："弟，妈的身体好像只有这么长了……"喉咙似乎被什么堵住了，再也说不出话来。

早上医生叮嘱，病人没有脱离生命危险，需要在 ICU 待至少三天以上，等最终的检查报告出来再做结论。

下午，季之白也进去看望了母亲。如二姐所说，母亲只剩下皮包骨了，身上的皮皱皱地耷拉着，插满了管子，呼吸粗重，像是在打呼噜，比氧气瓶发出的声音还要大，整个人回到了最原始的不受控制的状态。

季之白坐在病床前，心里犹如被一万把刀子捅过，浑身都是伤口，血流成河。

但他的心里充满着希望，至少顺利来到了市医院，医生没有立刻就下结论宣判"死刑"。

得出去找旅馆，手里的钱不多，吃和住都只能将就，先安顿好自己和二姐。因为这场冰灾，大部分旅店有空房，但同时房价也涨了不少。他们在医院旁边分不清是哪条黑暗的小胡同里，终于找了个价格适中的小旅馆，开了间房，解决了住的问题。

等他回到医院的时候，ICU 病房的护士告诉他，去办公室找主任看报告。不到两天，他已经学会从出入的护士的表情里捕捉一些喜怒哀乐，但今天这位护士走得匆忙，看不到口罩下的表情，眼神也只是一晃而过。

二姐握着他的手，眼里满是凄凉害怕之色，季之白安慰了她几句，深呼吸了一口气，进了主任办公室。

主任正埋头在一堆报告里，示意他先坐，然后从报告里找出季之白母亲的病历、心电图、脑电图、X 光、尿检等各种检测报告，都出来了。

"你妈妈的情况，很微妙，可以说，病人有很强的求生欲，"主任说着，将一张脑电图托了起来，"你看这张图，她得的就是急性脑出血，现在积血残存在整个头部，必须做手术才可以，但是以现在院里的技术，手术针一针下去，病人如果承受不住，可能立刻就走了，你们要有心理准备。简言之，病人能活着本身就是奇迹，不做手术会死亡，但做手术可能会加速死亡。"

季之白沉默着听主任讲完，半晌才抬起头问："做手术成功的概率能有多大？"他期盼着答案至少是一半一半。

但主任只是摇摇头："最多百分之五吧，你回去和家人商量一下，院里也再观察一下病人的情况，明天看情况。"

晚上，季之白和二姐找了个电话亭给大姐打电话，大姐在电话那头沉默了。雪连续停了三日，可是那个晚上，对他们姐弟三个，无异于另一场暴风雪，苍穹之下的无声是巨大的悲伤。

最后大姐打破了沉默："弟，你是家里唯一的男孩，也已经成年了，你来决定吧，不管结果怎么样，我们日后都不会有怨言。"

季之白从未像此刻这般痛苦，他的成人礼没有烂漫缤纷，先是失学，现在母亲病危，他必须做一个选择，是眼睁睁看着母亲这样离开，还是去争取百分之五渺茫的机会，如果抢不到那一点机会，就会加速母亲的离开，极度痛苦地离开。

迷雾

　　电视里铺天盖地报道这场五十年不遇的冰灾，在更偏远的地方，交通封锁，粮食断送，有新闻报道婚车滑进了河流里，路边流浪汉被冻死，全国都在为南方赈灾。但也是 1999 年，中国正在为加入 WTO 冲刺，全球的人都在等待即将到来的跨世纪千禧年的狂欢。

　　局里的报纸恢复了正常投递，在等待大雪融化的时间里，赤崎警官每日在报纸上读人间百态，世间疾苦和时代进步都在洪流里同步前行。局里一直在强调更要加强治安，民富国强，安居乐业。

　　大雪停的第三日，赤崎警官便决定要再去寒戈镇。他早早地到了办公室，炜遇去泡了茶，桌上放了一面新的圆镜，绿色塑料皮包的边，图案上印着最流行的还珠格格的头像。青春真好啊，警官感慨了一句，用手摸了摸后脑勺，头发又长长了不少，再过些时日，伤疤应该可以遮住了。

　　炜遇走了过来，车已经安排好，直接去寒戈镇，赤崎警官拿了大衣就下楼。

　　路途确实艰险，局里车队的司机是给老领导开车多年的老司机，仍然要小心翼翼地前行，下午才开到寒戈镇。

　　在档案室见到了那张照片，赤崎警官确定自己对王林生没有任何印象。

　　他们说王林生坐在最中间的位置，戴着眼镜，一脸慈祥淡定的笑容，看上去是知识分子的模样。和他有私情的护士长曾小梅在最后一排的角落里，神色最为严肃，若不是东窗事发，没有人会把这两个人联系在一起。

照片里的小孩子都是无家可归的孤儿，他们穿着整齐的白衬衣和长裤，在连衣服都买不起的年代，孤儿院的孩子却穿得整齐统一，这是王林生上任后在精神风貌上做的第一个改变。照片是在室外拍的，周围摆满了花花草草，天气应当不错，很多孩子都是眯着眼睛的。

最底下有胶卷拍摄日期：1987-3-10。

"有记载王林生是什么时候上任的吗？"

"有，一九八六年的十二月初。"

"上任不到半年啊，拍完这张照片没多久，他应该就出事了。"

"护士长曾小梅也跟着死了，这两个人到底是谁害的谁，没有结论。"

赤崎警官哼了一声。

"孩子们的名字都有记载吗？"炜遇问。答案是没有，儿童福利院在王林生出事后没多久就与县城的儿童院合并了，当年那些孩子去了何处，也没有详细的记载。

"或许县里的儿童院有详细的资料，至少应该有备份。"

赤崎警官请求把照片拿回去影印一份再归还，征得同意后，他便带着炜遇离开了。

"师父，要找到突破口，就得找到君叔和王林生的交集。这个凶手为什么单单杀他们俩，还会不会有其他的目标人物？"炜遇紧贴着师父，出门上了车。

"王林生死后，我猜他的家人应该不会在这里生活了，短时间要找到他的家人恐怕很难。"赤崎警官看了看天色，皎洁的苍茫大地，脚印罕见。他看了眼手中的照片，沉思了一下，说："去一趟王林生以前生活过的地方，肯定还有记得他的老人们。"

虽然对王林生不熟，但寒戈这个地方赤崎警官哪儿哪儿都熟，他指路，司机慢慢开着。

寒戈镇也随政策改革，将周边的村落以组为单位划分，第四组的村民听说来了警察，都出来围观，有人带路，很快就找到了王林生从前住过的房子。果然不出他的意料，因年久失修，屋子破旧不堪，屋顶上一个巨大窟窿，已经是危宅。

"宅基地是挺好的，但因为他出了那些事，也没有人敢接手。"一个邻居说。

来一趟不容易，得挑重点，赤崎警官问："谁知道他的家人都去了哪儿？"

众人摇头，只有一个村民说当年王林生死后，政府原本要上门抄家，但是王林生的老婆带着孩子先逃走了，之后再没有回来过。哦，据说应该是带走了一大笔钱。

带走一大笔钱纯属猜测，赤崎警官不想追问。"王林生都去过哪些地方务工？你们中有没有人跟他一起外出务工过的？"

人群中叽叽喳喳，说了一大堆地名，看来为了生存，王林生没少奔波。

"谁还记得他在当副院长之前做过什么？"炜遇问。

一说到儿童福利院，大家就显得小心翼翼，为什么十三年过去了，还有人来翻王林生的旧案？

这时人群里有人说，王林生曾经去汾城当过煤矿工人，下矿挖煤，遇到过瓦斯爆炸，矿塌了，还死了人。

"死了人？死的人是谁？"赤崎警官直觉这是条新线索，没准跟石井镇的易君有很大关联。

"也是我们村的，叫易东博，死的时候也就三十出头吧。当年去挖煤，我们这儿就去了他们两个。"

"这家人住哪儿？"

"这一家人太惨了，当家的死后不到一个月，老婆孩子相继都出事了，没有见过比这更惨的了。"

浮夸，赤崎警官心里想着，皱起了眉，但还是耐着性子问："怎么惨了？"

这个人接着说："大女儿被洪水冲走，那真是个奇怪的冬天，下了一场大暴雨。这家的女人本来就生着病，得知大女儿死后，第二天就跟着去了，都是命，都是命。当年镇上的小报还报道过。"

"哪个事？"赤崎警官追问，"你说的是瓦斯爆炸的事，还是他女儿被洪水冲走？"

"说的是在汾城煤矿倒塌的事，据说汾城的政府打电报给我们这边，当年有记者来采访过。"

虽然很含糊，但赤崎警官也慢慢想起来，这起远在他乡的爆炸案，沸沸扬扬传了一阵子，还是有点轰动的。那一年冬天的大暴雨来得奇怪，多年过去，村民们都还有印象。

一九八六年十一月底的事，赤崎警官点了一根烟，那是妻子的预产期，她在鬼门关走了一遭。

镇上没有媒体，村民所谓的记者采访，应该就是通讯员。

"你们谁家里还有那份报纸？"明知道不可能，但还是问了，果然没有谁存了这份报纸。人很善忘，是啊，哪里的人们不善忘呢？十七组的易君，也没有几个人能说得出来他的事情，要不是今天重新来调查王林生的案子，谁会想起十年前惨死的易东博，还有他的妻儿，还有那场冬日里的暴雨呢？

"听你们的意思，易东博应该还有其他的孩子？"炜遇似乎看懂了师父的情绪，追问道。

众人又是摇头，没有人知道孩子的去向，但有人提到易东博的小女儿被送去了镇上的儿童福利院，正是王林生当副院长的那家。

"她还有哥哥呢，也不知道去了哪里。"人群里又有人说。

炜遇和赤崎警官对视了一眼，这一大家人啊，听上去确实很惨，很短的时间内，家毁人散。

"是哥哥大还是姐姐大？"炜遇问。

"姐姐最大，哥哥排行老二，也是差不多时间吧，走丢了，再没回来过。那个最小的孩子，我们都以为她有了个好去处，没想到连儿童福利院也倒闭了，孩子的命真苦，这一家人的命都苦。"人群附和着，摇着头，脸上露出痛苦的神色，是啊是啊，谁说不是呢。

赤崎警官隐约想起了什么，但他也不确定，他的脑海里突然出现了一个小女孩痛苦的模样，在暴雨中向他求助，那年冬日的大暴雨真实地存在过，小女孩也真实地存在过。这个画面快速闪过，仿佛突然从年月的深渊里被唤醒。

后面的事，村民们也基本不知晓了，警官走了好一会儿，围观的人群还没散去。王林生房子上的青瓦几近全部碎裂，屋内早已被侵蚀了，像这些岁月，千疮百孔。

赤崎警官带着炜遇返回了镇上，找了家小店复印了照片，他去档案室归还原件，顺便看看还有没有遗漏什么蛛丝马迹，炜遇则去通讯社，都在同一栋楼里。

很快，炜遇就回来了。

"有什么收获？"

"不算有什么收获，通讯社也每四年会清空一次，目前只能查到近四年的报道，只有大事才会记录在镇上的大事记里。所以，儿童福利院关门，与县福利院合并，都有记载。但也有新的信息，之前被提到过，新闻里写着，王林生涉及贿赂，也就是说，副院长一职，很有可能是花钱买的，暗箱操作。"

"王林生任职时没有人怀疑他，一是他有高中学历，这可能是一个很高的门槛，直到事情爆发后才被人揭发，案件后续怎么处理有报道吗？"

炜遇摇摇头："不在大事件记录里。"

"跟我想的差不多，可能也确实没有后续的报道。十三年前，在镇上成立儿童福利院，条件本身就不成熟，又是借助的外力，很容易出事。跟县城里的合并，对孩子们来说，应该是件好事。"赤崎警官扫了炜遇一眼，继续说，"你觉得，接下来我们应该怎么做？"

"师父面前不敢妄言。"

"你小子倒客气上了，直接说吧。"

"十七组还是要去一趟，君叔的老相好那里也要去走一趟，得先落实下一九八六年易君叔是否跟王林生一起外出过，瓦斯爆炸案也许就是他们一起务工时的事。其次，还得去一趟县里的儿童福利院，要找到那份被送去县儿童福利院的孩子名单。这里面有一个很关键的人物——易东博，他有一个女儿被送去了福利院，从这些信息看来，得摸清楚当年到底发生了什么。"

听了炜遇一番分析，赤崎警官甚是欣慰，能有一个得力的助手，虽然只是个实习生，也很难得。

"你的实习期还有多久？"

"还得有两个多月吧。"

"有点伤感啊。"

"师父，我跟着你学了不少。"

"走吧。"

本来赤崎警官想立刻去县城，但估计等他们到了，福利院也早下班了，只能打道回府。案情虽有点眉目，却也迷雾重重。他在车上忧心忡忡地又点了一根烟，开着窗弹着烟灰，一九八六年冬日的暴雨反复在他的眼前出现，那个感觉越来越近，越来越真实，他仿佛又听到一个小女孩在雨中哭着向他求助。

奇迹

没等季之白做决定，命运给他带来了一丝光亮。

母亲入院的第三日，医生查房后，季之白推着母亲去做了常规的检查。到了下午，他被护士叫去主任办公室。

主任拿着最新的脑电图，嘴里发出"啧啧啧"的声音，他告诉季之白，他母亲脑部积存的淤血面积正在慢慢缩小，没有动手术，病人正在努力自我吸收，形成新的血液循环。季之白从主任兴奋的口吻里听出了新的希望，内心积压已久的郁气似乎消散了一点，他赶紧问主任是不是母亲手术的成功概率大了很多。还来不及开心，主任的话又像一盆凉水直浇了下来。

主任说，手术成功的概率并没有变大，如果动手术，下针位置的淤血依然存在，危险系数并没有降低。

"但很有可能出现病人将所有淤血全部吸收的情况，那就真的是奇迹了。"

正说着，ICU 病房的护士走了进来，通知主任，季之白的母亲醒了。

母亲真的醒来了，这是自她昏迷之后第一次睁开双眼，眼皮没有力气，苍老，只能偶尔睁开扫一眼。主治医生拿着小电筒左右眼来回翻看了好几次，又把母亲的手抬起来，反复试，但是母亲的手好像一点反应都没有，自然垂着。主任检查完便走到了隔离区，摘下口罩，对姐弟俩说，病人之所以能醒来，就是因为脑部血块被自动吸收，原本被压到的神经也就自动恢复了。

主任仍然建议不手术，继续观察，如果后续吸收好的话，病人很有可能完全恢复意识。

"当然这是最好的结果，同时可能也会有一个不好的结果，你们得有心理准备，"说到这儿，主任把手套摘了，"病人的手脚目前没有感知，根据以往的临床经验，病人可能会长期处于瘫痪状态，但不管怎么说，目前来看，情况大有好转。"

主任交代完病情，姐弟俩又去探望了一眼母亲。

冥冥中注定，没动任何手术，从发现母亲的脑部在自动吸收血块开始，隔日复查的情况都比前一天要好。又过了两日，血块越来越小，母亲也有了一些显著的变化，虽然还是跟前几日一样，眼睛偶尔睁开，支撑不了多久，但蜷缩的身体慢慢展开了。

季之白还记得母亲第一天被送进 ICU 后二姐用手比画母亲身子的情景，有点感动。谁也不知道，意外和明天哪个会先到，但同样，谁也料不到，灾难之外，生命常会有惊喜。

奇迹，确实是奇迹，这几天主任每次来复查，反复说这句话。

在 ICU 的第五天之后，季之白的母亲转去了普通病房。

转入普通病房的那天，易初颜来了。

她出现在病房的时候，季之白正拼命搓着手。冬天实在太冷，病房里没有空调，有钱的病人会买电炉，买不起的就只能干熬。一到冬天季之白的手就会自然红肿，加上今年糟糕的天气，手更是比往年要红肿得多。二姐累得趴在病床边睡着了，整个人瘦得脱形。

易初颜把手套摘下来，轻轻地放在季之白手上，季之白吓了一跳，他以为易初颜只是客套一句，没想到她真的来了医院。

他缓缓地站起来望着她，这几天他一直沉浸在母亲苏醒过来的惊喜中，易初颜的出现，忽然有种恍若隔世的感觉。他想起那晚的星星之眼，故乡的原风景，还没开口，心里已是满满温暖。

那盆风信子活得很好，叶子丝毫不见萎靡，就摆在病床前。

易初颜带了保温壶来，一打开，热气冒出来，是她特意做的，保温壶里的饭菜分成两份，二姐也有。他们把二姐叫醒，看着姐弟俩吃饭，她把季之白母亲的病情问了问。

下午，二姐回旅店休息，他和易初颜坐在病床旁边轮守。不知道为什么，易初颜的到来，让他心里很踏实。这会儿才有时间去窗边小站了一下，发现窗外又是漫天大雪了。

"这么大雪你怎么来的？"他想起送母亲来市区时的一路艰险，今天路况看上去并没有好一些。

"刚才没下，还是坐你来的那辆车。"易初颜回话。

"易桥叔的车？那天他送我们来，车费很贵很贵，今天他也收了这么多钱？"

易初颜不想说话，但还是回了一句："他来市区送货，顺路了。"她把高领毛衣的边翻上来，正好挡着嘴。

玻璃上结了新的窗花，两张脸印在窗花里，少年心事，隐隐约约，病房里只有氧气机发出的气泡声。

千禧年快来了。

气泡声的节奏突然变成了翻滚声，两人惊醒，母亲的氧气罩不知何时已脱落，呼吸变得急促，季之白赶紧过去把氧气罩归位，手快的易初颜按了床头的呼叫器。

呼吸声慢慢又恢复了平静，但是母亲的眼皮在跳，似乎想要努力睁开。季之白轻轻地唤了一声妈，跳动的眼皮不跳了，像是被自然唤醒的一样，母亲睁开了眼睛，望向他，一动不动。此刻的母亲像是被寒雪压垮的苍老青柏，在等待春天到来。只是严冬尚在，岁寒未改色。他又连续喊了好几声，母亲点点头，这是她第一次点头，示意她听到了。她动了动嘴，似乎要说什么，他把耳朵贴过去，听到了母亲微弱的声音。

母亲说："之白，我想吃包子。"

听到母亲说出话来，季之白激动得不能自已，拼命点头，连医生来了也不知道，差点没把医生撞到。医生也很激动，检查了一遍之后，叮嘱他下午送母亲去照新的脑电图。

母亲又昏昏沉沉地睡过去了。

冬日里的天色很容易黑，只不过是下午五点一刻，已经像是深夜。市区里的路灯大面积遭到风雪破坏，整座城市暮气沉沉，大雪从下午开始就一直未停止。易初颜原本想临夜时分离开，但此刻大雪这般凶猛，看来是走不了了。

"等会儿我送你去旅馆睡一晚，我和我二姐在病房守着。"季之白说。

易初颜看看窗外漫天飞雪，也只能这样，明天再看看天气。

"你晚上会害怕吗，一个人在旅馆？"季之白有点窘迫，为了图便宜，旅馆条件和配置都很一般。

他并不知道，易初颜在很小的时候，就曾一个人在漆黑无边的旧福堂度过漫长的一夜。黑夜像是把她吞噬了，她蹲在大门的角落里，以为自己会被冻死，但是当第二天光从瓦片缝隙照射到她脸上的时候，她发现自己还活着，便再也不害怕黑夜了。她知道了，不管有多惧怕这黑夜，天终究会亮起来的，冬日会渐暖，寒冰会融化，

易初颜笑了笑说："我都敢一个人去后山，这有什么可怕的。"她不想季之白再问什么，拎了开水瓶出去灌开水。

从小到大，从未有人问过她害不害怕。

打了开水，二姐已经回来了，从食堂打了饭菜，三个人围坐在床边吃。窗外的寒风敲打着窗户，室内是片刻的温暖，床头放着季之白下楼买的包子，等着母亲醒来。

但是母亲这一觉没再醒来，好几次呼吸急促困难，呕吐过一次，导尿管里出现血液，体温时高时低，医生也有点束手无策。

待母亲的状况稍微稳定下来，已是晚上十点半了。季之白计划先送易初颜回旅店，还未走到门口，主任过来找他了。

主任脸色不太好，神色严肃。

"季之白，得告诉你一个不太好的情况。医院的白蛋白全用完了，整个市区的医院都库存告急，但是你母亲呢，必须用白蛋白才有可能渡过难关，说白了，就是救命的药。"

季之白知道白蛋白，从 ICU 到现在，一直就没停过。

"有别的药物可以代替吗？"下午的喜悦在反复几次的折腾里被磨灭了。

"各大医院目前都是零库存，本来白蛋白就很珍贵，怕是很难，"主任两手一摊，"但也不是完全没有机会。可以试试，需要你去跑一趟，有个地方可能有，我只是说可能有，不一定。"

"在哪儿，我现在就去。"此刻只要能救母亲，哪里他都愿意一试。

主任把他带到办公室，在一张白纸上画了几笔，标注好了方位，说："这里有家私人诊所，也是拿了牌照的，是我在医学院的一个师兄开的。我去过电话，没人接，应该是停电通信坏了。你要知道，现在医院都是靠发电机在发电。记住，这可能是离我们最近的希望。他那里也许有，也许没有，即便有，可能也不多，但一定是可以救你妈妈的，按照图纸的路线走，可以找到。"

季之白接过图纸，易初颜也跟着看了一眼，虽然只是简单的几笔，主任在每个路口标明了建筑物，却还是有点复杂。

"我现在就去。"季之白看了一眼墙上的钟表，晚上十点四十分，得尽快才行，私人诊所多半没有人留守值班，只能寄希望现在还没下班。

他急匆匆地就要下楼，走到一半又折回，问："主任，我妈今晚有危险吗？"

主任也抬头看了下钟表，回了一句："危险什么时候都存在，但只要不再出现呕吐的情况，就能稳定。"说完又补充了一句，"我们在想办法跟省城的医院紧急联系，争取早点补给库存。"

季之白抱歉地看了看易初颜，他现在没有时间去安顿她。

"快去快回。"易初颜懂他的心思。

命运起起伏伏，在短短十多天的时间里，季之白和易初颜产生了一种相知相惜的信任感。

广播里说室外温度快零下十五摄氏度了，寒风如刀，狠命地刮着他的脸，脸像被灼伤一样硬生生地疼。手被风吹得使不上力，但季之白知道，自己全部的力气都得用在手上，医生给的图纸，此刻是他最需要保护的，丝毫不能含糊。他仍然感到庆幸，母亲的病总是能在最接近死亡的时刻，又出现新的转机。

他的身影在雪地里越来越小了，于这苍茫大地，渺小如一片飞舞的雪花，易初颜站在窗前，望着纯净的世界被暗黑的夜晚无情地吞噬。

跌跌撞撞深深浅浅地在大雪中前行，每一脚踩下去，随时可能深陷下去，都要使劲把脚拔出来，在身体可控的地方，季之白都是在奔跑。跟时间赛跑。

他还是太心急了，雪路太滑，以至于他走到一个大滑坡的时候彻底失重，身体失去平衡，脚下一滑，整个人重重地摔倒了，头栽倒在地，从坡上滚了下去。

一路沿坡滚下去，好久好久，天昏地暗，季之白几乎要失去了意识。

等恢复知觉的时候，他趴在雪地上，脸被冰地摩擦之后的疼痛刺激着。

季之白感觉到脸上的疼痛，疼痛里带着温热，是额头被擦破后流出来的血，疼痛感越发剧烈，他的求生欲越强。

他用双手撑起身体，手掌也磨破了，还好，手中的图纸还在，虽然浸染了雪水，但笔迹看得清。季之白这才发现自己已经分不清方位了，破乱的市区空无一人，眼前没有万家灯火，只有窒息般的寂静。市区像是进入了冬眠的动物，寒风叹息着人间疾苦。

头顶上是这座城错综复杂的电线，松弛半垂在空中，不远处有一根微斜的电线杆，他必须先找个建筑标的，来分辨方位。从那么高的坡滚下来，瞬间将他的体能消耗到了极限，半爬半走才到了那根电线杆，一根贴满了各种小广告的电线杆。

四处找了好一会儿，身体摇晃，眼前的一切都是虚的，还是没能分清楚方位。电线杆上贴的全部都是医院、旅馆和考远程大专的信息，多半都是手写的，字体歪歪倒倒，四分五裂，不好辨认。季之白彻底放弃了，内心无比绝望。

他看到电线杆上写着，本店长年售卖野生西洋参，可延年长寿。

长寿，长寿，他反复念着这几个字，想到病床上奄奄一息命悬一线的母亲，腿一软，整个人瘫倒在了雪地，悲从中来。

他不禁咆哮了起来："老天爷，如果可以，我愿意用我的命换我母亲的命，十年，哪怕是十年也好，求求你了。"他用尽了全身的力气，在空旷之地大声地嘶喊。

"我求求你，求求你了。"声音越来越弱，他知道这一切都是无谓的挣扎，没有人会听到，也没有人会理会他。他趴倒在雪地上，脸上的血没有了温度，雪花飘在他的身上。他闭着眼，有一刹那，他想，是不是可以沉睡了，如果沉睡过去，是不是没有人会发现自己，这么大的雪，应该很快就会把自己埋藏了吧。

之白。

之白。

之白，你醒醒。

一个轻轻柔柔的声音在耳边，季之白睁开眼，竟然是易初颜。

"初颜，你怎么来了？"易初颜把一件大衣披在他身上，身体瞬间就温暖了许多。

她总是在自己意志消沉的时候出现。

"你走得急，没穿大衣，我在后面喊你，你没听见，就看到你从坡上滚了下来，"易初颜继续说，"我花了好大力气才从坡上走下来，你走得太急了。你瞧，我是用一根棍子撑着走的，这么大雪，得探着路走。坡的最旁边，才是步行的台阶。"

易初颜指着坡的最左边，季之白看过去，早已看不到走过的痕迹了，大雪瞬间将脚印覆盖，就像从未有人经过。

眼角起雾，要不是易初颜，自己恐怕会迷失在漫漫雪夜，或者，可能会死在这无人之地，无人知晓。

"谢谢你。初颜。"

两人对望了一眼，眼神里是刚刚在离开医院时的信任，清澈透亮，可以击败所有的苦难与荒唐。在季之白此后的人生里，再未遇到过像今晚这般清澈透亮有力量的眼神，这一眼，是他此生未曾有过的最珍贵的礼物。

"不需要。"

易初颜的方向感很好，她看了看图纸上的路线，指着南北向，说："应该就是前面了，如果没错的话，还有两个路口，拐弯就能到，不管怎么样，先试一试。"

季之白身上慢慢回温了，他把大衣脱了下来，披在易初颜的身上。易初颜望了他一眼，没有拒绝，手中的木棍放到他的手里，说："现在你来探路吧，我跟着你。"

两人搀扶着，一脚深一脚浅地往前走。

这条路不知要走多少人，过多少事，才能走成苍茫的样子。季之白想，此刻的这条路，就是苍茫的样子。

两人依偎着前行，这条路也不难走了，有易初颜在身边，他心平气和，手中的木棍先行，探好深浅再走。

易初颜分析得没错，过两个路口拐个弯，便看到了一家诊所，就是主任说的那家店。

诊所的门是古老的木门，木板一页一页整齐排着，斑驳的大门悬着一根铁链，挂一把锁。这把锁断绝了季之白的希望，还是来迟了。这样的鬼天气，不用到深夜，也许就已经没人了。

"怎么办？"易初颜问。

季之白看了看来时的路，走得这么艰辛，不能半途而废，说道："既然主任说这里可能有白蛋白，我一定要拿到，白天肯定是营业的，我想等。"

"等天亮？"易初颜口气倒也平和。

季之白点点头，说："初颜，我先送你回去，我已经知道怎么走了，送完你我再来，我要在这里等，要第一时间拿到白蛋白。"

"不用送，我就在这里陪你，"易初颜说，"有我在，你也不会觉得孤独无聊。"

"那怎么行，这么冷，你受不住的。"

"你太小看我了。在石井镇长大，什么样的事我都可能被打倒，但绝对不会是被风雪，我可是不怕冷的体质，你又忘了，我在后山能待很长时间。"易初颜眼神里充满肯定和决绝，在季之白看来，那眼神里的光，不断地闪耀着如星星的光芒，他想起那晚的星星之眼，是多么浪漫、美好，是他在绝望里不能割舍的。

易初颜又说话了："我们去侧面的屋檐下，用这件大衣裹着，还能看看风景，也许这么美的雪夜，人生可能只有一次机会。"

就这样，两人在侧面的屋檐之下找了一块空地，小半边墙替他们挡住了冷风，两人依偎在一起，彼此借着身体的温度，大衣覆盖两人。很快，两个人都安静下来，想说点什么，但又不知道从哪里开始。

"若是有星星就好了。"美好的愿望而已，季之白又想起了星星之眼，那个夜晚最大的遗憾就是没有星星。

易初颜没作声，身体却靠近了一点，只有靠近，才能抵抗寒夜。

"你说我们现在算什么呢？"季之白问。

"生死之交？熬过了今晚，就是熬过了一场生死。"易初颜轻轻地一笑，头倒在他的肩膀上，很自然，也很淡定。

"生死之交，听上去很壮烈，熬过一场生死，我们还有什么躲不开。"

易初颜看上去很淡定，内心却汹涌着，就在刚才，她在漫漫雪野里看到了震撼的一幕：这个十九岁的少年被风雪打倒，却在风雪里祈祷，愿意用自己的十年去换母亲的十年。他是善良的，谁都渴望遇见善良，可善良却不是谁都能拥有。那一瞬间，她希望自己能得到一个机会，有一个去跟老天爷说"我愿意用我的十年去换母亲十年"的机会。

眼角温热，轻轻拭去，她闭上眼，一九八六年冬天的往事浮现。那是她这十三年来挥之不去的噩梦，她握着的母亲的手，感受着它慢慢变得没有温度。

从未间断过，日日夜夜，亲手紧握冰凉的感觉。望着雪地，她的眼睛寒傲似冰。

季之白没有感受到她的情绪，他在幻想如果有一天能在星星之眼看到星星，也能像今天这样，两个人依偎取暖。

他说："初颜，你那盆风信子真的很有作用，我其实很脆弱，以前一直都在学校里，不经世事，我妈很保护我，我从来都不知道生活会如此艰难。"

"风信子会开花的，"易初颜抹掉眼角涌出的泪水，接着说，"善良的人才有资格拥有它。"

"嗯。初颜，哼一下《故乡的原风景》给我听吧，我想听。"

"可以吹给你听啊。"

"你带着陶埙？"

"一直都随身带着的。"

易初颜把大衣一角匀了给季之白，从衣服兜里掏出那个陶埙，放在嘴边。音符平缓地吹出来，像珠子落地般悦耳，声声入耳。她想起那个暴雨之夜，又想起母亲的身体永远消失的温度，想起在灵堂角落里瑟瑟发抖的黑夜，想起姐姐带她去的星星之眼和二哥带给她的竹林星雨，所有痛苦和悲伤再一次在心头翻涌起来。这些痛苦，总有一天，尘归尘，土归土。

最后一个音符收尾，清脆，如流水、如春风拂面的杨柳叶、如四季常青的青柏，这首曲子像是吹尽了两个少年所有经历过的人生，易初颜的泪水，是一波青烟，是一潭深墨，在这无边无涯的黑夜里流淌着。

季之白不知道她为什么哭，但他知道，她生来就受尽苦难。他伸手去擦拭她的泪水，少年眼里散发着不寻常的炙热，融化着她的冰冷。

季之白捧着她的脸，慢慢地把嘴唇靠近她，四片冰冷的唇贴在了一起，相互寻找着，探寻着从未交付过的温暖之地。

炙热的亲吻，让两人忘记了现在身陷困境，忘记了冷雪的无情。

"之白，你还冷吗？"

"不冷。"

"你呢？"

"我也不冷。"

"我们一定会在星星之眼等到一场繁星的。一定要去看，"季之白对星星之眼仍念念不忘，"等到春暖花开，很快了。"

"如果运气好，等风来把云雾都吹散，星星就会有了。"

这一夜，易初颜靠在季之白的肩膀上，睡去了。很奇怪，梦里不再有惊慌，不再有冰凉不散的体温，不再有不知何日结束的惶恐，同样是一堵冷冰冰的墙，但身边多了一个温暖良善的少年，一夜无梦，很踏实。

两个绝境里孤独的灵魂，在寒风里度过了他们一生中最温暖的时辰。

旧
识

　　风雪的下午，街面上难得还有一家小面馆在营业，老板一丝不苟地准备着，炜遇叫了两碗牛肉面，直奔最里面的卡座。

　　座位上已经有人在等，手里玩弄着什么，见炜遇落座，表情马上乐开了，两人伸出了拳头使劲碰撞了一下。

　　"陈昺，真是没想到，我们竟然在这里碰上了。你变样子了，在学校的时候可不是这个斯文样。"

　　陈昺是他在警校同届的同学，不同班，却同宿舍。

　　"哪里变样了？"陈昺推了推鼻梁上的眼镜。

　　"你在学校是不戴眼镜的吧，那天我去通讯社，差点没认出你来，"见陈昺不屑的眼神，炜遇又说，"主要是没想到你在寒戈实习，实习感觉如何？"

　　"学新闻的，肯定是在通讯社待着了。我很羡慕你，跟着前辈破案，多好玩。我这工作就无趣多了，小镇上也没什么大新闻，鸡鸣狗盗不少，好人好事也不少，就是不能出去跑新闻，坐班太无趣，憋死我了。"

　　"也就那样。我们这届还有谁在这儿实习？"

　　"好像还有一个，那谁，赵睿，在户政科，你那边呢？"

　　"石井就我，目前没有遇到其他人。"

　　"下次叫赵睿一起。"

　　"他忙着谈恋爱，跟你说，是姐弟恋。"

"你真是八卦，没有你不知道的。"

两碗面端了上来，陈炅迅速吸了一口，炜遇用嘴吹了吹热气，没伸筷子，来前已经吃过了。陈炅瞪了他一眼："你还是跟以前一样，稳重，天生适合做警察。"

炜遇嘿嘿笑了一声："说正事，那天让你帮我查阅的有关一九八六年儿童福利院案子的报道，有眉目吗？"

"当然有，"陈炅冷不丁地从座位后面掏出一个文件夹板扔在桌上，"你知道的，小镇上通讯社的水平都有限，并不那么专业，但基本信息还是有的，至少两个有效的信息，你慢慢看。"

炜遇接过文件夹，里面夹着一份寒戈镇的小报，与其说是报纸，其实是手写印刷体，但是笔迹工整娟秀。另一份是来自汾城的报纸，一个豆腐块大的角落里，刊登了瓦斯爆炸案。陈炅说的两个有效信息一目了然，一个是王林生案件的后续，原来他真是花钱搞关系当上的这个副院长。

看了一眼日期，是在一九八七年的下半年，也就是说，这个案子的调查到结案历经了大半年。另外一个，当年汾城媒体报道的瓦斯爆炸事件，上面详细记载了死者信息以及同乡人运送骨灰回乡的事情，也记载了具体的赔偿金额。

"你知道这些都是从哪里翻出来的吗？"陈炅做了一个捏鼻子的动作，浮夸了一点，"在一个储物间，潮湿阴暗，湿气很重，找出来的时候，都发霉了。我在那个储物间里翻了四个小时，也快发霉了。"

这正是让炜遇纳闷的地方，那张汾城的报纸，看上去像就要被氧化的样子，他轻轻拿在手里，报道中其他信息都在，唯独护送骨灰回乡的一串名字中，最后两个人名明显不见了。

"网上能查到这个案件的相关信息吗？"那天去陈炅的办公室，看到他坐在电脑前，一台崭新的联想电脑，1+1 的。

"我能跟你说，压根儿就联不上网吗？镇上的网络信号太次了，也没几个人懂，天天拨号上网，我都快上去了，它还没上去。"

"奔儿的？"

"应该是奔 2。"

"你一定想了其他办法。"炜遇不动声色。他知道陈炅的个性，人是活泼了些，但是学新闻的，严谨第一位，而且善于想办法。

"还是你懂我啊，大学几年没白住一个寝室，"陈炅清了清嗓子，"是这样，我让我爸用他单位电脑帮我查了相关信息，关于这个案件的信息少之又少，瓦斯爆炸案是十三年前的案子，肯定没有电子备份。关于王林生的信息，在这份后续的报道里记载得并不详细。我猜，应该是水太深，采访不到更多的信息。但是，在一份关于儿童失踪拐卖案的论文里，有人提到了这件事。"

"王林生还涉及拐卖儿童？"炜遇震惊。

"没错。真是没想到。当年这件事应该影响很大，只是在信息不健全的年代，遗失了很多重要的信息。"

炜遇想起那天去村里调查，村民都只知道王林生的职位来得不正当，但没有人说他涉嫌拐卖儿童，证明这件事的结果并未扩散到村里去。

"那篇论文有写引用出处吗？"

"我爸说没有写具体的，这一类的论文，通常都是找相关机构部门做调研的时候才能看到的内部信息。"

"有王林生具体涉嫌拐卖的数字吗？"

"没有，论文上就捎带提了一两句，是关于和留守儿童相关联的儿童拐卖案件的。"

"不会是重名吧。"

"你这可是羞辱我。你知道做新闻最重要的操守是什么吗？信息真实。放心吧，我爸都说了是寒戈镇上的儿童福利院。当然，不排除这个镇上以前还有一家儿童福利院，还有一个同名同姓的院长。这就得你去调查了。"陈炅翻了个白眼。

"当然是你最严谨，我可比不了你。"炜遇赶紧肯定了他一句，陈炅最受不了别人否定他的专业素养。

有嘀嘀声响起来，陈炅拿在手里："是我爸给我的 BP 机，他怕找不到我。"

"你可真洋气。"

"你不知道，现在都流行用手机了，我这个也是我爸用淘汰的。咦，你爸没给你买吗？"

"我念大学之前，我爸就叮嘱，不会给我买任何通信设备。再说，我家就在省城，一趟短途公交就到家了，也不用呼我。"

陈炅把 BP 机从桌上滑到炜遇面前："你拿着，我没什么用。我每天都在办公室里，家里要找我，打办公室电话就行，反倒是我找你就方便了，随时传呼台呼你。"见炜遇有推回来的意思，又连忙说，"别说你不需要，年后我们就回学校，你到时还我就行。"

炜遇想了想，盛情难却，没再拒绝，就收了起来，调皮了一句："要是你爸找你，我就说你交了女朋友，不想让他管，还打算留在这里扎根。"

陈炅马上举双手投降："你可千万别，我爸会连夜开车来把我接走，你是不想我帮你了吗？"

"算你厉害，有什么信息第一时间呼我。快吃面吧，都凉了。"

告别的时候，炜遇又想起了什么，多交代了一句："看看有没有办法帮我找到这篇报道的完整版，非常非常重要。"

陈炅应声了一句没问题。

万物冬眠，寒冷的冬日里，赤崎警官还在奔波。

上次回到石井之后，他去了一趟十七组，去调查易君和王林生的关联。他向族里的人求证，得知十几年前，易君确实去过外地挖煤，只是他们不确定具体在哪儿。

赤崎警官心下有了底，不出意外的话，易君当年就是和王林生、易东博一起在煤矿作业。要不说人善忘，他问十七组还有哪些人也是跟易君叔一起的，没有人能记得起来。他们能准确地记得每家每户分到了几分田地，地里种了什么，邻院又添置了什么，少了什么，但对于务工这种进进出出的事，分辨不清，也不曾多留意。

赤崎警官又带着炜遇去了趟县城，这是必须去的。

县城的儿童福利院地势不偏，却没有什么人流，冷清得很。赤崎警官拿着手中的照片直接去找了福利院的院长。

院长是已过花甲之年的小老头儿，戴着老花镜，把照片看了又看，也没想起什么来。

赤崎警官尝试勾起他的回忆，他强调说照片是十年前寒戈镇儿童福利院的孩子们，当年出事之后，有些孩子被原家族领了回去，有的孩子被好心人领养了，还有的孩子就被送到了县城的福利院。他猜测易东博的小女儿不属于前两种情况，很有可能是被合并到了县城的福利院。

"孩子叫什么名字？"院长问。

赤崎警官才发现当时心里只想着暴雨里的往事，忘记问名字了。

"易枝子。"炜遇在他耳边说。

院长紧锁了眉头，原来锁眉头是中老年人的专利。他终于放下手中照片，去了档案间。

档案间堆满了杂物，孩子的旧衣服、日用品和资料，都堆在一个房间里。院长有点老了，去拿顶格的文件，手都是颤抖的，但他记性还不错："我记得，当年好像没有易姓的女孩，倒是有两个小男孩，早就不在这儿了，其中一个去了好心人家，被带去了国外。"

果然，在那一年接收的档案里，没有发现易枝子的名字，其他两个易姓的男孩子，偏大，年龄对不上。

"是一次性都接收过来了吗？"赤崎警官怕名单前后有遗漏，或者，因为分批过来，可能有其他的档案。

"那年头不都是一车就给拉过来了？三轮车进县城不好进。"老院长猛地来了这么一句，赤崎警官不禁感慨，十三年前可不就是那样的光景吗，进城一趟不易。

院子里孩子们做游戏的声音叽叽喳喳。赤崎警官提出想找当年从镇上接收过来的孩子现在的联系方式，老院长很残酷地告诉他，当年的孩子早已离开了福利院。有的自己逃离了，不知去向；有的到了年纪，就南下进厂打工，鲜少有联系的。"当年你们镇上的福利院才开了半年，那时孩子们都还小，恐怕都想不起谁是谁来了。"

院长送他们出门的时候，院里的孩子们也跟了出来，看上去都挺开心，一张张天真的脸。他们大都经历过人间疾苦，只是现实让他们不得不把这些痛苦深藏起来，但大部分人应该不知道他们未来要面对的世界是怎么样的。

他们在等待长大，也等待着被好心人收养。

收养？谁会收养当年易家的小女孩呢？按院长说的，还有一种可能，她自己逃跑了，可是，能逃到哪儿去呢？

点了一根烟，步伐不由得加快了。

炜遇问："师父，君叔和王林生在十三年前一起在汾城务工，已经确定了，为何现在要继续调查王林生和福利院的事？易东博的女儿看上去和这个案子没有关联，"他停了一下，"甚至，她是否还活在人世间，都还未知。"

"是啊，她是不是还活着，都没有人知道，"赤崎警官觉得嗓子被什么东西堵住了，凄凉感顿生，"当年瓦斯爆炸案的受害者是易东博，而王林生和易君很显然在这件事中受益了，一个当上了副院长，一个给老相好盖了新房，想想心里都发寒。现在这两人食指都被剔骨，中间隔了十三年，最大的嫌疑人，就是易东博的女儿。"

"师父你忘了，那天村里的人说，易东博还有一个儿子。"

"嗯，走丢了，两个孩子都很有可能，但是我们可查的线索，就是儿童福利院。"

"现在线索中断了。"

"可以确定的一点是，她出现过，而且，可能就在我们周边。"

"师父，我们现在应该做什么，福利院这根线断了，当年和她一起待过福利院的孩子，如今都联系不上。"

"总会有新的线索，现在我最担心的是，恐怕当年染指瓦斯爆炸案的，不止易君和王林生。"

"师父，有一个重要的信息，寒戈镇通讯社传来的，他们找到了王林生一案的后续，王林生还涉嫌几起儿童拐卖。"

"不是资料都被清空了吗？"

"我一再拜托他们务必帮忙再找找，哪怕是蛛丝马迹的信息。"

赤崎警官内心更不安了，这也就意味着，在刚才的猜想上，易东博的孩子还存在被拐卖的可能。被拐卖能卖到哪儿去？肯定是越远越好，要么是去做山沟沟里的童养媳，要么就是做苦力童工。

一九八六年冬日里那场暴雨，一个小女孩在雨中大声喊，求求你，求求你，遥远的声音在当年那么弱小，却在十三年后变得如此清晰，声声入耳。

他没有回头，雨水快速冲洗着他的视线，根本看不清眼前的世界。他从办公室走出来，家里人通知他妻子羊水破了，必须马上入院待产，他一头钻进了车里。

当天晚上，女儿降临。

一片雪花从头顶飞落，赤崎警官伸出手，雪花落在他的手掌心里。又下雪了。

炜遇撑开了一把伞，警官把伞打落在地。

执
念

　　易初颜和季之白在白皑苍茫的雪夜露宿街头一整晚。一件大衣蔽体，若不是靠着年轻气盛的体温，谁能熬过一整晚风雪的侵袭。

　　前半夜，易初颜靠在季之白的肩膀上沉沉地睡去了，季之白一点点地把她揽在怀里，后半夜，他也睡着了，易初颜醒了。

　　她仔细端详着身边的少年，眉目清晰，此刻应该是真的入睡了。眉宇间卸下了负担，脸的轮廓疲惫，左右脸颊深凹，但肤色依然白净，没有一点世间的印记。她想起高中念过的一句诗词，"岂是贪衣食，感恩心缱绻"，大概就是眼前的画面。她自己也不知道为何会义无反顾地和这个少年在风雪里共赴一晚，明明她接近他，最初的意念并非如此。

　　听到一串钥匙声响，两人才昏沉沉地醒来。眼前站着一个"全副武装"的人，帽子遮脖遮脸，只剩一双眼睛露在外面，嘴里呼出的热气，隔着厚厚的口罩透出来。

　　两人起身的动静把拿钥匙的人吓一跳。

　　"你们是谁，为什么睡在这儿？"

　　摘了口罩，原来是一个大叔，嘴里骂着，一边利索地把扇门一页一页取了下来摞放在墙角。

　　季之白和易初颜相视了一眼，眼里带着"我们竟然还活着"的劫后余生的欣喜。季之白整个身体都僵了，一个姿势一夜未动，现在浑身酸痛。

两人赶紧追着大叔走了进去，问："您是这里的医生吗。"

大叔也不说话，只哼唧了一句："你们俩干什么来了，万一冻死在这里，我上哪儿说理去。"

大叔骂骂咧咧，但并未真的责怪他们。易初颜给了季之白一个眼色，季之白心领神会，赶紧解释说是市第一中心医院的主任让他来的，又把母亲的病情简要地说了一下。

"所以你们怕别人先来，就在这儿等了一晚？能不能有点脑子！万一我今天不来，你们还要继续等吗？我看你们就是缺脑子，要是冻出个好歹，医院里的病人怎么办？"大叔从头到尾没正眼看过他们，自顾自地收拾。

"大叔，您这儿一定还有库存的白蛋白对不对，病人急需，所以我们才会冒这个险。再说，我们都是年轻人，抗冻，不怕，恳求大叔解燃眉之急。"易初颜赶在季之白之前开口，她懂他此刻的心情，会心急，怕他词不达意。

"也就他能想到我这里还有，"大夫还是没抬头，但转身进了里面的库房，出来的时候，手里拿着三瓶白蛋白，递给季之白，说，"我这里也只有三瓶了，你们付完钱就回医院去吧。"

两人连声道谢后赶紧离开。

主任得知他们在风雪里熬了一夜等到了这三瓶白蛋白，于心不忍少年满面风霜，却兀自有着别样的年轻气盛。

易初颜得回去了，季之白送她下楼，两人都不先开口，看风雪里瞬息变幻。昨晚两人无异于经历了比生死更残酷的一晚，季之白心里对易初颜的感觉，依赖多于感激，说是生死之交，反而浅薄了。

是爱，是初恋，是我心已许的感觉。

风雪，无人之境，正是初恋唯美浪漫的元素，可是于他而言，那是在生与死的边缘，有人愿意和他共撑一把伞，和他共赴一场未卜的灾难。

"真想去星星之眼看繁星啊。"千言万语，最后说出口的还是这一句，甚至他都不确定易初颜是否听到了，她去赶车了。

炜遇在宿舍里整理一天调查的进展，窗户开着一角，挂着手洗的衣服，警校的生活习惯没变。

嘀嘀声响起来，他四下听了一下，才想起是陈炅BP机的响声。

陈炅在传呼台给他留言：有新的进展，速回电，我在办公室等你电话。

炜遇放下笔，胡乱抓了件外套，往办公室跑，宿舍还没配电话机。出门没几步，他又跑回来，从小橱柜拿出一盒鱼罐头，那是母亲在他来实习前硬塞在他行李箱里的，知道他喜欢吃各种肉罐头，便索性把箱子都塞满了。

在办公室楼下，恰巧遇到下班的赤崎警官从楼里走出来，正蹲在门口喂猫，见他来了，也不惊讶。炜遇把罐头撕开，放在猫窝里面。

"师父，怎么这么晚了还在办公室，师娘又该挑灯等你了。"

"毛都没长齐的小毛孩，什么都懂。"赤崎警官用手撸了撸猫毛，"看着是沉了许多啊，比人吃得还好，撑不死你。"说着，在门口雪地上抓了一把雪，当作洗手了。

"师父慢走。"

"我得快点走喽。"

师父的背影依旧矫健，但也看着让人心酸，跟着这样的师父实习，能让自己做实事，是一种幸福了。以前在学校就听学长抱怨，大部分出来实习的时间都是无所事事，实习单位很明白，省城警校出来的学生，都会想办法留省城，不会留在像石井这样的小镇工作，用人自然多半也就糊弄糊弄。那天听陈炅的口吻，多半他的工作是枯燥无聊的。

电话拨了过去，只响了一声陈炅就接了。

"果然这个东西在你那儿比放我这儿起作用。"

炜遇不想寒暄："是我托你的事有办法了吗？"

"这……当然不是，说得轻巧，去哪儿找原版的报纸，又是十三年前的案子，这边网每天在拨号我都快被拨死了，我想出去……"

如果放任陈炅闲聊，他可以一晚上不挂电话，炜遇及时制止他："那你唤我回电话是？"

　　"是这样，"陈炅知道炜遇的风格，不能多扯，"我又去调查了一圈，这份报纸曾被人借用过拿去复印，当时报纸还是完整的，倒是还回来之后就被随手扔在资料库里，才发霉潮湿变成了现在这样。"

　　"被借用过？什么时候的事？"

　　"具体的时间不好说，他们说大约是两年前。"

　　"两年前被借去复印，又归还了，会是谁呢？借用的人有没有说为什么要借？是公务人员，还是调查组的？"炜遇想到王林生涉嫌儿童拐卖，如果有人重启翻案，借用就很正常，但这依然是个很重要的信息源。两年前还有人在调查案件的资料，证明这事还没完。

　　"你猜错了，"陈炅似乎在电话那头都猜到他在想什么，"他们说并不是警察，也不是公务人员，而是一个女的，确切地说，一个小女孩吧。"

　　"多大年纪的小女孩？十岁，十五岁，还是二十岁？"

　　"这个真不清楚，但肯定不是十岁，如果是十岁的话，那他们肯定会说是个小孩。再说，小孩子能知道要来通讯社借用这些东西吗，你脑子怎么想的。"

　　"嗯，你说得有道理。"炜遇知道得时常肯定一下陈炅，他需要。

　　"或者，她有什么特征吗？比如长相，身高？再比如，看上去像是读书人吗还是……很村姑？"

　　"你说你，怎么连村姑都说出来了，是不是泡过村姑，是不是？"

　　"别瞎说，你懂我的意思吧。"

　　"懂。他们说当时也没人怎么留意，那人只央求看一眼，他们便找出来给了她，很快就归还了，就再没来过。"

　　"通讯社怎么能把资料给随便出现的人呢？"

　　"这你就不懂了，通讯社的所有新闻来源都是基层群众，政治老师不是教过吗，人民群众的需求更需重视。况且，她只是借阅，又不是拿走原件。一说到原件，如果知道对你这么有用的话，还不如把原件拿走，留下复印件呢。你说对吧？"

　　陈炅知道的也就这么多，但这个信息非常重要，对案件是一个重大的突破口，炜遇想，大概是易东博的女儿。他又一再拜托陈炅一定要想办法帮忙弄到原件，或者在网上想办法。

　　"你也学过电脑，怎么不自己做。"

　　"不瞒你说，我们办公室，还没有电脑。"

　　"那你的 QICQ 账户，是不是很久没进过聊天室了？"

　　"来实习就没机会用过，说是镇上准备开网吧，但现在还没有，听说现在都用 QQ 登录了，要等回家才能玩。"

　　"好吧，遗憾。你记得把 BP 机随时带着，随时找你，我都快闷死了。"

　　炜遇又听陈炅抱怨了一会儿，离开了办公室，心里装着这个重要的信息，消失在了无尽的黑夜里。

　　回到宿舍，炜遇再一次打开了文件夹，汾城的报纸，那串护送易东博骨灰回乡的名字，能看到名字的有王林生、易君、易桥，后面的名字，没有了。

　　赤崎警官看着熟睡的女儿，恬静，女儿出生那天的暴雨，他一辈子都会记得。他赶到医院的时候，医生告诉他妻子难产，怕是要吃不少苦头。妻子产后又大出血，被推进抢救室，还签了病危通知书，他虽然早知道女人生孩子都是去鬼门关走一遭，但自己全程束手无策的感觉，他不想再来一次了。

　　如果那遥远的声音，真的是在向他求救，真的就是易东博的女儿……他闭上眼，不敢想，那场猝不及防的冬日暴雨，是那一年的天灾，连着下了好几日，许多堤坝都被冲垮了。

　　但愿都是自己的错觉吧。

　　这一夜，太多人一夜无眠。

　　季之白站在病房看着窗外，都说一花一世界，如今窗外的世界，已不像母亲初入院时的苍茫与被风雪侵袭后的不堪，街上有了行人，有了人间烟火气。

今天主任来告知他，图像显示，母亲脑部的淤血全部被自动吸收，她脱离了生命危险，在没有手术的前提下，堪称奇迹。当然，白蛋白起了很大的治疗作用，母亲已从昏迷状态逐渐清醒过来，恢复了意识。只不过，医生同时也告知了另一个结果，母亲全身麻痹瘫痪，想要恢复自理能力，可能性甚微。

即便是这样，季之白也很感恩了，至少母亲活了过来，一切都还有希望。

父母在，不远游，若是没有了父母，在哪儿都是远游。

医院建议他将母亲接回家护理，一是费用过高，另则普通病房不够用，这场冰雪之灾让病人陡增。年后回院复诊，可以适当结合中药治疗。听了医嘱，季之白决定后天出院，下午恰好镇上有人来看望母亲，也顺便将这个消息带了回去，让大姐提前在家做好准备。

他和二姐瘦了一大圈，但病床前的那盆风信子依旧开得那么好，中间的茎球越发墨绿了，若隐若现，似是峰回路转，又似柳暗花明。下午在市区念书的易娅来探望母亲，她要放寒假了，明天下午初颜来市区帮她收拾行李，也会来一趟医院。

初
颜

　　易初颜坐在哥哥房间，收音机正在广播这几天的路况，信号不太好，发出"吱吱"的声音，哥哥干脆把它关了。

　　"你明天又要去市区？"

　　"嗯，易娅来电话说她行李多，让我去帮一下。"

　　"我知道，你是想去见季之白，对吗？那晚你在市区没回来，也是和他在一起吧。"

　　易初颜回头望着哥哥："那晚确实突然下了大雪，回不来。我们没什么，哥哥。"

　　易初尧哼了一声："哥哥，你就喜欢叫我哥哥。"

　　"哥哥就是哥哥，一辈子都是。"

　　易初尧不再接话，他的房门很少打开，从生病开始，每次这扇门打开都没什么好事，不是初颜来叮嘱她吃药，就是凶神恶煞的父亲冲进来把他暴揍一顿。从前母亲在，对他和初颜都很好，那时候，他没生病，母亲还能养家糊口，还能抑制住父亲的暴怒脾气。

　　母亲去世有两年多了。

　　六岁接受收养，离开儿童福利院，遇到和善又一心守护他们的母亲，他和易初颜以为寻找到了温暖的家，从踏进家门的第一天开始，他们约定要把过往彻底忘记。

　　一度他们以为可以像其他小孩一样正常地长大，可是，在母亲去世之后，彻底变了，更确切地说，是从他发高烧的那一天开始，都变了。

窗外风声鹤唳，易初尧艰难地翻了个身。

他闭上眼睛，想起一九八六年的冬天。

那个冬天很诡异，竟然下了一场大暴雨，暴雨过后没几天，他就被送进了镇上的儿童福利院。父母早亡，他一直寄居在大伯家，原本过了冬天，他要正式过继给大伯，但是暴雨让大伯家的房子突然倒塌了一大半，连住的地方都没了。正好这时有了儿童福利院，他便被送了过去。其实对他来说，在哪儿都一样，到了儿童福利院，心里的负担反而不那么重了，不再觉得亏欠谁，也不觉得自己是多余的。

到福利院的第二周，他见到了易初颜，那个时候，她还叫易枝子，他还叫易小虎。她进来的那一天，儿童福利院举行了一个简单的欢迎仪式。

那个景象他永远都不会忘记。易枝子被管事的副院长从外面牵着手进来，嘴唇和脸色一样惨白，眼睛暗淡无光，目不斜视，面无表情。他站在角落里，恰好她眼角的余光扫过，他有点不寒而栗，不知道为什么。

但正是因为当时的不寒而栗，他才会在之后的生活里选择和她走近，确切地说，选择和她绑在一起。

福利院的儿童都抱团，大一点的孩子彼此瞧不起，越是没有人收养的孩子，年龄越大之后，心理上越脆弱。他和易枝子都是六岁，他月份大一点，很简单地把哥哥妹妹的身份确定了。

他更像个弟弟，依赖她。纵使是依赖她，但他背叛过她一次。很无意的。

没多久，副院长说一户家境很好的人家想领养一个孩子，要来福利院看看。

福利院的每一个孩子，都渴望能早点离开福利院，他也一样，渴望重新开始新的生活，尽管他从未说过。后来他想通了，光这一点，他的境界就远不如易枝子，因为她对能否离开这件事似乎从不抱希望。

那一天，他特地换上了干净的园服，悄悄地躲在寝室里，没有去集合。直到确定那户人家进了教室，他才从寝室里走出来，推开门的一瞬间，假装摔倒在其中一个看上去很贵气体面的女人身边。他利落地爬起来，对着那个女人微笑。他果然获得了女人的青睐，觉得这就是天意。

很快，院里把收养手续办完了，给了他一天时间跟院里的生活告别。

没有什么可告别的，他只是舍不得易枝子，又不能把她一起带走，但其实他有点小得意，男孩子比女孩子被收养的可能性大许多，有优势。

他去跟易枝子告别，一开始易枝子不理他，拿着一截蜡笔在纸上涂涂画画。

他站在她的旁边，像一个做错事的孩子，不，他就是做错了事。赢得这个机会，他没有提前知会她，把她一个人留在这里，背叛了最初约好要永远在一起的诺言，虽然这样的背叛迟早会发生，但没想到来得如此之早。

"枝子，以后你还会记得我吗？"易小虎低着头问。

易枝子一个劲地在纸上涂着。

"枝子，你说话呀，你不记得我可是我会记得你的。"说完他号啕大哭起来，心里充满了愧疚。他们一起熬过了一个寒冬，已经建立起深厚的兄妹之情，至少，她虽然冷漠无情，但很有主见，也很护着他。能跟她抱团，是他在福利院最明智的一件事，没人敢欺负他。

突然，他眯着的眼睛被一张彩色的画填满了，是易枝子把画举了起来，画上画的是一个小女孩和一个小男孩，手牵在一起，上面还写着两个字：不哭。

易小虎看到"不哭"两个字，哭得更厉害了，好一会儿才停下来，又看了看画里两只牵着的手，才破涕为笑。他把画折叠好，放进自己书包最里面的一层，牵起易枝子的手，走到窗台边。这个窗户实在太高了，两个人得踮起脚尖伸长了脖子，才能看到窗外。

窗外有两只早春的飞鸟，在天空中划过一道漂亮的弧线，没多久，飞鸟又飞了回来，飞得太快，竟然相互撞到。看到这一幕，易枝子笑了。

第二天天蒙蒙亮，易小虎就被接走了，枝子没有起床送他，把头捂在被窝里。

谁都没有想到，不到一个月的时间，易小虎又自己回来了。

也是在一个灰蒙蒙的早晨，易枝子还在半梦半醒中，听到有人敲窗户，不，不是敲，是扔石子的声音，隔一会儿扔一个。她惊醒了，搬了个凳子，使劲推开窗户。一个蓬头垢面的小男孩，蹲在窗户下面，看到她的脑袋探出来，才摘下帽子，竟然是易小虎！

易小虎比了一下嘘，示意她从旁门溜出来。

她慌忙披了件衣服就出门，脚步声轻得像一只猫，不知道发生了什么，但她知道此刻易小虎回来的事还不能惊动大家。

溜到两栋楼房中间的小胡同里，易小虎一边哭一边从衣服兜里拿出了那张画，他身上衣衫褴褛，但这张画还完整无缺。

"枝子，这张画还算数吗？"

易枝子接过画，是她画的那张，一个小男孩和一个小女孩牵着手，旁边写着不哭。

"当然作数。"她默默拉起他的手，冰凉，上面还有许多粗大的裂纹，是伤口，"手都冻成这样了？"

"才不是冻的，是干活干的，还要挨打。"易小虎把衣服袖子撸上去，上面布满了许多细小的伤痕，一看就是鞭子抽的，"背上也有。"

"到底发生了什么？"易枝子捂着嘴，不敢相信眼前的画面，一个月前，易小虎几乎是福利院里最被羡慕的孩子，何等风光。

等易小虎平静下来，他说了整个"被领养"之后的过程。

原来所谓的领养只是表象，易小虎被领养过去之后，昏昏沉沉地坐了一天车，只见过那个体面女人一面，第二天就被带去了一个不知道叫什么名的小山村。村里没发电，也没通马路，他也不是被收养去当别人家的儿子，而是直接下了工厂，做了童工。

有两个工种可以选，一个是给一种叫玉竹的药材加工，用硫黄熏好，削成薄薄的片块，把它们拼凑成一大整块，晒干，再拿出去卖；还有就是做打火机，无照加工，最痛苦的是给打火机安装齿轮，流水线上规定了时间，必须完成多少量，没几天，他的手就被齿轮划破出血了。这两个工种都是小孩子就能作业的，工厂里都是童工，最大的也不过十一二岁，小的像他一样，五六岁。

手被硫黄长期熏染，好多孩子的手都是流着脓工作，不工作，就没有饭吃，但即便是工作，也没有工资，只能维持温饱，不被饿死。

易枝子翻开他的手掌，果然许多伤口还在流着黑色的脓，那是没清洗又长期被熏染留下的颜色。她的心一阵痛，易小虎这样一个心比天高、知道为自己前途谋划的孩子，怎会甘愿在那样的地方生存。但她也好奇他是怎么逃出来的。

易小虎说，待了一个月，他特意摸清了里面的送货规律。每五天，就会有人用几个大的牛仔包背着货物出门，在半山道的地方，等待一辆三轮小货车经过。他知道，只要能爬上这辆小货车，就有机会逃走。于是，他在最近一次的送货过程中，偷跑着抄了小路，跟上了送货的人，爬上了三轮货车，但很快就被送货人发现了，被威胁要杀了他。他从衣兜里不慌不忙地拿出事先准备好的打火机和一条蘸了燃油的布条，对着送货的人说，如果不带他出门，立刻就把车点燃。

车上都是易燃易炸的打火机和燃料，他一副同归于尽的样子，司机和送货人只能妥协，但还是把后面货车的门关上了，一路黑灯瞎火地不知道拐了多少弯，才把他放走。

现在要他回去找那个地方，也是找不到的。

他逃出来之后，四处打听回寒戈的车，倒了很多趟车，一路颠簸才回到福利院。他不知道自己可以去哪儿，而他能想到的就是回这里找易枝子。

他想起她入院时的面无表情和清冷，现在他不觉得那是没有表情，那是带有杀戮，是自我保护的神情，而他，缺的就是这些。他一直在想，如果换作易枝子，她会怎么自救、怎么困境脱险。所以，他决定回来找她。只是他不知道，易枝子曾经经历了求助无门，眼看着姐姐被洪水冲走，二哥失踪，母亲死在自己的旁边……一夜之间，生无可恋，她在母亲和姐姐的葬礼上自杀未果之后，才变得冷酷无情。

要能保护自己，才能不被这个世界伤害，是她六岁就懂了的生存法则。

果然，易枝子能想出办法帮他，让他名正言顺地回到了儿童院。事实上，她假装什么都不知道，只是告诉副院长，易小虎被收养的人家虐待，被送去做童工，应该报警，让警察去一锅端了。她隐瞒了易小虎根本找不到那个地方的事实，反而强调易小虎可以配合警察找到那个地方。

副院长好意安抚了易小虎一番，同意接收了他，还说会着手处理这件事。

后来，就没有下文了，这也被易初颜猜中了。很多次，易小虎都会在她安静画画的时候盯着她的侧脸看，他想，明明自己是哥哥，为什么却不能像她那样智慧、果敢，他暗暗下定决心，这一辈子不能和她分开，不管去哪儿，都要在一起。他甚至有点庆幸，幸亏回来找了她，要不此刻，他可能在什么地方流浪，风餐露宿，衣不蔽体。他不清楚易枝子为什么比自己沉稳，有时候，他也会心生害怕，觉得她很危险，但一旦有这样的念头生出来，他都会立刻在心里掐灭，为什么要质疑一个让自己有安全感的人呢？

再后来，他们俩都知道了，原来副院长早就知情，并暗箱操作着儿童买卖，从中获利。至于这些孩子具体去了哪里，对他来说，无关紧要。

没过多久，副院长因为和院里的护士长偷情，双双暴毙，不知死于何故。儿童院面临重组解散，为了尽快将院里的儿童安置，邻近的镇上都发了鼓励收养的通文。

男孩子容易被收养，易小虎只有一个条件，不管去谁家，一定要带上易枝子，他们不能再分开。恰好石井镇一对易姓没生养的夫妇看中了他，一则因为是男孩，二则他们只找易姓本家的，在观念上更容易接受。这对夫妻中的母亲觉得易枝子懂事、乖巧，也就一并领养了。

易枝子提了唯一一个要求，这对夫妻答应了，她就跟着易小虎一起，落户石井，也就是现在的养父养母家，开始了另一段人生。

可是一切安稳的生活都随着易小虎三年前得了渐冻症之后改变，善良的养母急火攻心，没多久，撒手人寰。

两个人的命运又走到了今天。

说长不长，说短，真的不短。这痛苦，每一秒都是煎熬。易初尧知道，如果不是还有许多和易初颜的回忆，他不知道自己还在支撑着什么。

"初颜，你知道我为什么要录满一盒《渔舟唱晚》吗？"他问。

易初颜不知，也一直好奇，为什么哥哥会对这首曲子情有独钟。

本来也没想过她能回答上，但真的没问到结果，易初尧心里又充满了失落，哪怕她尝试着猜一下，他也不会这么难过。

汹
涌

易初颜在易娅学校只待了一小会儿，正帮着收拾行李，楼下有人叫，易娅赶紧下楼。初颜从窗户往下看，一个男生手里拿着一份冒着热气的小吃，易娅跟他有说有笑。倒是没几分钟，易娅就上来了，初颜指着窗外，易娅害羞地点点头，两人笑作一团。

"初颜，我就不陪你去医院了，前几天刚去过，之白哥他们明天出院，回去能见得着。"

"我看你是被拐跑了，赶着去约会吧。"

"他是外地的同学，火车票买的是明天，我们今晚还有一场联谊会，我就在学校多待一晚。"

"陪他就陪他，还找个冠冕堂皇的理由。"

"哎呀，你就别戳穿了嘛，等下你早点过去医院，我就不跟你坐易桥叔的车回去了。"

"这……那你明天怎么回去。"

"我自有办法，或者我就去医院跟之白哥会合，搭他们的车走就是。再说，你不也不是专门来看我的嘛，你上次在电话里跟我说雪夜的事，好浪漫，共赴生死，羡慕。"

"别瞎说，看你花痴样。"

"我才没瞎说。对了，赵薇最近有部电影可以看了，跟吴奇隆演的。本来呢，我想陪你去看，但是我这会儿肯定没时间，不过，我上次告诉了之白哥，不知道这个书呆子会不会开窍。"

"是你想看吴奇隆吧，滑头。"易初颜并不买账。

两人又在校园里闹了一会儿，约莫下午一点，易初颜坐公交车到了市医院。

真是奇迹。听季之白说这几天发生的变化，易初颜感慨道。一个被医院判了两次"死刑"的人，竟然顽强地活下来了。季之白明显整个人轻松了不少，虽然母亲的身体还全无知觉，但是把床背摇起来，能靠着枕头坐一小会儿了。

和季之白母亲闲聊了几句，见她疲惫，就留二姐在病房守着，易初颜和季之白一前一后出了医院门。

天空放晴了，街上的雪也被清扫得差不多了，只有路边的雪块结了冰，一时半会儿很难融化。不过，天气预报依然在预告还会有风雪要来。

"明天出院这日子挑得还挺好的，应该也是天晴吧。"

"看样子应该是，天上一点云都没有，但还是要做好准备，你还记得那晚吗，暴风雪也是说来就来，任性得很。"

"起码明天不会。"

两人漫无目的地在街上行走，靠近了又被行人冲散，季之白好几次想去牵易初颜的手，但始终也没伸出去。若不是她来了，他也没心情在街上闲走。

"之白，你有没有想过复学的事？"两人沿着街最里侧走，终于可以并肩了。

"复学的事以前还想过，眼下不想了，我得想办法挣钱。医生虽然说我妈可能会瘫痪，但我还是不想放弃，都走到这一步了，莫问前程，把最重要的事做好再说。"

"也是。"

绕着街道走了一圈，也没个地方歇脚，终于在一家磁带店停了下来，易初颜进店看满墙的磁带，随意拿起一盘看着。

季之白挨在她旁边站着，无心看磁带，欲言又止："初颜，我想，我想请你……"

还没等他说完，易初颜像发现了什么，从墙上抠出一盒磁带。"卡得真紧啊，"是宗次郎的专辑，"没想到这里有卖，以前我还托易娅帮我找，总说找不着，一看她就没认真。"

季之白的话被打断，还是不甘心："那个，初颜，我想请你……去……"

"可惜我已经买到了，要不今天肯定得开心死。"易初颜喃喃自语。

季之白很少见到易初颜轻松自在的时候，至少此刻是，她的长发松散着垂在耳鬓两边，好看。

"之白，你帮我找一下有没有《渔舟唱晚》，也是纯音乐的，帮我哥找。"

"哦。"

两人就满墙地找，易初颜问店里看店的小妹妹，小妹妹说她从未听过也没见过《渔舟唱晚》这张专辑。从左到右从上到下都找遍了，确定没有，只能作罢。

季之白还没死心，又说："初颜，我……我想请你……"

"请我干吗？吃麻辣烫？"

"我，我不是，也行，我们去吃麻辣烫。"想说的话终究没说出口，他的手插在裤兜里，手里攥着两张录像厅的票，买的是下午两点时段的，眼看时间就要到了。他从未想过请一个女生看一场电影竟如此难以开口，明明两人都已经经历了风雪之夜，明明那天晚上他还亲吻过她，可是现在，好像关系又回到了从前。

他想请她看的电影是《缘，妙不可言》。

那个下午，两张录像厅的电影票就这么作废了，这部电影五月在国内上映，三四线城市十二月才可看，一票难求。易娅告诉他初颜喜欢赵薇，又跟他说有这部电影，他专程抽时间去录像厅门口排了四十分钟的队。

两人坐在麻辣烫桌边，沉默地吃了一会儿，街上的超市喇叭循环放着"世间自有公道，付出总有回报"的歌声，促销最新款的 VCD。

易桥叔的车开到了医院门口，原本是要去易娅学校接人的。

车子后座堆满了乱七八糟的货物，易初颜只能坐到前排的副驾驶位置上。

　　一路开得慢吞吞的，主干路的雪虽然被清理了，但路面仍然有很厚的冰。易初颜紧紧抱着书包，望着窗外，也不说话。要不是昨天易娅说一起坐这车回，她压根儿就不会去市区。

　　车子进了新开田，突然停了下来，车里的烟雾很重，易桥叔抽的是纸包旱烟，她有点想吐，想开窗户，车窗却被锁住了。

　　"你就想走？不记得你答应过我什么了吗？"易桥叔说。

　　易初颜把手伸进包里，狠狠地说："钱不是已经给过了吗？而且给的是十倍。"

　　"我会缺那几个钱？那都是拿命换的，你别装蒜，老子可不好惹……"没等易桥叔说完，易初颜打断他："前面就是我们组了，你敢怎么样。"她在后视镜里看着自己的脸，惨白又害怕，脸在颤抖，但此刻不能露怯，声音冰冷凶狠。

　　"这么说，你是要食言了？是你答应老子的，只要我肯送季之白那小子去市区，你什么条件都答应！"

　　"我可以再给你点钱。"

　　"老子不稀罕钱，只要你陪老子睡一觉，就清了。"

　　"请你自重，为老不尊。"易初颜气得胸口发闷。

　　易桥叔嘿嘿笑了两声："我要你尊个鬼，你答应的事又反悔，今天我就要办了你。"说着，伸了手来撕她的衣服。

　　易初颜看到他猥琐的脸，一阵恶心，只想逃，伸手去开车门，才开了一道缝隙，就被易桥叔拽住了头发。她发出一声惨叫，也许是声音把易桥叔吓到了，前面就是十七组，有所顾忌，手缩了一下，她得以挣脱下车，死命地往陡坡跑，身后的车子也发动了。

　　但很快车就没了声音，等她爬上坡的时候，车子掉头离开了。

　　她狠命地喘着气，腿一软，整个人松垮着倒在地上，她的人生经历了太多的绝望。她想过，如果哪一次的绝望能彻底将自己击垮，也许，就是解脱。

　　不管多冷，炜遇每天的晨练还是会继续，雪实在大了，他就在宿舍下绕着楼跑，跑步不方便，干脆换上深靴去爬山。这几日他都随身带上一个小袋子，沿路采摘。

　　这天早上下了山换了衣服，就去办公室，踩着上班时间，给陈炅打了个电话。

　　"喂。"

　　电话那头是陈炅热情洋溢的声音，炜遇不由得远离了一下电话声筒。

　　"我，炜遇。"

　　"你怎么这么早？"

　　"你不也准点上班了？我记得上次你说赵睿也在你们那儿实习。"

　　"对，他在户政科，我前天碰到他了，还说叫我找你过来聚一聚，你有时间吗？"

　　"这几天可能不行，得等等，长话短说，能否找赵睿帮个忙？"

　　"都是同学，能帮他肯定会出手，你找他帮什么？"

　　"他不是在户政科吗，想请他帮我查一下一个叫易枝子的女孩信息。"

　　"易枝子，噢，不就是你上次说的案子里的吗？具体要查什么？"

　　"你拿笔记一下，我怕你忘了。"

　　"喂，你行不行，我们学新闻的，笔不离手。"

　　"那你记一下。"

　　石井镇户政科。

　　见是赤崎警官来了，户政科的小牛连忙起身接待。

　　"赤崎叔请坐，不知道有什么可以帮到您？"

　　赤崎警官微微笑，也不客套："我想请你帮我查一下一九八六年我们镇上都有哪些收养孩子的记录。"

"一九八六年，十三年前，赤崎叔，这个范围有点广，石井镇共有乡十五个，每个乡至少有二十个村，人口好几万。"

"也是，但我还是想让你帮我查一查。当然，先帮我查一个小范围里的，易姓的，挨着我们镇周边的几个组优先查，尤其是十七组和十五组。"

"好的好的。"小牛快速记录着。

"大概需要多久时间？"

"赤崎叔，你也知道，我们镇今年才来了几台电脑，网络也不好，每天都有大量信息整理的工作，都得靠手工录入，但仍然需要很长时间才能把这个工作做完。你说的范围，目前看，肯定是还没录入完的，得查资料。"

"越快越好。"

"一定尽快。"

赤崎警官又想起什么来："再问一下，有没有一种可能，有些被收养的家庭，如果不来登记，或者直接篡改了记录，你懂的，就是找关系。"

"赤崎叔，别说十三年前了，就目前这种情况也比比皆是，许多村里的信息并不齐全，做不到同步，我们没法录入，也没法下手。你说的情况，肯定有的。"

"我们镇人口普查一般是多久一次？"

"现在是三年一次。"

"现在……那以前呢，比如八六年。"

"据我所知，那会儿的人口普查都是靠各个乡和村的干部们挨家挨户去登记，差不多得五年一次，卡整年查，但我说得也不一定准确。"

"知道了。这样，小牛，结果我有点着急要，就辛苦你帮忙尽快查一查。"

"一定一定。对了，刚才有个说是你手下的也来过一趟，跟你问得也差不多。"

"是张炜遇？"

"是他。"

赤崎警官有点欣慰，这个徒儿果然机灵，专业警校培养的，比自己那个年代强太多了。

回去赤崎夸了炜遇一句，炜遇还是一如既往地稳重，但他反问："师父，为什么不直接去十七组调查，毕竟君叔是十七组的。或者十五组，他的老相好在，都可能存在信息共通。"

"先让户政科去查档案，这两个组都只能暗访，不能明访。"

"为什么？"

"易君的死肯定不是偶然，这一点我们很确认了，一旦公开查访，势必会打草惊蛇。而且，最重要的是，我们并不确定，还有没有下一个，凶手是不是还有新的目标。"

"所以师父的意思是，很有可能易东博的女儿还活着，并且就是最大的嫌疑人。"

"都是猜测，毕竟我们手里什么信息都没掌握，她的去处，是被拐卖，还是被收养，都没确定。"

"如果是她，当年被拐卖的可能性就小。"

"嗯？为何这么说？"

"我想，没有人会把孩子拐卖在邻近的镇，毕竟六岁已经有了一点记忆。师父应该知道，三岁之前记忆会被清空，但六岁不会。"

"你说得没错，所以才要暗访。"赤崎警官想起有其他事要办，准备出门，"炜遇，这件事就交给你去做。"

"师父，你去是不是公信力会强很多。"

"你也有傻的时候嘛，十七组的村主任你又不是没见过，他那张嘴，能把我说烦。我一去，他肯定会陪全程，毕竟是他组上的事，他知道了全世界就都知道了。"赤崎警官指着炜遇，"你去，他不会，你也在那儿露过面，他认识你。你只需要强调不能声张，不要走漏风声。"

"好吧，可能风声传得也只是快和慢的差别。"炜遇送师父出门。

"那也得争取慢一点。就交给你了。我猜，户政科的结果可能被我预料到。"

鼓
声

还有十天就要跨年了，千禧年，将是一个崭新的世纪。

石井镇经历了这场冰灾，万象创伤，但街上的人群慢慢恢复了昔日的熙熙攘攘，人们嘴里讨论的都是这一个多月来的趣闻，以及各家的损失，每个人都有一种大难不死的喜悦。街道上红旗红灯笼都张罗上了，响应政策，街面的房子要重新刷外墙，有钱的人家做了迎接千禧年的横幅挂起来。

一切都是全新的景象。

陈炅给炜遇寻呼台留言，约他中午在寒戈镇见面，户政科的赵睿也在，说是有重大线索提供，为求谨慎，得当面说。

中午炜遇借了局里的车，独自前往。

走之前跟赤崎警官汇报了一下暗访情况，十七、十五组在一九八七年收养了五个孩子，分别都做了排除，其中四个是男孩，只有一个女孩，但不姓易，已经嫁人，就嫁在同组，为人本分老实。赤崎警官递给他一份户政科送过来的资料，他翻了一下，跟他暗访的结果一致，也在赤崎警官的预料之中——如果此人真的就在石井，要么改了户籍，要么普查时改了年龄。

把车从局里开出来，在一处地方停了一会儿，现在他每天都会不间断地找时间来，盯着院子里的动静。

还是上次那家小面馆，里面的卡座很安静，到的时候，陈昃和赵睿都在，三人在他乡碰面，比在学校里兴奋，尤其是陈昃。

"你们喝点什么？"

"我喝温水就好。"

"你太不时尚了，今天我来点，"陈昃是真的兴奋，"老板，来三瓶健力宝。"

"喝了才有超凡动力。"赵睿也跟着起哄。

赵睿是交警专业，被分配到寒戈实习，但寒戈镇太小，整条街就一道红绿灯，没有多余的岗位，单位接收他实习的时候，让人左右为难。最后被分配到户政科，好在赵睿心态比较好，乐在其中。

三个热血青年聊起国际时局，为美国轰炸中国驻南斯拉夫大使馆而愤愤不平。

"听说隔壁寝室的老高去游行了，他好像考上了军校，继续深造。"陈昃消息最灵通。

"老高值得我们学习，平时是个愣头青，关键时候，爱憎分明。"赵睿说，"这一次大使馆被炸的事件改变了很多人的命运，你是不是也想去前线做战地记者，我听你说过一次。"

"那肯定是要去的。"陈昃说，"你不也说要去入伍吗？"

"是啊，现在局势这么不好，我们不能袖手旁观。"

三个人畅想了下毕业后的出路。

"炜遇，上次你不是交代我让赵睿帮忙查一下那户人家的户籍吗，果然有重大发现，想起来真可怕，我听完毛孔都竖起来了。"陈昃用双手抱着肩。

"浮夸，你怎么不去学表演？"炜遇被他逗乐。

"你别说，我差点就去部队里当文艺兵了。"

"赵睿，我们先说正事，你那边都发现了什么？"

赵睿倒是严肃："是这样，我在户政科做一些整理的工作，电脑没联网，确实不好找，但恰好我分到的都是一些历史遗留的问题。你让我找的那户人家，户籍不仅没有注销，姐姐在两年前曾经出现过。"

"姐姐？"

"对的，正是姐姐，姐姐易卉子在两年前曾来户政科借调过户口页，也是这一家户籍里唯一记录在册的记录。"

炜遇疑惑地看着赵睿："可是，根据我们的调查，这家的姐姐易卉子在一九八六年就死于一场意外，不可能还活着。"

"你现在是不是也毛骨悚然，意外死亡的姐姐突然灵异出现，到底是没死，还是她的灵魂啊。"陈昃一副不可置信的模样。

"你不是学新闻的吗，怎么会信什么鬼神。"炜遇打趣陈昃。

赵睿继续说："千真万确，易卉子的户籍没有被注销，上面还标了借用日期，两年前的九月，用途是身份证明。"

炜遇反复咀嚼着"身份证明"这四个字："有没有写得更详细的用途，比如用于贷款？用于宅基地建筑证明？如果只是身份证明的话，就相当于没写，无论她用来做什么，都是用来证明身份的。"

"所以身份证明才说得通，是泛指，也是个正当的理由。"

炜遇点点头，但此时他被绕在里面，分不清这个重磅信息的真假，以及能起到什么作用。姐姐明明是死了的。

"如果不是本人，她的亲属，或者外人能借得出户籍卡吗？"

"那肯定不行，若真按你说的，只可能存在两种情况：一种是跟我们户政科的人认识，不排除这种可能，但我觉得可能性不大。如果情况属实，户政科肯定会要求她替死者申报死亡，要注销户籍页的。"

"她若就是不想申报呢？"

"既然是认识的人，那肯定知道此人已亡的事情，除非她没死。"赵睿说。

"你看你看，又绕回来了。你这边说她没死，炜遇又说他们调查的结果是死亡。哎，你们要不要再去求证一次再说。"

"不用求证，当年小女孩死于意外，她周边的邻居都亲眼所见，并且是跟她的母亲一起下葬的。"

"我不敢想了，我不敢想了。"陈炅露出害怕的表情。

"你刚才说，还有一种可能。"

"还有一种情况，如果不是她本人借的，她的亲属，必须是直系亲属，那就可能是你们说的她的妹妹。她可以借，但她首先得能证明自己和易卉子的关系。"

"但我们都查过了，两个镇都没有叫易枝子的女孩。"其实炜遇不太确定，但他设想了一种新的情况，"如果她改名换姓了，但依然保留着从前能证明她身份的信息资料，比如儿童福利院的证明，比如她的出生卡，是不是就能证明——毕竟，户政科也是有她信息的。"

"出生卡没有可能，我在户政科做了这么久，还没见过这里的谁有出生卡信息。一九八六年那么遥远，那个年代医院应该都还没有出生卡一说，而且大部分都是在家里出生。"赵睿不愧也是警察专业的，逻辑严谨，细节分析极度细致，"但是你说的儿童福利院证明是能证明她身份的。"

"有这一点就够了。"

炜遇把陈炅给他的文件拿出来，那份不完整的汾城报纸。

"陈炅，报纸两年前也被借去复印过，我现在推测，这是同一个人，你觉得呢？"

陈炅想了想说："如果从时间上来推算，应该是，而且是无懈可击地在密谋什么，我瞎说的。这两件事，存在什么必要的关联性，得先推出这个点。"

"关联性倒是容易，假设我们推测，就是妹妹易枝子，那这份报纸对她来说，是很重要的信息，她可以知道当年她父亲在瓦斯爆炸后发生了什么。比如，知道是谁护送了她父亲的骨灰回乡，但是，你也说得对，借姐姐户籍卡的动机，就真的无从推测，又没记录真正的用途。"

"是啊。"

三个警校的在校生，陷入了困惑，无论怎么想，都想不出借用姐姐户籍卡的动机和结果是什么。

炜遇沉默了一会儿，去了趟洗手间。

"怎么去这么久，面都凉了。"陈炅抱怨说。

"陈炅，如果你是妹妹，现在你借了姐姐的户籍卡，会去做什么？想一想。"炜遇问。

"我……大概会留个念想吧，那可是姐姐来过这个世界的唯一痕迹。"

"可为什么又还回去了呢？"

"或许跟借阅报纸一样，拿去复印了一份留存。"

也不无这个可能，或许这就是动机。

炜遇把报纸拿起来，通读了几遍，抓住了重点。

"赔偿了十万块，赔偿十万块，赵睿，你说十万块在当年算不算多？"

"一九八六年的十万块，至少抵得了现在一百万了吧，是一笔大钱，尤其对这样的家庭来说。"

炜遇深思着："这一家人死的死，失踪的失踪，那这笔钱会到谁手里呢？"

"只有一种可能，妹妹拿了，因为只有妹妹还活着。"陈炅插话。

"这一家还有一个哥哥，据说当年在游行中走散，之后再未出现过，他也可能还活着。"

"为什么这么确定？"炜遇问。

"你忘了借调户籍的是一个女孩，明显不可能是这家的哥哥。"

"有道理，就你脑瓜子转得快。"赵睿说，陈炅很适合做侦探的工作。

"这笔钱还是只可能在妹妹手里。"

"如果在妹妹手里，这么大一笔钱，她不太可能被送去儿童福利院，想必她族里的人也不会同意吧。"炜遇推算。

"我在这里的通讯社工作，每天看到的都是些鸡飞狗跳的事情，以我对这里风俗人情的了解，如果妹妹真的有这笔钱，族里其他的人是不会同意让她去福利院的。能养活她，为什么要让自己家族背上有人流落在外的名声呢。有钱，脸面还是要顾的。"

炜遇对陈炅的话不置可否，他盯着报纸，继续说："万一这笔钱不在妹妹手里，又是一笔大款项，政府一般会怎么处理？"

"这个我知道，肯定是委托镇上的农村信用社保管，这笔钱要么用于赡养亡者后人，如果没用，就得是继承人年满十八岁以后，才可以提取这笔钱。"陈炅果然是学新闻的，社会新闻没少研究。

炜遇猛地站起来："我知道了，我知道了，一定是这样的。妹妹年龄还未到，但她需要这笔钱急用，只能来借姐姐的户籍卡。"

"是怎么样的啊？"

炜遇看了一下手表，现在是下午两点："你们跟我走一趟农村信用社，快。"

"你这家伙，到底要干什么，先说清楚啊。"

"又熬过了一个寒冬，你有这个感觉吗？"易家兄妹俩自从上次之后，便很少再多说话，但初颜还是每日去给哥哥换药。

"今年特别难熬。"

"之白哥回来好几天了，怎么没去看看他？"

"昨天去过了，买了点水果，"院子里家家户户都去看望季之白母亲，"家里没有什么可送的。"

易初尧"嗯"了一声："初颜，你真的不知道我为什么喜欢听《渔舟唱晚》？"

"也许是你的秘密吧。"

"我还能有什么秘密，"易初尧的声音一下就泄了气，不是他不想提起那口气，是提不上来，"倒是你，很多秘密，没告诉我。"

"我也没什么秘密。"易初颜给他换了一杯水，摆在床头。

"你用同样的办法杀了他。"他终于说了出来，养父突然死亡这件事，一直让他压抑着。

"他是骑摩托车摔死的。"

"你到现在还想骗我！要不是你给他吃了那些东西，他会中毒？"易初尧低声吼道，只是他真的没什么力气了。

"他喝了很多酒。"易初颜不想多做辩解。

"人都死了，还有什么意义。"易初尧不想和她争执，终是没有忍住，"小的时候，在福利院只知道要跟你靠得紧紧的，但是我也害怕你，你真狠心。我以为你会念在妈养育我们多年对我们好的分上，让他苟活。"

"正是因为还顾念妈，我才会忍了两年，可是他那么狠命地打你骂你，你不恨他吗？"

易初尧闭上了眼睛，他岂会忘记这两年现实生活对他的残酷，养母去世后，养父把所有的气都撒在他身上。每次在外面喝得醉醺醺的回来，不管他是否睡着了，踢开门就是一顿暴揍，有一次半夜把他从床上拎起来直接扔在院子里，拳打脚踢。那一刻，他连救命都没喊，只想快点了结了性命，离开这个世界。

是易初颜从房间里出来救了他，她手里举着一把尖刀，刀锋对准了养父，绝望地看着他。哥哥就要被打死了，如果他再不住手，她会毫不犹豫地刺向他。

"即便是恨，你也不能杀了他。"

易初尧用被子蒙着头，沉默了很久。

"他要我给他生孩子，传宗接代。"

易初颜抚摸着手背，养父经常用竹篾抽她和哥哥，被竹篾抽破了皮的伤口，每一处都会裂开，可是血流不出来，像被灼伤的痛感。有一晚养父喝了酒回来，进了她的房间，嘴里喊着让她懂事，要为易家传宗接代，若不是身边时常放了匕首，那晚她差点无法全身而退了。

"畜生！"这一声用尽了易初尧所有的力气，而这些，他竟然完全不知。

"哥哥，过完这个冬天，我带你离开这里，大城市的医疗条件好。"易初颜看着哥哥，很多时候，她觉得他是弟弟。

"我不去。"

"我可以去赚钱养活我们。"

易初尧想哭，跟那年他回到儿童福利院，躲在墙角里看到她从门里走出来的心情是一样的。这么多年，他们真的活成了兄妹，不离不弃的兄妹。可是，他岂能有这个私心。

"我哪儿都不去了。"

如医生所说，出院后，母亲的四肢还没有恢复的迹象，几乎是全身瘫痪的状态，但季之白还是每日坚持给母亲的手脚做康复唤醒训练，保持血液循环，避免生褥疮。两个姐姐轮流回来照顾，他得想办法跟着戏班师父去赚点钱。

家里时常来人，无不感慨命运的奇迹。

赤崎警官也去探望过季之白母亲，心里也一直惦记着风雪之日他们是如何把车开到市区的。他显得心事重重，年纪越大越藏不住事，自从那日内心里仿若听到小女孩在雨中求助的声音之后，他越是不安，那声音挥之不去。

蛛丝马迹涌现，但是迷雾重重，看似有许多关联的线索，但户政科的反馈，炜遇的暗访，都没能让案件出现新的突破口，明暗莫辨。

炜遇从寒戈回来之后，除了每日早起去山上晨练，大部分时间会去一个小院旁边蹲守。

十七组一户大院人家一位老人九十高寿。

来请戏班，戏班师父点了季之白，唱的是《寒窑记》，他演的是薛平贵身边的大将。这一出唱的是薛平贵十八年后决定回去找王宝钏，因为对王宝钏心怀愧疚，先派武将前去通知。

大户人家演出打赏本来就多，又临近新千年，自然更是丰厚。师父的照顾，季之白心领神会，每日抽时间勤奋排练。他其实藏了私心，之前易初颜曾说过想看他敲鼓的样子，虽然说时只是一句无心的话，他却放在了心上。临登台那一天，他特意去了一趟易家，邀请她来看。

这应该是近三年最大场面的一出戏了，连续三天。

只是这天气委实不适合唱戏，尤其是唱露天大戏，搭建舞台就费了很大的劲，得把户外的冰都震碎了，大户人家讲究，专门找人去后山挑了新鲜的黄土铺平，舞台下方要生火，台上演出的人也能暖和一点。前台阔气敞亮，还搭了一条特别的小通道，直接通往里屋后台，演员有足够的空间出场以及下台换戏服。里屋的化妆台、戏服场地更仔细，任何细节都不含糊，筹备的人够认真。

等着看戏的人更认真，还有两天才开始，前来参观前台后院的人络绎不绝。

听说有大戏看，炜遇想让师父带他去看，他还没见过真人戏。

"师父，一起去吧，我反正是没看过，还不要门票。"

"我们这样的小镇就没有门票一说，你自己去吧。"

"一起去嘛。带上师娘和溪澈。"

"你又不是小孩子，十七组也不是没去过，还要我带你去，你又不是我儿子。"赤崎警官头都懒得抬，他有这个工夫，还不如在家多陪陪孩子。

见师父坚持不去，炜遇也不好再说什么："那我到时看情况吧，这两天有点闹肚子。"

这下警官倒是抬头看了他一眼，是有点憔悴，叮嘱了一句："吃点药。"

大戏开锣了。

好不热闹，几乎四面八方的乡邻都来了，将前坪挤得满满的。戏台旁烧了木柴，熊熊大火，人群围着大火看戏，人声鼎沸，没有人觉得冷。

让季之白失望的是，第一晚易初颜并没有出现，他登台的时间里，眼神总是飘向台下，搜寻着熟悉的眼神，搜寻着冬日里单薄的身影，没放过任何一个角落。火焰照亮着每一张脸孔，或欢喜，或悲情，台上的戏仿佛给了他们七情六欲，他们都沉浸在戏里。

季之白第一次知道落空是什么滋味。

第一晚的演出，大家都有些许失误，戏班师父自然能听出来，唱错词的，催错场的，季之白则少翻了一个后空翻。第二天清晨师父就把大伙抓在一起，又调教了一番，反复叮嘱今晚的演出不能出任何差错。季之白本想溜出去找初颜，问问她为什么没来，但又被师父抓去练了一下午的基本功。后来他想，她应该第二晚会来的。

果然，临登台前，他先去前台扫了一圈，看到了易初颜挨着易娅坐在人堆里，正在说着什么。火光映在她们的脸上，忽明忽暗，看着就温暖。正想着，易初颜忽然抬起头来，也看到了他，隔空找到了彼此的眼睛，远远地投了一个眼神。

今晚这一声锣开得特别响亮。

季之白第一个出场，这一次他铆足了劲，连着五个空翻，台下喝彩声一片。他在倒影中寻找着易初颜的身影，可就在刚才的位置，易娅还在，她却不见了踪影。

季之白有点郁闷了，第二轮的空翻节奏不由得快了起来，落脚时不如平常练习一样稳稳地落在地上，一个跟跄，失去了重心，差点整个人扑倒在地，看得台下的人跟着紧张。他干脆就着快要摔倒的姿势，迅速地用眼睛搜寻着下面，紧接着一个鲤鱼打挺，腿在地上连着画了数个圈，漂亮利落，台下的观众以为他前面的失误是为了这个完美的收场。

人群里爆发热烈的喝彩声。

台下依然没有找到易初颜的身影，明明易娅还在，她除非是离开了，要不她俩不会分开。

失落感再次袭来，自己在意的，却未必是她在意的。

后台师父在催场，催着他去后台换演出服，扮演薛平贵和王宝钏的演员已经在候场。季之白被其他演员拽着下了台。

趁着不是他的登台时间，他掀开了后台布帘的一角，继续在人群里搜寻。依然没有，可能是回家了吧，可能是和哥哥约定了换药时间。至少她来过了，季之白这样安慰自己，但总有一种不祥的预感。

王宝钏哭诉十八年未见夫君这一段要唱许久，他不死心，找机会从后台溜了出去，到台下找到易娅。

易娅正看得入迷，被季之白拉了一把，吓一跳："你不是刚还在台上吗？"

"初颜呢？她刚才还在，怎么就走了？"

易娅左右望了望，也没看到易初颜，她才恍然："咦，怎么这么久还没回来。"

"她是回家了吗？"

"应该不是，刚才好像有人找她。说好一会儿就回来的。"易娅心不在焉，一心想看戏，"你别耽误了时间，这会正演高潮，太好哭了。"

季之白只得走出了人堆，照易娅这么说，易初颜应该还会回来，等她回来就好了。

易初颜坐在车里，车挨着路边停着，没有开灯，雪地的光，足够看清眼前的一切。

远处传来戏台开锣的声音，本来不想出门，硬是被易娅拉上，不好推托。

戏还没开始，人群里有人拽了她一把，她跟易娅说了两句，出了人群。

是易桥叔。她知道这一天迟早会来。

易桥直截了当："说吧，去哪儿，去我家，还是就在车里，我都可以。"

"易桥叔，一定要这样苦苦相逼吗？"

"做人呢，答应了的事，就得实现，你说是不是。老子好久没碰过女人了，你是自己送上门来的，也不是老子求你的。当初你可以不为那小子求情，你知道那路有多难开吗，好几次都差点送了命。"

"你见死不救。"

"见死不救？老子最后还不是把车开去市里了？"

"如果我不从呢？"

"那就怪不得我了。"易桥把烟嘴掐灭了，此时他恼火的并不是易初颜的不从，而是自己被一个黄毛丫头给要了。他反手就甩了易初颜一个耳光，直接上手去扒衣服，今天他必须出了这口恶气。

易初颜使劲地反抗："易桥叔，你再这样，我就喊了。"

"你喊啊，我看到底有没有人能听见，多刺激。"

远处传来喧嚣的叫好声，没有人知道在这个黑暗的角落，正在上演另一出戏。

任凭易初颜力气再大，也无济于事，易桥撕扯着她的衣服，一边试图压上去，要不是两个座位之间还有阻碍物，恐怕易初颜连还手的空间都没有。撕扯中，易初颜从包里掏出了一个早已准备好的铁扳手，朝着易桥的头沉沉地敲了下去，痛得易桥被迫停手，捂着脑袋，手上渗出了血。

易桥红了眼，像着了魔似的大声吼道："小婊子，跟老子装什么纯，你不要以为老子不知道，你那死去的养父早就想弄你了。不，肯定早就办过了，跟老子在这装纯洁，什么玩意儿。"他再度想要扑上去，但没想到易初颜反过来又是一记敲击，还来不及还手，他的手被易初颜死死地抓住了。一个不知道是什么的东西，朝着他的食指，狠命地剜了下去，刺骨钻心地痛，他抓着自己的手，右手食指被活生生地剔骨。血肉模糊，森森白骨暴露在空气中，疼痛难当。

易初颜打开车门，从车里挣脱出来，往路的前方跑去，头发在空中像失去魂魄一般甩动着。易桥嘴里愤怒地喊着小婊子，也跳下了车，很快就追上了，易初颜的头发被他一把揪住，一脚踩在地上。她发出惨叫声，手里依然抓着那把剔骨器，上面沾满了鲜血。

她嘴角带着残酷挑衅的笑，那是荒野里最可怕的笑容，是冬日里最冷血的脸孔，在忽明忽暗的光影里，排山倒海而来。

易桥脑部受伤，食指被剔骨，疼痛锥心，力气根本使不上来。易初颜逮着机会再次逃脱，拼命地往新开田的方向跑去。

易桥不再追上去，他回到车里，发动了车子，那股钻心的痛让他越发失去理智，现在一心只想追上易初颜，开车把她轧死。

《寒窑记》唱到了薛平贵见完王宝钏之后肝肠寸断，战事再起，薛平贵被传召出师上战场，和王宝钏再度分开，台下不少女人已经看得泪眼婆娑。

锣声再起，季之白登台。

他看到远处，易初颜披散着头发在马路上拼命地跑着，身后有人在追赶，很快她被追上，一顿拳脚，挣扎着又拼命往前跑，原本追着的人返回去开了车，往她的方向开过去。他看到易初颜跑着跑着，不停往身后看，他看不清她的脸，但他知道，那双眼睛里，充满了惊恐和绝望。

车子往新开田的下坡开去，正是易初颜的方向。

身后的车子开到了新开田的下坡口，易初颜突然停了下来，改了方向，往路边干涸的稻田里跑去。

刹车，刹车，可是任凭易桥怎么去拉刹车，都失灵了，轮胎在冰上干滑了几下，极速顺着坡滑了下去。

季之白连着翻了三个空翻，拿起了鼓槌，敲响了出征的战鼓，速度越来越快越来越快，台下响起了雷鸣般的叫好声。

车子像一阵疾风般顺着陡坡开进了湖面。砰。一记沉闷的声音，湖面的厚冰被震破了，发出了碎裂的声音，随着几声更沉闷的响声，冰面完全碎了，在湖面上晃荡挣扎了几下的车子，彻底沉了下去。

易初颜站在湖边，手里拿着沾满血的竹制利器，那里面暗藏了三块小刀片，锋利无比，竹面的血和她脸上的血一样，很快就被风干了。

少女脸上的痛苦在绝杀之后迅速消失，没有任何表情。为了等到这一天，她步步为营，任何一步都不能有误，上车就要想办法弄坏刹车，得刺激易桥开车去追她，还得算计好台上的表演时间，只有台上鼓声响起，车子沉入湖底的声音才会悄无声息地被遮盖住。她的嘴角抽搐了一下，这一切，台上的季之白应该都看在眼里了吧，他若不敲响大鼓，恐怕此刻警察已来。

下了台，季之白被师父拉到一个角落。

"之白，你知道你在做什么吗？为什么五个空翻只有三个？排练的时候不是五个吗？为什么锣鼓声一点节奏都没有，排练的时候不是说了吗？要轻起重落，才能把薛平贵和王宝钏再度分开的悲壮感觉敲出来。"师父气急败坏，对一个教了这么多年唱戏的老人来说，台上不按戏本走，是最接受不了的事情。

季之白连忙道歉："师父，对不起，实在太紧张了。"

原本他还有大段的唱词，但只唱了第一段，他的举动让乐器师傅也有点慌。台上演员都没了，第二段音乐还要不要继续，鼓声杂乱无章，配合不到鼓点，候场的演员也踩不到节点，不知该何时出场。虽然台下不懂戏的年轻人看不懂，但有很多常年看戏的老人都知道是台上演员乱了分寸，好在后面的戏很快开场，没人再计较前面发生了什么。

原本，唱戏也只是图个热闹而已。

自己领了错，师父训斥了几句，也就消气了。季之白换了身上的戏服。

黑夜里，一个手里拿着酒瓶的身影跳进了寒冷刺骨的湖泊里，很快，又浮了上来。

戏散场了，前坪还有不少人围着火堆，品味着今晚的戏台。

母亲睡得很安详，姐姐忙完也休息去了，季之白悄声出了门，无论如何，今晚他都要见易初颜。

直接奔去星星之眼，低沉空谷的陶埙声飘浮而来，像是在发出信号。

易初颜就在星星之眼，还如那晚，穿着一身洁白的斗篷，坐在一堆竹叶上，今天陶埙的声音断断续续，如割裂的碎片一样。

季之白尽量控制着自己，但安静美好的星星之眼和陶埙声，也无法让他的内心平静下来。世间变化万千，不过是第二次来星星之眼，光景竟然和第一次截然不同。易初颜低着头，面色如谜。

"初颜，今晚那个是易桥叔吗？"季之白听到自己的声音在颤抖，脑海里一片混乱，今晚看到的一幕，让他凌乱，他本来想第一时间报警，但他分不清自己看到的有多接近真相，易桥叔为什么会对她如此暴力，那辆开进新开田湖泊的车，看上去像是易初颜在故意引诱。

不能报警，他得先来问清楚了。

陶埙声戛然而止。

"是他。"

"他为什么会……那么凶狠地对你？"

"之白，"易初颜缓缓仰起脸来，"如果我说，他今晚差点强暴我，你会信吗？"

有点点泪光在易初颜眼里闪烁，她楚楚可怜，自己怎么可能不相信她呢。那个无时无刻不给他温暖、在困境中给他送风信子、在寒夜里一起共度生死的易初颜，是他这一个月来黑暗里的寒星。

"我相信你，信你。"季之白蹲下去，把她拥在怀里。

"我没有杀他，是他自己把车开进了湖泊。"易初颜的声音低沉如这夜幕。

"易桥叔竟然这么无人性，我们去报警吧。"

"不可以。"季之白想要问为什么，但是被易初颜用手指堵住了，"不要问，我们不能报警。"

易初颜站起了身，仰起头看向夜空，星星之眼从来都没有星星。她喃喃地说："今晚会下雪，一场大雪，明天的湖泊又会结冰，就让他自生自灭。之白，我每天都会在星星之眼看到这样的暮色，我不知道，你是否也曾见过这样的暮色。"

季之白在身后拥着她，他的世界里没有经历过如此暮色，但他想跟她一起，走过所有的暮色之地。

第二天一早起来，果然又是苍茫一片。

大户人家执意不肯取消最后一晚的戏，雪下了又停，停了又下。今晚要唱的是《金锁记》。季之白登台的时候，易初颜就坐在台下，坐在火堆前的最中央。他昨晚渴望出现的身影，正在台下望着他，熊熊篝火燃烧着，他今晚唱得特别好，每一句词都咬得无比精准，他在火苗的光影里追逐着易初颜脸上一丝一毫的变化。篝火燃烧通亮，她眼里的神情越明柔。

他答应过的，要走她走过的暮色。

第二天有人发现冰面变薄了，但没有人发现镇上少了一个人，还少了一辆车。

没有人惊讶，大家都只是听说，大冷天，没有人去湖边看，倒是不少老人借机训孩子：如果偷溜着出去玩，会很危险，你看，冰面会变薄，容易掉下去。

还有十天，就是千禧年了，轮番来照顾母亲的两个姐姐虽然都各自有家庭，但都跟婆家说好了，照顾到母亲度过这个冬天再说。

这天一大早，季之白去地窖里取了菜，又去后院的人家买了过年要吃的肉，回到家的时候发现，母亲房间炉里的火似乎要熄灭了。他换上新煤球，续了火，去厨房做早餐。

母亲吃过了早餐，他再去看炉子里的火，竟然熄灭了。季之白有点沮丧，两个姐姐昨晚陪母亲，还没怎么睡，不能再叫醒了。现在要么去庭院找干柴，重新点燃，但房间里会冒烟，会让母亲不舒服。

去邻近院里换了一个燃烧的煤球，房间里终于暖了，母亲吃了早餐似乎又睡了，他就趴坐在母亲的床边，沮丧感再次袭来，突然不知道未来要何去何从。

季之白在床沿趴着趴着就睡着了，最近他很疲惫，连续几天登台，没有停歇。易初颜的事让他更是内心矛盾，心里背负着沉重的壳，易桥叔曾经也算有恩于他，虽然是用了十倍路费做的交易。可是他也答应了易初颜，不去报警。

之后他发了高烧，这场高烧像是有预谋的一样，把他内心的挣扎和虚弱反复点燃。易桥叔失踪遇害的事，瞒不了太久，最多等到春天到来，湖面的冰化了，就会真相大白。

床沿冰冷。

一只手落在了头上，轻轻地抚摸着他的头发，他以为这是梦，梦里是母亲温暖的手，像从前那样抚摸他。那感觉舒服极了，他的脸在床沿上翻向一侧，朝向窗户，外面皑皑的白雪的反光照在他的脸上，头上被轻轻抚摸的感觉还在，有一点点温暖，他希望就着这点幻想中的温暖，不要醒来。

忽然，季之白就醒了，这不是梦！他抬起头，望向母亲，母亲的手还停留在空中，正睁着眼看着他，眼角泛着泪。

是母亲的手！她的手会动了！

季之白克制住自己的内心，生怕又回到了梦里，他轻轻地喊了一声妈，母亲微弱地点了点头，他抓着母亲还在半空的手，放在自己的脸上。

死局

春暖花开还未来。

镇上有人找易桥出车，发现不仅人不见了，连带车也不见了。易桥的家人从广东打电话回来，连着好几天没人接听，电话打到了邻近的人家，人们这才注意到，易桥已经消失了很久。

镇上的人都在猜测他的去处，猜他是不是在外面有了情妇，跟情妇过年去了，易桥年轻时就好色，周边人都知道。这时，有人忽然说到那天湖泊里的薄冰，是一个窟窿，窟窿正好像是一辆车身的大小。还有人开玩笑说，不会是车子掉进去了吧，但因为又结了一层新冰，也没人多想。

没想到这句笑话一语中的，现在把两件事联系在一起，十有八九真是。有人去打电话报警，一群人迅速到了湖边。

湖边围着一大堆人，冰被人用铁凿凿开了，冰块的厚度怕是开春也需要些时日才会完全融化。从湖里钻出一个人，岸上的人纷纷伸出手拉他上岸，是一个后生仔，嘴唇冻得乌青发紫，身体瑟瑟发抖，什么也说不出来，眼神里的恐慌已经告知了所有人答案。

众人猜测得没错，湖底下果然是易桥的车，人跟着车沉入了湖底。

人早就没了，众人都知道下面是一条人命，一时慌了神。易桥所属的十三组的人建议出一笔钱，双方组上均摊，派一个人下去，先把易桥的尸体弄上来再说。

有钱拿，就有人当勇士，很快下去了人把尸体弄了上来。在湖底浸泡了几天，尸体浮肿，但能一眼就辨认出是易桥。尸体被迅速地用事先准备好的白布裹好，这时，一个酒瓶从衣服里滚出来，主任捡起来，是村里常卖的老伙计酒，一种南方的米酒。

"好家伙，原来是喝了酒，酒驾能不出事吗？"主任蹙着眉头。

"这老头儿本来就好这口。"人群里有人说。

"造孽啊，大冬天的，就沉在湖里，这么辆大车沉下去，连个响声都没有。"

"八成是半夜吧，半夜没谁能听到。"

"半夜跑十七组来闹鬼。"

人群里你一句，我一句，很快就有了结论，易桥喝酒醉驾沉了湖泊，十三组的人把尸体领了回去。

季之白脸色惨白，易桥叔那张已经浮肿模糊的脸，让他一阵阵泛着恶心，等人群散去，他在路边"哇"的一声吐了出来。

炜遇刚挂电话，赤崎警官如风一般走进办公室，这几天他受了点风寒，在家捂了两天，散了热才出来。

"刚才电话里发生了什么事？"他一边问，一边把药包撕开泡上，临出门的时候妻子叮嘱一定要喝。

炜遇站起身来，他比师父高出一头，但师父天生就有不怒自威的魄力。"是十三组一个拉车的司机死了，把车开进了湖里，已经沉了好几天，今天才有人发现。"

"哪个湖？"

"十七组的那个湖。"

赤崎警官翻弄着手里的报纸，报纸上说未来还会持续大雪的天气，会反复好一段时间，千禧年可能在大雪中度过，报道的最后一句写着瑞雪兆丰年。"十三组的人死在了十七组的湖里，没闹起来？还有其他什么信息没？"

"他们还发现了酒瓶，死者生前就好酒。"

"这么看是自己酒驾不慎了，不惜命的人不少，这么冷的天。有人过去看看吗？"

"隔壁办公室的小刘过去了，他就是十三组的人。"

"嗯，"赤崎警官把福利院大合影的照片拿出来瞅着，"炜遇，通讯社有新的消息了吗，能联系到汾城的媒体，帮忙找到十三年前的报道吗？"

"这件事我盯着的，师父，需要一些时间，毕竟是十三年前的旧报道了，那个年代不像现在。"

"现在也没好到哪儿去，我们连台像样的电脑都没有，手机用的还是大哥大，那么大一块砖头，还做不到人手一台。"

"办公室的电话是无绳电话。"炜遇露出一点笑容，"电脑和手机，未来肯定会普及。"

"你还挺会挖苦的，对了，炜遇，你爸妈是做什么的？"

"我妈自己经营店铺，在高桥市场，我爸就有意思了，是给动物看病的。"

"兽医？"

"是，给宠物看病，我爸是比较早从事这个职业的，关爱宠物。"

"有钱就是好，看给你养得这么健壮。"

赤崎警官发现消遣炜遇挺有意思，下午他约了一个人见面，穿了大衣出门。

前后脚的工夫，隔壁办公室带了人回来做笔录，炜遇过去看了一眼，是那个最先下到湖底的后生仔，说话磕磕巴巴。

炜遇听了几句就退了出来，正要关上审讯室的门，才发现身后站着赤崎警官。

"师父，你怎么回来了？"

"刚才泡的药忘了喝。"

里面断断续续传来声音，是那个后生仔："我们十七组最近遭了邪……那么厚的冰，车子也能坠下去……最恐怖的是，唉，算了，还是不说了吧。"

"警察面前，没有什么不能说的。"

"如果我没看错的话，易桥叔的手指……跟易君叔的……一样……骨头都露出来了。"

赤崎警官把门推开，厉声问道："你说什么？"

后生仔眼神缩了一下，意识到自己可能说错了什么，支支吾吾："我就瞎说，可能是我看错了。"

"你肯定没有看错。"赤崎警官口吻威严，"把你看到的，再复述一遍。"

"手……手……易桥叔……他的……和……易君叔……手指……哇……"后生仔突然被震慑到，更结巴了。

"被剔骨了，是不是？"

后生仔拼命点头。

"当时为什么不说？"

"湖底太冷了，我上来之后，整个人都是昏昏沉沉的，十七组的人也不让我说，大过年的，晦气。"

"师父，我们得赶紧去一趟十三组，尸体应该还没下葬。"

赤崎警官的心更沉了，没想到凶手会这么快再出手，之前担心打草惊蛇的策略判断失误。

"务必马上找到那篇当年的报道，找到那份名单，才能阻止凶手再次行凶，易桥无疑也是其中一个。另外，易东博女儿的下落要尽快找到。"

灵堂里烧了火，几个时辰，易桥的尸体开始腐烂了，食指处的森森白骨，很显眼。易桥的家人联系几天找不到人，昨天就从广东赶回，应该很快就能到家。

炜遇提醒他，说在车里还发现了一个酒瓶。

"体内是否有酒精，取样回去验一下。"

"可能会因为尸体在湖水里浸泡太久而验不出来，得往县局送才行。"

"送一下。"

"另外，刚才看了死者的脑部，后脑勺有被重物敲击过的伤口，两厘米长。死者生前曾与人发生过肢体冲突，身上除了食指被剔骨外，有厮打的痕迹。"

外面传来号啕大哭。浮夸。赤崎警官哼了一下。

来石井还不到三个月，他对这里的居民都不熟悉，问了才知，原来易桥和家人分开居住快有十年了。当年易桥因为不同意儿子的婚事，儿子结婚他一分钱没出，导致父子关系疏离。易桥老婆去广东帮忙带孙子，很少回来，易桥一个人留守独居。

易桥的儿子夫妇相对冷静，但他老婆的眼睛红肿。

围观人中有熟悉的人说，易桥活该，他就两个爱好——贪财，只进不出，要钱不要命，对家人也非常苛刻。还好色，年轻时有不少前科，这些年身体日益老了才有所收敛。

笔录极其简单，一家人都不在家，没有其他信息可以提供。儿子过于谨慎，让原本就很沉闷的氛围更加凝重，那氛围不是悲伤，是一种相对无言的悲哀。他更倾向于接受父亲死于酒驾，问及是否有仇人，一家人面面相觑，摇头。

"十三年前，你父亲去过汾城挖煤，这件事你还有印象吗？"赤崎警官问死者的儿子。

埋头抽烟的儿子点点头，抬起头望向母亲，又摇摇头，母亲一直哭丧着脸。

赤崎警官心里有数了，见他们不说话，换了个问题："十三年前家里可有什么大的变化？"

"十三年前……我们家盖了现在住的房子，四个大间，当时我奶奶还在，一家人终于有了新房子住，之前的旧房子，实在不能住了。"

易君十三年前也给姘头翻盖了新房，前后脚。两个去过汾城挖煤的农民工，那一年都盖了新房，可挖煤只是一份苦差事，体力活，赚不到多少钱，煤矿老板克扣工人工资被讨债的新闻从未间断过。

该死的天气，寒风如刀，刀刀切肤。

师徒两人已经走到了石井镇的大马路上，街上行人匆匆，手里大袋小袋，还有五天就是千禧年了，小镇的人正忙着采购年货。经过理发店门口的时候，赤崎警官闻到一股淡淡的栀子的香味，那几天总感觉有人跟踪，他不由得又走到了旁边的巷子，那堆木棍被搬走了。巷子很长，什么都没有。

　　赤崎警官现在一刻也不能等，等就是坐以待毙，时间越长，就给了凶手越大的作案空间。

　　他决定去十七组的湖泊边走走，顺便去看看季之白的母亲，听说他母亲的手脚能动了。一个在死亡边缘挣扎了多次的脑出血重症病人，醒来后又被告知终身瘫痪，可现在不仅没死，而且还有可能完全康复，这是一个奇迹。想到这儿，他突然觉得内心温暖了一点。

　　上午被凿开的湖面，到傍晚又结了一层厚厚的冰，赤崎警官在湖面绕开那个窟窿，思索了一下，像是看一个深不见底的黑洞，而这个黑洞跟自己的过去有千丝万缕的关联。

　　他伸出了脚，试着踩在窟窿的冰面上，稍微一用力，冰面就会发出冰碎的声音。寒冬如此之冷，易桥当日车坠湖泊的那一瞬，冰冷无边，黑暗无际，求救无门，无人知晓他挣扎的痛苦。

　　他沿着新开田的坡往上走，传说坡下是一块葬着祖坟的风水宝地，多少年来这里也没出过事故，如今传说被打破了。冰灾的余力还在，路面依然结了冰，好不容易走到石碑处，平时路人走累了，会在这里停歇，看下新开田的稻田和湖泊的风光。

　　脚底踩着有点松，用力多踩了几脚，脚下的冰碎裂了，他蹲下身去细看。很快，碎裂的冰块裂纹里渗透出金黄色的泥水，他用手刨开了冰块，冰下面竟然是松软新鲜的黄土。

　　石碑此前被挪动过！

　　此刻他所在的位置，是坡弧度最大的地带，石碑就是提醒前来的车要刹车慢行。

　　黄土还很新鲜，很有可能是昨晚或者今天清晨才被挪动的，而它挪去的位置，应该就在附近。赤崎警官目测了一下，又倒退了几步，用脚丈量着。

易桥是老司机，经常在这一片出入，不存在一脚油门冲入了湖泊的可能，除非……除非这块石碑一早就被动过手脚，被挪离了原来的位置，易桥被误导，刹车已来不及。

哪怕是刹车失灵，如果石碑在原位就会被提醒，跳车也能保命，但若是石碑被挪了位置，就不可能了。赤崎警官心里阵阵发寒，提醒刹车的石碑被挪动，刹车失灵，易桥难逃死劫。

双管齐下，一刀致命，这个凶手心思够缜密的。

今天一群人在湖边打捞沉车，没有人发现石碑被挪动过吗？不过他很快就想到，冰块能遮掩被挪动的痕迹，天衣无缝。

都是被酒瓶给误导的，当所有人都以为他是酒驾沉湖，既转移了视线，又迅速把石碑归位，谁会去怀疑这一切原来是一次精心设计的谋杀呢？

一只鸟掠过冰面，羽毛的颜色是荒芜。

兄妹

照相机发出"咔嚓"的一声，摄影师喊，好了。

蹲在前排的小朋友给副院长敬了个礼后，纷纷散去，这是院里的规定，见到院长告别院长必须敬礼。

易枝子拉着易小虎往后院跑。后院有一块草坪，早春季节，有野果子可以摘了。草坪的草长期无人清除，有点深，其他小朋友不敢去，野果子都没人去采。

经过福利院的厨房，食堂阿姨招呼他们俩去帮忙择菜，平时小朋友会轮流去帮手，但今日要拍照，不知道要拍多久，就没做安排，这会儿食堂阿姨逮到谁就是谁了。

易小虎重回福利院，园服是新发的，尤其爱惜，袖子长了点，择菜要卷起袖子，他有点舍不得，就跟易枝子说他回房间放了外套再下来。

小朋友都在院里自由玩耍，他的宿舍在二楼，要经过一楼护士长的房间。他忽然听到护士长的声音和往常不一样，就从门缝里瞄了进去，只见副院长正从后面抱着护士长，手在她的胸前扫来扫去。

护士长的表情很奇怪，皱着脸，好像很讨厌，但又好像很开心的样子，小朋友里早就传副院长和护士长眉来眼去，这会儿他算是知道了，原来是真的。

他在心里冷哼了一下，准备走，里面的人说话了。

"他们都在外院玩呢，没人会来，怕啥。"是副院长的声音。

"别闹，大白天的，还有好多工作要做。"护士长比平时温柔了许多。

"先别做了，大白天的才刺激。"副院长明显喘着气。

"讨厌，晚上嘛。先跟你说个正事。"

"还有什么比这件事更紧急的。"副院长猴急，裤子已经半褪了，护士长的衣服也被半推半就地脱了，有点狼狈，露出一只乳房。

"那谁昨天又来讨钱了，你打算什么时候把钱退给人家？"

"退什么退？人又不是我们绑回来的，是他们看不住易小虎，差点给闹出事来，我没找他们就已经很好了，连个小孩都管不住。"

"关键是易小虎又回来了，你能占理不？"

"怕啥，这是我们的地盘，他们这种外地人贩子，随时都能把他们踢出去。"

虽然早就知道自己是被拐卖的，但他没想到是副院长允许并参与了的行为，易小虎死命地咬着嘴唇，不敢发出声音。

副院长已然没了兴致，提起了裤子。

"他们这些人啊，办事都不牢靠，到手的都能飞了，有些事，就该当断就断。"

"你倒是利落干脆，我听说你们村里那个小男孩，你让人在游行队伍里把他掳走，一走就走了个干净。"

"那个小崽子必须处理了，是后患，日后他万一要是知道了赔偿金的事，后患无穷。"

易小虎嘴唇快被咬破了，一直憋着气，忍不住了，就闪躲到门旁边，换口气。刚才听到的实在太震撼了，同村，游行队伍，赔偿金，他们说的小男孩，就是易枝子的二哥！

"你也别大意，我可是听说孩子一直闹腾，后来得了重病，还不知道这会儿怎么样了？"

"还能怎么样，永远都回不来了的。"

"你真缺德。"

门里传来副院长的笑声："我缺德，你忘了，你家死鬼能开大超市能做大生意，是怎么来的，可都是你的功劳啊。"

"你别胡扯。"

"不过还得感谢他天天忙生意，没时间理你，要不我哪有机会弄你。"

门里两人又开始打情骂俏，护士长发出了呻吟。

恶心，狗男女。易小虎呸了一声，沿着墙悄声往外院跑，他不敢再上楼，怕发出声响。

他回到厨房，呆呆地在门口，易枝子正蹲在地上择菜，很久才发现他。

"咦，你不是回去放衣服了吗，怎么还穿着？"

"我……"他不知道说什么好，不敢看易枝子的眼睛。

"你什么你呀，快来帮忙，还要去摘野果子呢。"

那一下午，易小虎魂不守舍，摘野果子的时候，被易枝子用果子砸了好几次，一点知觉都没有。

易初尧呆呆地坐在厢房里，看着易初颜收拾，她把他的衣服一件件叠好，放进背包里。

"你这是做什么？挂在橱柜就行。"

"一些现在不用穿的，可以先收起来，不受潮。"

"你是不是要走？"易初尧比任何时候都平静，他早就想问了。

易初颜手中的活停了一下，又继续叠衣服："年后我要带你离开这里，去外面找医生。"

"没有希望的。"

"希望都是自己给的，你别自暴自弃。反正，我不想放弃，无论如何，都要去大医院试试。你看之白妈，那都能抢救回来，要相信医学的奇迹。"

易初尧不再说话，把轮椅摇了摇，面向窗户。别说去外面的世界了，他连这扇窗都走不出去，但他知道，初颜既然说了这句话，她就一定会去做。

初颜是他人生里最大的惊喜，从不失手，也未曾失控。

擦掉嘴边的泪水，他还是忍不住想问："枝子，你知道我为什么喜欢听《渔舟唱晚》吗？"

"别再问了。"

是啊，以后都不再问了，这是最后一次。易初尧释怀了，没有答案比任何答案都要好。

十三年前一个冬天的晚上，易枝子第一次出现在福利院，小朋友正被组织看《新闻联播》，她进来的时候，天气预报快要结束了，他在《渔舟唱晚》的背景音乐声中见到了易枝子。她没有哭，也没有笑，眼睛里是他见过初来福利院的孩子里最淡定的眼神，不悲不喜，不卑不亢，像是早已经历了人世间的沧桑。

这么多年，只要是天气预报，他都守着看完，一日都不曾落下，《渔舟唱晚》的音乐声响起，他就觉得易枝子永远像那天，初次走向他，一句话也不说，挨着他的座位坐下。

可是后来，他们成了兄妹，现在的自己，永远不会有机会，也没有资格，说出那句不敢说出口的话了。

以前想等长大了再说，现在长大了，却永远不能说了。

到底要不要说，易小虎像失了魂魄一样，自从那日无意中听到院长和护士长的对话后，他每天陷入莫名的发呆中。

他在心里掂量，这件事如果说了，易枝子肯定会发疯，他想不出她会做什么，应该会大哭，然后去骂院长，但又能怎么样呢，谁会相信一个小孩子说的话，再说也没什么证据。院长肯定容不下她，她可能会被送走，没准是被拐卖，这也就意味着他们要分开。不行，不能告诉她。

但不告诉她，她都不知道自己的二哥是怎么丢的，也不知道二哥的生死，如果换作自己，对自己家人的生死不知情，那他宁愿选择知情。

大不了就跟她一起离开，只要能跟她在一起，哪怕去当乞丐，又有什么大不了的呢。

思来想去，他决定选择告诉她。

果然不出所料，易枝子听完他说的话之后，痛哭了一场。他第一次看见她哭得那么伤心，她哭着要去找副院长，被他死死地抱住了。

　　"你打不过他们的。"

　　"打不赢也要打，我的牙齿很厉害，我咬他，咬死他。"

　　"枝子，你听我的，别冲动，最起码，你得知道你二哥在哪儿。"

　　是啊，没有什么比知道二哥的下落更重要的了，可是，眼下该怎么办？易枝子跌在地上，放声大哭，易小虎捂住她的嘴，要是让别的小朋友听到，可能就瞒不住了。

　　易枝子哭累了，无力地倒在他怀里，易小虎想起自己的身世和遭遇，两人趴在对方的肩膀上痛哭。

　　接下来的两天，易枝子都请了病假，说感冒发烧了，没出早操，也没下楼去玩耍。护士长派了人来量体温，没有异常，也就没人管她了。

　　到底没稳住，冥思苦想了两个晚上，她要亲自去问院长。要知道二哥的下落，不可能通过其他渠道来问，没有其他的出路。

　　去之前易小虎问她，是否想好了最坏的结果。

　　"你放心，小虎，大不了就离开这里，我要去找我二哥，只要他还活着，我就一定能找到他。"

　　她这么一说，易小虎就后悔了。听她那话，没有要带上他的意思，眼泪马上就涌了出来："你不是说，我们再也不分开了吗？你走了我怎么办？"

　　"你得想好，我没有地方可去，也许就是当叫花子了，过讨饭的生活。"

　　"那我也要和你在一起。"

　　易枝子看着他坚定的眼神，点点头。

　　抱着最坏的打算，她去了副院长的办公室，副院长见是她，眼里的惊讶一闪而过。

　　"院长，我听说你可能知道我二哥的下落，请你告诉我。"见了副院长，她的声音变得怯生生的，但还是鼓足了勇气。

　　"你二哥？不是在游行中走丢了吗？"副院长语气和平常一样，慈祥可亲。

"我想他只是找不到回家的路，我听说院长知道他在哪儿。"

"你听谁说的？"副院长不动声色，"我怎么可能知道他的下落。"

易枝子跪在地上，眼里带泪："院长，你一定知道，我们都是同一个地方的，就请你看在我爸的分上，告诉我二哥现在在哪儿，求求你了。"

"你快起来，快起来，我不知道你二哥在哪儿。"

"你别骗我，我爸妈和大姐都死了，我现在只想找到我二哥。"易枝子声泪俱下，她只求知道二哥的下落，什么仇都可以抛下。

副院长一听她提到了她父亲，心里一沉，只怕是这小女孩也知道了些什么，之前只顾着处理易家的男孩，没想到女孩也是无穷的后患。想到这里，他又假意耐着性子，心里盘算着如何处置她。

"我是真不知道，我要是知道，能不告诉你吗？你先回去吧，我还要工作。"

"你别想骗我，那天你们说的话，我都听到了，我不会去找警察，只求你告诉我二哥在哪儿。"

果然被她偷听到了，他看着小女孩，恶狠狠地说："你二哥被人卖了，在路途上就得了重病，荨麻疹，听说过没，出疹子死了，人早就死了！"

二哥死了！易枝子再也没有支撑的力气，晕倒在地上。

在门外放风的易小虎冲了进来，抱着易枝子，大喊救命。

易初尧的阳台也放着一盆风信子，轻轻地端起来，叶子的绿真是好看，估计整个石井都没人见过风信子。这么美好的盆景，可惜，他也没见过它开花，据说是会开花的。中间的茎球散发着深墨绿的脉络，清晰可见，深墨绿由上而下渐深，直至底部达到最深，像一潭老井般，深不见底。

不知井深处，还藏着多少秘密。

醒来后的易枝子，一直在床上抱着膝，不哭，也不说话，易小虎除了出早操，都陪着她。

副院长来过一次，特意关上了门窗，交代她二哥被拐卖的事跟他无关，但人已经死了是千真万确的事实，也告诉他们，如果想在福利院继续生活下去，就要闭紧嘴，不要乱说。此后，他再没出现过。

易小虎完全手足无措，他已经做好了跟着易枝子随时逃离的准备。

"我不逃，为什么要逃？"当他把计划说给易枝子听的时候，她的反应出乎意料。

易枝子让他去把养在院子里的那盆风信子端了上来，摆在宿舍里。这个小房间因为是顶层的阁楼，又是端头，原本没人住，当时他们自愿认领的时候，负责安排的人非常痛快就答应了。原本福利院的床位就不够，凭空多匀出了两个床位，再好不过。

过几日，易枝子跟往常一样，出操，跟小朋友开心地玩，去厨房帮忙，易小虎形影不离，像个小尾巴似的跟着她。

一天院里来了参观的团队，接待到很晚，等人都走后，副院长吩咐厨房炒几盘菜送到房间，平时易枝子勤快，手上的活也快，第一个被叫去。

那晚，易枝子没睡，一直守在宿舍门前，等了很久很久，她差一点就以为那盆被她用风信子茎球炒成的菜没有任何作用。终于，楼下传来声音，她悄声打开门蹲在走廊护墙下，听到楼下有人说副院长有点不舒服，快去请护士长过来看看。

护士长很快就过来了，关上了门，楼下又没了动静。

易枝子返回房间，把一杯温水递给易小虎，让他送到楼下副院长的房间去。

易小虎疑惑地看着她，不知道她要做什么，听说是副院长身体不舒服，需要送水，嘴里嘀咕着为什么不让其他人送，但还是端起那杯温水就送了下去。敲了门，副院长问他来做什么，他知道不能说是易枝子让他来的，只说有人让他送杯水来，就走了。

那晚，易枝子也下楼了一趟，很快就上来，躺下睡了。

第二天易小虎一大早起了床，发现窗台少了那盆风信子，他把易枝子摇醒，正要问她风信子去哪儿了，楼下传来一声尖叫。

　　院长被人发现和护士长双双死在房间里，两人赤身裸体，护士长的脖子上有深深的勒痕。

　　整个小镇都惊动了，副院长被查出是水银中毒致死，护士长则是在厮打过程中，被副院长用手捂着嘴，活活勒死的。

　　人群围在院长房间外面，大家瞠目结舌。易小虎挤到最前面看到了两个人的尸体，面目狰狞，他出来后头晕目眩，胸口很闷。易枝子一直站在人群最外面，人群向前，她跟着向前，人群退后，她跟着退后。

　　易小虎拉着她的手跑回房间，关上门，确定外面无人，压低了嗓音，死死地看着易枝子说："昨晚那杯水里放了什么？"

　　"水银。"她轻飘飘地说，一开始她就不打算隐瞒易小虎。

　　"哪里来的水银？"易小虎简直不敢相信。

　　"就是前几天我让你去护士长办公室偷的四根体温计。"

　　"什么，温度计？我说你怎么让我去拿那么多体温计，原来是这样。"

　　"没办法，我只能让你去，因为院长和护士长提防着我，我暴露了，只能让你去。"

　　"可是，你怎么知道体温计里有水银？"

　　"得感谢护士长，是她告诉我的。"易枝子走到窗前，打开窗户，春天终于来了，旱田里长出了青苗，树叶也都绿了，眼前是一片芽色的世界。

　　那天她在院长办公室昏厥之后，再也不想出门，二哥死亡的信息，让她原本还残存的一定要找到他的念想瞬间崩塌。她当时说的都是真的，只要院长告诉她二哥的下落，她什么仇都不想报，只要能跟二哥在一起，逃离这个地方，哪怕是流浪，也在所不惜。

　　可是，这所有的一切都灰飞烟灭了，她不知道自己活着还有什么意义。

　　护士长来给她检查身体，量体温，她不从，把体温计拽过去，无意识地放在嘴里。护士长脸色迅速就变了，从她嘴里夺出体温计，嘴里大声骂着："你这是要寻死吗？体温计要是破了，里面的水银会让你立刻中毒死掉。"

她不肯把体温计给护士长，两人争夺，她一生气，把体温计甩在了地上，体温计发出了清脆的爆破声，碎了。

护士长狠狠地在她腿上掐了一把，马上起身把窗户打开，又喊着："水银蒸发在空气里，也会死人的，你要死，自己找地方死去。"

"所以，你把水银混在温水里，让我送去。那你有没有想过，万一院长没喝呢？"易小虎内心很震撼，她做的这些事，事先一点都没告诉他，他甚至不知道她在计谋什么，还以为她一切都正常了，接受了现实，要和他在福利院里一起长大。

"他不会不喝的，因为他吃了那盆风信子做成的菜，一定会浑身难受，不停地喝水。"

"风信子有毒？"

"我不确定，只是以前听人说过，但是我想，他吃了应该会很难受，应该会喊护士长。"

"枝子，你知不知道，万一被人发现，你和我都是死罪。四根体温计你都用了？"

"两根倒水里了，还有两根，我昨晚下去从门缝里倒了进去，偷偷把窗户关上了。如果这都不死，就是他命大了。"易枝子的眼神寒傲似冰。

"枝子，你……你太可怕了，护士长只要早走一点，你这些计谋都搞不成。"

"可是她偏偏没走，院长喝了那杯水，护士长很快就知道是水银了，院长以为是她要杀自己。是你告诉我的，他们俩本来就不和，我猜，副院长一定不会放过她，因为只有她有水银。"

"万一护士长也不知道是水银呢，水银是无色无味的吗？"

"不是，所以护士长能分辨得出，但这些不重要了，我要杀的本来也不是护士长，即便护士长认不出来，副院长也会认为是她要杀他，怎么会放过她？"

易小虎狠命地摇头，用手捂着嘴，他想喊，可是什么都喊不出来。他不认识眼前的易枝子，她是恶魔，她竟然杀了人。

易初颜把衣服都收拾好了："哥，不早了，我把你扶到床上睡吧。"

易初尧把轮椅摇了过去，一点一点，借着力，轻轻地躺在了床上。他的腿脚并非全无知觉，但是每一次使劲，都像要耗尽生命一样。他让易初颜把单放机给他递过来，把左右耳机都塞在耳朵里。

初颜把门关了，他按下了播放键，《渔舟唱晚》的曲子响了起来，都是片段的拼凑，他还从未听过完整的一首，他曾多次托初颜和易娅一定要帮他买有完整版本的磁带，但一直没找到。

闭上眼睛，六岁的易枝子又走进了他的脑海，仿佛初次见面就在眼前，那一瞬间太美好了，《渔舟唱晚》让他每次都昨日重现，那般真实。

养父母办完所有的登记手续后，接他们离开福利院，易小虎决定忘记所有的一切，不再挣扎，他只想和易枝子永远在一起。他用了很久的时间说服自己，也说服她，他没有其他亲人，她就是他在世界上最亲的亲人。

易枝子只提了一个要求：改名，户籍上不能有被收养的记录。

他答应了她，一切都将从头开始，他们都是崭新的自己。

剔
骨

后天就是千禧年了，跨世纪的第一天，也不知道过了这一天，这个世界会发生什么新的变化。

趁着手机店铺搞新世纪大促销，赤崎警官终于买了一台手机，西门子S2588，花了大半月的工资，所里能补贴一半，六百三十块，装好了SIM卡，用上了。他把手机拿在手里晃了晃，比大哥大轻巧多了，也许这就是新变化吧。

一大早，赤崎警官就去了办公室，特意从家里带了一床不用了的小被子，昨晚女儿溪澈提醒他办公室的猫窝可能要加被子才行。他一想，对啊，怎么自己就没想到，冬天都快过一半了，还好那猫命大。

到了才发现，原来猫窝早就加铺了毛毯，他干脆把小被子再加到上面。

铺完他拍了拍身上沾上的猫毛，自言自语道："总不至于热死吧，热死也比冻死好，这鬼天气。"

他去了一趟隔壁小牛的办公室，小牛告诉他，易桥的死亡时间报告出来了，是晚上的七点半左右。

到办公室把药泡上喝了，他带着炜遇出门，要去十七组暗访，以十八岁女生为目标。

他要去看望一下季之白的母亲，上次说去半道折回了。他安排炜遇去了其他人家，又叮嘱他："不要过于声张，千禧年，不要让人家觉得晦气。"

"原来师父也信这个。"

"信什么信，但不得入乡随俗啊。"赤崎警官抬起脚踢了他屁股一下，"你小子最近都敢调侃师父了。"

炜遇轻巧地闪躲了一下，就去执行任务。

进屋时，季之白正和母亲聊天，母亲脸上挂着笑容，见是赤崎警官来，她做了个起身的动作，但腰还是使不上力。"不好意思啊。之白，快给警官搬凳子，倒水。"

"不用不用，我就是来瞧瞧你，你恢复得挺快，奇迹奇迹。"赤崎警官由衷地说，"那会儿送你去市医院的样子，我可都看见了。"

"我本来都是将死之人了，阎王爷不收我。"她说话还是很虚弱，但整个人是开心的，靠着枕头能坐一会儿。

"你这儿子，孝子啊。"赤崎警官也是由衷地夸季之白，他出去倒开水了。

"是个好孩子，以前一直不懂事。"

"现在是个懂事的孩子，你可以放心，品行好。"

说到孩子，季之白母亲哀叹起来，是自己耽误了孩子的前程，大学没念成，眼下自己这个身子骨，复学是无望了。七七八八，嘴里念的都是孩子的事。

家家都有难念的经。聊了一会儿家常，还有正事要去办，赤崎警官转移了话题，不能和一个病人以不开心的事结束对话。

"刚才你和之白说什么，说得那么开心。"

这时，季之白端了水进来，递到他手里。

"这小子应该是谈恋爱了，老往外面跑。"

"这么说，就是本村的姑娘？"赤崎警官看了一眼季之白，他脸红了。

"妈，你别瞎说，八字都没一撇，也许是我自作多情，人家根本没这个意思。"

"你刚才不是说，你唱戏的时候，她都和易娅妹子一直在台下吗？"

"还说这个，人第一晚不也没来。"季之白脸发热，事实上，他猜不透易初颜的心思，尤其是易桥叔的事件发生了之后，他更看不懂她。

"毛小子知道害羞了，这有什么的，过了十八，都成年了，早点娶个媳妇也好。"

赤崎警官顺势点点头，又听季之白母亲说："第二晚她来了就行。"

"也只看了一会儿就走了。妈，你别再说这个话题，无聊不无聊。"人生中长这么大，还是第一次被人当面说起这样的事情。

"第三晚不是全程都在嘛，好了好了，不说不说，别耽误了警官的时间。"

赤崎警官把杯子里的水一口喝了，热流顺着喉咙到肚子里，真舒服，冬天再怎么寒冷，一杯热水也能让人温暖。好久没见过这样温馨的画面了，就在前段时间，还以为要天人永隔，没想到现在还能在温暖的灯光下说笑，真是莫大的幸福。

季之白送他到院门口，赤崎警官问："是哪家的姑娘啊？"

"就是进村口的第一家。"

"叫什么名字？"

"你说她啊，叫易初颜。"

是她。赤崎警官在脑海里搜寻着。

季之白目送警官的背影从路口拐了弯消失，天空湛蓝如洗，但天气预报还在说，这两日会下雪。今年冬天，不可捉摸。

赤崎警官敲响了易家兄妹的院子门，一扇寒门。

桌子上摆了两菜一汤，简单得很，易家兄妹正吃饭，客厅里除了一台黑白电视，就没有其他像样的东西了。赤崎警官看了一眼电视机上的熊猫，找了张椅子坐下。

他对易初颜还有一点印象，第一次来十七组，正好碰到她家办丧事，小女孩给每一位前来吊唁的宾客还礼，礼数到位，在她这个年纪实属难得。

简单地问候了一下，又问了易初尧的情况，就直接切入主题了。

"十日前的晚上，你在哪儿，做了什么？"赤崎警官紧紧地盯着她。

本来放下了碗筷的易初颜，又拿起了筷子，青菜苔有点滑，费了力才夹起一根小小的放进嘴里，若有所思："十天前的晚上啊，我去看戏了。"

"嗯，那天晚上十七组在唱戏，一共唱了三晚，你看的是哪场？"

"第二场，第一晚我没去。"

"看了多久？"

"第三个晚上我都看了。"

"那第二个晚上呢？十天前是第二个晚上。"赤崎警官的语气一直没变，丝毫听不出有其他异样，双眼却如鹰一般犀利地来回扫过易家兄妹的脸庞。

"第二个晚上，我去看了一会儿的，和易娅。"

"看了一会儿，一会儿是多久呢？"

"有点忘了。警官，是有什么事吗？"

"嗯，在查一个案子，易桥的死，你们都知道吧。"

"听说了。说是死于酒驾。"易初尧说了一句。

"并非死于意外，我们也查了，他体内并没有酒精。"

"那易桥叔是怎么死的？"

"还在调查，他的食指被剔骨了，跟你们的君叔一样。"

赤崎警官的眼睛一刻都没有离开过兄妹俩。哥哥低下了头，没有特别惊讶，也没有惊慌，妹妹则盛了一碗汤，嘴唇在杯沿吹了吹，汤还冒着浅白的热气。

"大戏是晚上六点开锣的，这个时间很讲究，尤其是大户人家，你说你看了一会儿就走了？也就是说最多看了一点点。"

易初颜点点头："因为那晚要给哥哥上药，我得提前走。"

"台上还没登台就走了？"这一点刚才季之白母亲说了，她走的时候，戏还没开场，现在她的这一句回答至关重要，真假立见分晓。

易初颜抿了一口汤，说："嗯，戏还没开场，哥哥等我回家上药。"

"哥哥上药有时间规律吗？为什么第三晚可以看全程？"

"警官，我一般晚上吃完晚饭过一会儿是换药时间。全靠我妹妹，我才没有生褥疮，需要每天都准点坚持。"易初尧说话了。

赤崎警官点点头，兄妹俩的词听起来无懈可击。

"是回来就立刻换了吗？换药需要多久？"

"警官……"

赤崎警官用手示意易初尧不要说话，看着易初颜，让她来说。

"那天……那天我回到家……没多久就给哥哥换了药，然后，然后……我陪他看了一会儿电视。"

"电视里都放的什么？看了多久？"

"看了《新闻联播》和《天气预报》，我只看这些。"易初尧接话，他根本不知道妹妹会说什么内容，如果说的是其他乱七八糟的肥皂剧，他一句都答不上来。

"没错，哥哥喜欢看《新闻联播》，又看了《天气预报》。"

"那天都播了什么新闻？"赤崎警官示意让妹妹来说。

"我有点忘记了，我不太喜欢看《新闻联播》，只不过哥哥爱看而已。"

易桥的死亡时间是七点半左右，不在场的时间听上去天衣无缝，完美错开。但越是仔细精确，越是漏洞百出，妹妹陪哥哥看完《天气预报》，却对那天新闻播了什么毫无印象，除非……除非根本就没有发生这件事。还有一种可能，哥哥并不知情，只不过自己刚才某一句话可能透露了什么信息，让哥哥警惕起来，要护着妹妹。

"那天除了你们在家外，还有没有其他人来看，比如串门什么的，或者路过？"

"这……"兄妹俩互相望了一眼，不知道怎么接话。

这时，门被推开了。

"师父，我可以做证，那晚七点半，他们兄妹确实在家看《新闻联播》，还有《天气预报》。"

是炜遇走了进来，赤崎警官有点意外地看着徒儿，没想到炜遇会是易初颜不在场证明的证人。

"哦？你那天在跟他们一起看电视？"

"师父，你忘了，那天我也来看戏了的，看了一会儿，我就闹肚子了，本想赶紧回办公室，但走到村口实在忍不住了，就借用了他们家的卫生间。"

"这样啊，那你是怎么知道他们在看《新闻联播》的呢，除了《新闻联播》，还有不同时段的新闻。"

"电视里在放《天气预报》，那个背景音乐，是《渔舟唱晚》，全国统一的。"

赤崎警官想了想："还真是。"

既然有了不在场证明，赤崎警官就没再多问，临走的时候，他让易初颜把家里的户口本拿出来看了一下。

都很正常，父亲是户主，母亲已故，哥哥十九岁，妹妹十八岁，相差二十个月。

"既然父亲已经过世，要去及时更改，把户主改成哥哥吧，随时可以去镇上的户政科。"

兄妹俩应了声。

师徒俩走到新开田陡坡的时候，赤崎警官说："如果作案结束，从这里用跑的速度跑回那对兄妹家，你预计要多长时间？"

"如果是刚才那个女孩，可能十分钟左右吧。"

"易桥的死亡时间是七点半左右，也存在时间偏差。要不是你能帮他们做不在场的证明，我几乎可以断定她的嫌疑最大。"

"我也没想到，借用个卫生间的时间，竟然给他们做了证人，那会儿正播《天气预报》的音乐，错不了。"

"你肚子好了没？"

"师父，早就好了，我爸妈给我备了各种药，立刻见效。"

"你是不是吃错了什么街边摊，哪天来我家，我让你师娘再给你炒几道家常菜，干净。"

"好啊。"

房间里像死一般寂静，兄妹俩一个坐在餐桌前，一个坐在窗边。

良久良久，易初颜才开口："你为什么说假话？"

"我没说假话，后来的那个警察，确实来借用过外面的洗手间，但不是七点半，而是八点半，我当时正在放单放机，曲子就是《渔舟唱晚》。"

难怪。易初颜疑惑，为什么突然会有一个只谋面了一次的陌生警察，进来帮他们做了时间证人，要不是哥哥当时在放《渔舟唱晚》，也不会给他造成了是七点半的误解。

"易桥叔也是当年汾城的其中一个，对不对？"

易初颜不说话。

"你知道刚刚有多危险吗，但凡警官再多问几句，我们就全乱套了。"

是啊，刚刚真是险象丛生。

她想起副院长死了的第二个晚上，她溜到停尸间，狠命地把那把装有刀片的竹器套在了尸体的食指上，剔骨。沾染过父亲赔偿金的人的下场，都会是这样。

"初颜，你已经暴露了，警察已经出现，他们回去只要再多分析一下，就根本藏不住，你必须尽快离开这里。"易初尧胸口已经痛得不行，现在他意识到，即便是改名换姓，把过往的痕迹消除得一干二净，也只不过是这条路上的某一个阶段，路终会有尽头，所有的人终须一别。他和她，也是如此。

下午炜遇去寒戈跟同学聚会了，新千年他们要凑在一起，上午的暗访调查并无实质性的结果。

赤崎警官去了一趟石井的通讯社，他曾去找过里面的一个熟人，请求他帮忙跟汾城的媒体取得联系，两天前对方来过电话说已经跟汾城联系上了，但是要找到那篇十三年前的豆腐块报道，也需要时间。

这会儿他坐不住，就亲自跑了一趟。

通讯社的李成功是他认识多年的朋友。

两人寒暄了几句，李成功知道他的来意，也就开门见山了："那边还没有具体的回复，找的是一个靠谱的，说是已经让人去找了。"

"我怕夜长梦多，得尽快拿到报道，如果早一点拿到，易桥可能就不会惨死在湖底了。你是不知道那湖底有多冷，下去打捞的人差点没力气游上来。"

"是，听着就可怕。"

"后天就元旦了，这事藏不住，肯定会打草惊蛇，我也不能再干等了。人在明，我们在暗，但若能拿到这份报道，就能守株待兔，他一定会再出手。"

"我等下再催一下，看看明天能不能拿到，要不就得等元旦三天假之后了。"

"有劳。"

"对了，那边说，还有一个通讯社的人联系过他们，找的是同一份报纸。"

"应该就是炜遇，他有同学在寒戈的通讯社实习。"

"我还瞎想，会不会是凶手也在找这份报纸。"

"凶手应该是掌握了这份报纸，而且是一直都有，但最近频繁作案，不知何故。"

"时隔多年才发生第二起，接着第三起，一定是又发生了什么事，要不不能隐藏这么深。"

"是啊。老李，你还记得当年市里那个父母死于车祸的孩子吗，后来他的赔偿金是怎么处理的？"

"你说我机关院里那个保洁阿姨的侄子吗？后来那笔赔偿金孩子自己拿了，跟着她过日子。我前阵子回市里，还见到了她，她侄子成年后当兵去了。"

"那如果这笔赔偿金没人领，一般会怎么处理？"

"政府会托付第三方，通常是当地的信用社或者银行来保存，如果是未成年的话，得等年满十八岁才可以取走，"老李又好像想起什么来，"不知道现在政策有没有变，也许十六岁也可以？应该不会，这个得去问一下，应该不会变吧，十八岁才成年。"

赤崎警官思索了一下："那什么，老李，你身边有没有人曾经在汾城务过工的？挖过煤更好。"

老李想了想说："你别说，还真有。镇上去过汾城挖煤那太正常了，我就知道一个，住在索道河旁边，可怜得很，一间小平房，无儿无女，老无所依。你要是有兴趣，我可以带你去找找。"

择日不如撞日，赤崎警官当即就跟着老李去了一趟。

去了才知道，所谓的索道河，应该叫隧道河，镇上农田遇到干旱年需要引水导流，所以政府从遥远山边的水库修了一条长长的隧道，被叫久了，就变成索道河了。

索道河旁边极其阴冷潮湿，那间小平房就搭建在五十米开外的地方。

"应该违建了吧。"

"是，但这里也不是谁家地，也就没谁来管。老人也可怜，政府都是能帮就帮，吃的用的也没少送，这房子的问题，不是一时半会儿能解决的。"老李说。

说话间就到了门口，敲门，很快，一位老者来开了门。

房间里倒是出乎意料地整齐利落，床上的被褥折叠成方块，从老者倒开水时使的劲能看出，热水壶是满的。屋子里烧的是树木干柴，但也只有墙角常年被烟熏得乌黑，其他地方都非常干净。独居老人能过成这样，已是罕见。

赤崎警官莫名地对老者陡生敬意，哪怕无亲人可依，他也没给社会添麻烦。

三个人客套了几句，赤崎警官问："听说您曾经在汾城务过工？"

老者也不含糊："是啊，您客气了，我们一辈子都是打工，哪里都去过，汾城做过的。"

"您在那儿是做什么呢？"

"去汾城能做的就是下煤矿，挖煤，没有别的可做。"

"也是。想跟您打听一个事，也不是什么具体的事，可能是一种风俗。"

"那我了解的。您请说。"老者一直坚持用您的尊称。

"您在汾城有没有听说过剔骨？"

"剔骨？您说的是给死人剔骨吗？"

"应该是。"

"剔骨我知道，您可能不知道，在南方少见，好多年好多年了，在某些地方，有一种职业就叫作剔骨师，专门给死人剔骨。"

赤崎警官和老李打了个寒战，竟然还有这样的职业，闻所未闻，听起来像是一个行当，有不少人从事。

老者似乎看穿了他们的心思，继续说："没错，很多人干这个，其实是不允许的，所以他们都是地下从业者。"

"给什么样的人剔骨？什么样的人需要剔骨？"老李问。

"说起来就话多了。"

"不急，您老慢慢说。"

"八十年代，去汾城挖煤的，大多数都是外地人，工作卖的是苦力，赚的也是赌命的钱。你们应该也知道，每年都有煤矿倒塌、瓦斯爆炸的新闻，我说得没错吧。你们能看到的、知道的，那都是事情比较大了的，还有很多小的事件都没有被报道出来，太多了。煤矿倒塌，煤老板们救归救，但开采技术很落后，一旦发生事故，多半难以生还。

"那个时候没有火化，当地的人都是土葬，地肯定不够。死者的家属肯定想把尸体运回去安葬，但又不能完整地运回故乡，所以就有了剔骨师。不用考证，没有培训，就当地的一些屠宰师傅干这个事。"

赤崎警官认真听着："尸体解剖？"

"他们哪里懂什么解剖，就按照屠宰的方式，但不要轻视了他们。我听说，我也是听说，他们都很虔诚，会尊重死者，剔骨前会做一点小法事，简短的那种，让灵魂安息。"

"为什么要剔骨？剔下的骨头有什么用？"

"能有什么用？"老者给他们的茶杯续满了水，说："对别人是没有用的，但是对死者家属，那是他们亲人的魂魄，这些尸骨交给死者的同乡，带回去安葬，让魂魄落叶归根。你们懂的，这个世界上没有人不想落叶归根。"说着，老者眼眶湿润了。

赤崎警官低下头，整个案件里，或者说，在他的人生里，还从未思考过落叶归根这样无法定义它是沉重还是温暖的题目。

"你说，以前的人也是愚昧，落叶归根，何求一定是尸骨呢。现在的人想通了，也开明了，心里有故人，故人就会来你的心里啊。"泪水在老者脸上的沟壑里汩汩而流，不知道他是否想起了很多的往事，还有很多的故人。

"剔骨师是收费的吧？"尽管很难受，但还是要问。

"那是自然，也不是谁都能干这个活，有行情的，那个年代听说是八千一次。至于钱是煤老板另给，还是从给死者的赔偿金里掏，就看怎么谈。我知道的一般都是从赔偿金里付。唉，一旦涉及赔偿，就是人钱两清的事，没有人会管后面发生了什么。"

"把剔下的尸骨带回来，亲属就真的会相信死者魂魄归于故土了吗？"赤崎警官还是觉得不可思议。

"说句不该说的，如果是您的亲人发生了这样的事，又有这样的风俗，您会拒绝让他们的魂魄回家吗？如果他们不能安心地走，是不是我们活在世上的人，也会不得安生呢？"

"您说得对。"赤崎警官无言反驳。

安慰了老者一番，两人就告辞了，老者一直把他们送到大道上才转身回去。

两人在马路上走出了很远，老李才拉住他："赤崎，有件事去之前我忘了跟你说，当时也没想到。这个老人的妻子当年跟着他在外地打工，相依为命了一辈子，听说老伴儿就是客死他乡的，也许他刚才就是想念老伴儿了吧，我们勾起了他的伤心事。"

"是，今天是我们唐突了。"赤崎警官一声长叹。

他耳边响起老者那句话。

"心里有故人，故人就会来你的心里。"

不知道为什么就流了泪水，他想到了自己已经老去的父母，想想自从十五岁那年入伍当兵，读警校，工作，成家，真正陪伴他们的时间少之又少。他又想起十三年前在雨中向他求救的小女孩，若不是妻子难产入院，会不会故事的结局完全不一样呢？

小女孩会不会就是易东博的女儿呢？她在哪里，她做的这一切，是不是就是为了让亡故的父亲灵魂得到安息呢，那年到底发生了什么？

欢
颜

　　落了好厚的灰尘，这本全省黄页通讯录一次都没翻过，用布块才擦掉上面的积尘。还不知道管不管用，赤崎警官一边翻着一边自言自语，之前炜遇教过他，查电话可以用手机拨打114，但他用不习惯，还是翻"老皇历"比较好。

　　找到字母 g，找到批发市场，拨通了上面的号码。

　　"喂，你好，请问是高桥市场联络处吗？"

　　"对，你是哪里？"

　　"我是石井镇警局的警察，我叫李赤崎，正在调查一起陈年旧案，想要你们协助下帮忙找一户人家的联系方式。"

　　今晚就是千禧年的跨年夜，易娅约易初颜去镇上买货，想着哥哥需要添置新的棉衣，易初颜也就去了，半道碰到季之白也去镇上，三人同行。

　　一到镇上，易娅就奔向了精品店，剩季之白和易初颜站在路边，季之白要去药店，得分开行走。虽然岁寒依旧，但天气是真好，整个冬季街上都是湿漉漉的，脏雪和脚印遍地，现在路面终于能走得自在些了。

　　"之白……晚上……"易初颜开口想说什么。

　　"晚上我想约你，今晚我两个姐姐都在，我可以早点出来。"

　　"好。"

　　"那几点？"

"哥哥要看《新闻联播》，我等他看完上了药才可以。要不八点半可好，老地方。"

"好。今晚会不会有星星呢。"星星之眼已经是属于他们的老地方了，想起来就兴奋，这大概就是初恋的滋味吧。

"也许吧。有没有星星，也是星星之眼。"

"嗯。初颜，你本来想说什么来着？"

"我……我本来也是想问问你晚上有没有时间。"

真是反常，自己主动开口约会还算镇定，毕竟反复演练过好几遍，反倒是听易初颜这么一说，季之白倏地红了脸。

两个人就地分开，易初颜进了店，易娅过来挽着她的手，让她帮忙挑耳坠子。

如墨般深沉的黑夜，无边无际。

易初颜给哥哥上好药，便出了门，手里提着那盏琉璃灯照明。

她披上了白色厚长的斗篷，养母知道她常在冬天去星星之眼，特意量了她的身高尺寸，去镇上店里买的新布匹，手工缝制了一件，里面用的是自家地里种的絮棉，不管多冷的天，穿上它，风雪难侵。

今晚她走的是后门另外一条路。一盏孤独的琉璃灯在黑夜中浅步游走。

来到一处青砖白瓦的福堂。是十七组一座老旧的正堂屋，新的大堂屋建好后，就少有人再来这里祭拜上香了。这座经历了百年风雨飘摇历史的福堂，年久失修，大门上的铁铸门铃只剩一只了，垂丧着，生着锈斑。院子里腐烂的黑色落叶堆积，被废弃的旧福堂，看上去像是一位垂暮老者的最后时光。

大堂里的佛像左右点了两根大蜡烛，桌子上摆着一些供品和一盏油灯，灯身透明，散发着琉璃翠青色的光，里面燃的是香油，柴油虽便宜，但柴油不能用在佛像之下。

易枝子拿起一条竹篾，挑动了一下燃烧着的灯芯，灯芯发出小火花爆裂的声音，火苗更亮了。借着火苗，她点燃了三根小线香，跪在棕叶草垫上，虔诚地拜了三拜，把线香插在小香炉里。

妈，不知你在天上可否原谅我。

养母过世两年多，她很想念她。她亏欠养母一次道歉。

从兜里拿出来一样东西，是一张两年前她想办法从寒戈通讯社借出来复印的报纸。她把报纸慢慢铺开，灯火微弱的光线，足以看清上面的每一个字。

当年那份名单里，其中一个，清清楚楚地写着"易大海"三个字，正是她的养父。

本报讯（通讯员杨东　记者范筱筱）近日，汾城林隅区发生了一起煤矿倒塌瓦斯小面积爆炸案，区政府第一时间组织紧急救援，但仍造成一名外来务工人员死亡，伤者七名，经过医院抢救，已脱离生命危险。死者易东博籍贯湖南，三十一岁。煤矿负责人欧阳铁鑫表示会积极配合调查事故发生的原因，并已发送紧急电报告知死者家属和当地政府。记者获悉，死者获赔十万赔偿金，其他伤者赔偿金额还在商榷中。目前，死者尸体在同组人员王林生、易君、易桥、易大海、季正的护送下，回乡安葬。

每看一次，她心里的怒火都难以抑制。这么多年，父亲无法魂归故里，姐姐生前曾告诉她和二哥，正是这群人瓜分了父亲的赔偿金，还未让父亲的尸骨接受当地风俗，随意弄了些骨灰回乡糊弄人。如若父亲真有魂魄，又岂能瞑目。

想到这里，她闭上了眼睛，心里的愧疚一点点被湮灭。

"妈，你生前待我和哥哥视如己出，有好多年，我都活得很开心。你知道吗？自从知道我二哥死了之后，活着对我来说，就是痛苦。可是，你出现了，你让我感受到世界上还有人愿意守护着我。当我看到报纸上写着易大海的名字时，我也挣扎过，要不要放他一条生路，但是我很小的时候就知道，如果不做这些事，我爸的灵魂就永远不能安生，归不了故土，也找不到我们。

"请你原谅我，是我对不起你。

"妈。我不知道以后还能不能来拜你，也不祈求你在天上庇佑我，但是哥哥，无论如何，都要请你保他平安。不管遇到什么，都让他余生的日子，能活得轻松一点，我此生就这一个祈求了。"

又俯身拜了三拜。

用竹篾轻轻地把灯芯挑起，灯芯燃得正欢，她轻轻一吹，灯灭了。

佛堂里的灯，既然灭了，就不再点亮，就如一个人的生命。心里这么想着，嘴上也将这句话说了出来，在这无人之殿，如此清晰。

养母过世之后，曾有一个角落，可以让她渺小地蜷缩着，如今也消失了，今夜，她要亲手将这一切埋葬。

她站在黑夜福堂的最中央，推开了那扇沉重的门，寒风瞬间席卷了进来，身后的两根蜡烛也随之熄灭。

易初颜回到房间，喝了一口水，翻开一本笔记的最后一页，上面写着一串数字。这是她托了易娅，易娅又托付了好几个同学，才帮忙查到的电话，是汾城一家通讯社，二十四小时有人值班。

她拿起电话拨了过去，很快就有人接了。

"您好，我是你们报纸的读者，听说你们最近在找一张十三年前的旧报纸，不知道是否已经找到？"

"真是太好了，还没找到，所以我们才会刊登寻找旧报纸的怀旧活动，您方便找个时间送过来吗？"

原来还刊登了寻找旧报纸的信息，很好，她冷冷地在心里哼了一声。

"我离你们报社很远，听说你们很着急，我可以电话里把你们需要的内容念给你听。"

"也行，我们找的是一篇关于煤矿瓦斯爆炸案的报道。"

"煤矿……瓦斯……找到了，你是否方便记录一下，方便你们第一时间转达给需要的人。"

"感谢感谢。"

八点二十五分。时间差不多了，季之白安顿好了母亲，告诉两个姐姐他要外出，不必等他。

今晚风清气爽，山峰苍穹万籁俱寂，十七组的人冬日习惯早睡。

脚底生了风，很快就到了星星之眼，白天易初颜说老地方见的时候，他一天都很兴奋，星星之眼是属于他们的老地方。

易初颜拿着陶埙，正仰着头，望着天空。季之白轻轻地唤了一声，很自然地把她拥在怀里，他也不知道为什么他对她再也没有之前的陌生感，仿佛是一对恋爱了许久的恋人。

"初颜，你知道吗，我第一次来星星之眼的时候，本来是想来跟你告别的。当时要去市区，完全无法预料生死，可是我在这里听到你吹了《故乡的原风景》，那些话就不想说了。"他让她转过身来，有些话他要看着她的眼睛说，"感觉就是这么奇妙，突然就发生了改变，后来我知道，我是爱上你了。在这坍塌的世界里，能遇见你，就是我最大的运气。"

易初颜也望着他的眼睛，没有闪躲，眼前的少年意气风发，短短的一个来月，他们竟然经历了那么多事。"之白，你也给了我很多意外，你让我相信世界是有奇迹的。可能换作我，我就不知道怎么做了。当我在雪地里听到你说，愿意用自己的十年换妈妈的十年，我很震撼。我也很庆幸遇到你。"

"现在好想把我们认识的时间再拉早一点，十六岁，不，十岁，我们就应该在一起了。"

"那时你还是个书呆子呢，我们经常去稻田玩，我哥每次都叫了你，你都很少去，但我记得有一次，你一脚踩进了禾苗田里，浑身是泥。"

"你还记得。"

"你特别生气，还吼了我哥，说是他让你出糗。"

"本来我就不愿去，他非拉着我，其实我觉得很好玩，谁让我掉进了泥坑，一下就觉得不好玩了。"

易初颜的眼睛闪烁着："之白，你有没有觉得，也许我们不那么合适呢？你看，我就觉得乡野稻田生活很好，可你当时就一门心思要考大学。"

"你也说是当时嘛，现在的我觉得这里就很好，这里就是我故乡的原风景，有你，有星星之眼。"季之白从雪地里抓起一把雪，砸向空中，雪屑落了下来，脖子里也落了不少。两人缩作一团。

季之白帮她把身上的雪屑拍掉："初颜，想听你吹《故乡的原风景》，在星星之眼不听上一曲，都觉得少了什么。"

她本来也是要吹的。

空灵悠扬，远山的银装松柏似乎也放下了傲骨，随风摆动起来。

"要是能看见满天繁星就好了，真不敢想象那样的美，春天快点来吧。"

"之白，我……二哥以前也跟你一样，特别想看繁星，也是在星星之眼说的。"易初颜忽然说。

"你二哥？你哥哥不是……"

"我有个二哥。你是不是都忘了，我是六岁才来的石井。"

"对啊，你不说我早就记不起了。小时候大家还笑过你，被你妈妈追着打，是真打，只要被她抓住，就会被打得……满地找牙也不为过。后来就没再听人提起过，我都忘了。"

"一次就打服，我妈就那样，要么不怒，怒了就不得了。"想起养母，很遥远，又似乎就在身边。

"你妈是个厉害人物。那……你刚才说你二哥，他现在在哪儿？"

易初颜背过身去，眼睛里的光芒凶狠："二哥早就不在了，死了。"

"……怎么会？"

"所以我才会被收养，曾经我以为他还活着，哪儿都不肯去，就在福利院等他，直到知道他死了。"

她的口吻清清淡淡的，像是一朵不经意飘动的云，心里疾风掠过。

季之白好像突然懂了，为什么她能有信仰，敢冒险去激易桥出车，敢在风雪夜里和他一起共度生死，这是一般女孩不敢做的，因为从小经历过生死，才敢面对。他觉得自己很幸运。

在波澜壮阔的年纪里，遇到了最纯真美好的她。

"初颜，以后我就是你的原风景，我就是你的故乡。答应我，忘记过去，忘记心里所有的痛，好不好？"他轻轻地捧起易初颜的脸，她的眉毛，他的嘴唇，一切刚刚好。顺着额头吻向她的嘴唇，温润柔软，在凛冽的风雪之夜，彼此许下毕生的承诺，只待草长莺飞，且观繁星。

寒夜再美，也不能久留，易初颜说她有点冷。

季之白送她回家，易初颜领他进的不是挨着易初尧的厢房，而是另外一方的房间。

"这是我妈从前用来堆放杂物的，她过世之后，我把杂物都搬了出去，重新打扫整理了一番，方便看后山。"易初颜指了指窗户，正好面对的是绵延不绝的后山。

房间里生了火，瞬间就觉得暖和了。

"外面还有一块很大的坪地。"季之白才发现这后山的风景，真的是在他走进易初颜的世界之前，从未踏足过的地方。

"是晒谷坪。现在你知道我妈为什么把这里作为储物间了吧。"

"还真是方便得很。"

房间里摆了一张床，地上铺了简装的复合木地板，铺了简洁的床褥，很是干净，还搬了一些磁带过来。想念养母了，就来房间住上一晚。

"你跟我换的那盘磁带在这儿呢。"易初颜抽出来一盒。

季之白把单放机打开，放了进去："我们听点音乐，我再坐一会儿。"

"之白，今晚……可不可以留下来陪我？"易初颜挨着暖墙，席地而坐，双手抱着腿，望着他。

黑夜里，季之白感觉自己的脸火烧一样热。

他怎么会拒绝呢？还没张口，易初颜又说话了："看把你吓的。"

季之白按下播放键的时候，用手摸了摸脸，果然滚烫。

"之白，你还没见我跳舞吧。"

"你还会跳舞？"

"就说你是书呆子，我和易娅以前都是中学文艺队的，易娅非常厉害，她妈妈专门让她寄宿在舞蹈老师家，偷学了不少。"

"我想看你跳。"

"你找到《欢颜》的音乐。"

季之白把磁带翻了一面，《欢颜》在B面第一首。

易初颜把鞋脱了，光着脚，打开后门，在落了雪的晒谷坪踮起了脚尖，音乐声起，曲调哀怨，她轻盈旋转起来。

跳着跳着，眼里雾气重重，内心的挣扎正像一把锋利的利剑，刺向自己。那年她六岁，就学会了一个人独处，学会了在黑夜里凝视命运的到来，只是命运，一次次地将她推向深渊。就像季之白说的那样，她又何尝不是在这坍塌的世界里，突然遇到一个温润良善的少年，可是，这个少年，她不能爱。

遇见你，就不算白来，可是，你和我终究等不到万物无恙了。

她的人生从未失手，从未失控。她承认，她原本只想接触一下季之白，看看这个仇人的孩子，是否也像他的父亲一样没有人性，寻找着可以出手的时机。

可是现在，她预感自己要失控了。

春雨秋霜，岁月无情，这正是易初颜的欢颜，如梦如幻如真。

最后一个音符落下的时候，她的眼泪已干。

不能失控。

季之白看呆了，易初颜灵动地在雪地里随意舞蹈，如有水袖挥舞，婀娜，收放自如，像是一个专业的舞者，辞色不露。

从幻觉里清醒过来，外面大雪纷飞，天气预报说得果然没错，风雪又来了。

他走到坪地里，把易初颜轻轻地抱起来，他感受到了雪地的冰凉，和她的炙热的心跳。在黑夜里，在只有花火的房间里，他情不自禁地亲吻了她，体内的热血就像海浪般汹涌澎湃，他把手探进她衣服的后背，笨拙地解开，用手握住她胸前此刻的此起彼伏，他潜入了最深最深的海底。

他们走过彼此此生最难忘的暮色，身体迎来了最美的日出之色。

易初颜紧紧地抱着他，蜷缩在他的臂弯里。"之白，今晚不走了，好吗？"

季之白抚摸着她的长发："不走。"

"我们现在就睡好吗？有点痛。"

"明天早上我陪你看日出。"

"下雪了。"

"下雪有下雪的日出。"真希望春天早点来，在后山看日出，在星星之眼看繁星。

连续一个月照顾母亲的季之白，紧绷的神经和身体，都在前一刻彻底地放松了，沉沉的睡意袭来，他拥着全世界最让他温暖的女孩入眠。

星星之眼

电话铃终于响了，昨天告别时老李叮嘱过，不管有没有消息，都会打电话给他。

"老李，怎么这么晚来电话，是不是找到了？"

"是，长话短说，我挑重点。"

"护送回乡的名单是：王林生、易君、易桥、易大海，最后一个是季正。"

"哪个季？"

"季节的季。"

季姓在石井镇少有，赤崎警官马上想到了是季之白的父亲，他好像已经过世十几年了。

"喂，赤崎，你还在听吗？喂，喂。"电话那头传来老李急促的声音。

"在的。"

"另外，赔偿金是十万，不知道你那天问到的是多少？"

"两万。"

"这样啊，那你看还有什么需要我做的，随时给我电话。"

其实在赤崎警官心里，凶手是谁的谜底，昨天已经揭晓了。

只是让他没想到的是，名单中竟然有易大海的名字，也就是易初颜的养父。最后一个竟然是季之白的父亲，可是季之白的父亲十几年前就因病过世了，没有异样，也没有人说他被剔骨。

赤崎警官在心里推算了一下时间，嗯，那个小女孩还不可能跨镇来作案。

他突然心里紧了一下，不放心，得先给季之白家打个电话。

电话铃声响了很久，无人接听，再拨，还是无人接听，再打最后一次，终于通了，接电话的是季之白的姐姐。

"是季之白家吗？我是李赤崎。"

"赤崎警官，我是之白的姐姐，听说你昨天还来看望过我妈，感谢感谢。"姐姐语气平和。

"客气了。家里没发生什么事吧。"

"家里都还好，我妈已经睡下，我和妹妹也睡了，所以电话没来得及接，不好意思。"

"之白呢？他也睡了？"

"我弟弟他吃了晚饭，这会儿好像出门去了，不在家。"

"今晚几点吃的晚饭？"

"大约七点半吧，今天吃得晚，要给我妈做护理，他也是等我妈睡下了才出的门。"

"这样啊，他去哪儿了，你知道吗？"

"警官这么晚找我弟弟有什么事吗？"被警官问了这么多，姐姐警惕起来。

"没事没事，就是问一下，那个，之白出门前有说什么吗？"

"我也不知道弟弟去了哪儿，听我妈说的意思，应该是去找初颜了，这小子正恋爱呢。"听说没什么事，姐姐放松下来，弟弟是家里的独子，要是能早点娶妻生子，也是一件喜事，"他说了什么？好像也没说什么，就说今晚可能会晚点回来，我们也没打算等他。"

"嗯，没有其他的事，挂了啊。"

赤崎警官顺手拿起儿童福利院的照片，依然分不清哪个小女孩是易初颜，但摆在后面的盆栽让他忽然眼熟起来。其中一盆，正是风信子。

风信子在脑海里挥之不去，带着他去了所有跟它和易初颜有关的场所。

那天去易初颜家，她靠窗户坐着吃饭，窗台上摆了一盆。再往前的记忆就是他看到她在车窗里把一盆风信子送给季之白。再往前，再往前，是在她养父易大海的葬礼上，那是第一次去十七组，有村主任陪同。她跪在灵堂前，过来给宾客还礼。后来炜遇说，有人来提醒法师，尸体开始腐烂了。

腐烂？赤崎警官终于明白，名单中的易大海也被剔骨了，只是作为女儿的易初颜，很轻易地遮掩了这个真相，譬如是摔坏了的部位容易腐烂，她不介意，外人又有谁会介意呢。

记得当天还发生了一件事情，来了一个讨债的人，小女孩当时说了什么，好像说的是："父债子还，天经地义。"

父债子还，天经地义。赤崎警官重复着这八个字，突然意识到可能今晚会发生大事，老李这个电话来得不早不晚，一定出事了。

他胡乱抓起大衣套在身上，往十七组奔去。

以前不知道到十七组的路竟然这么远，积雪的路跑起来十分困难，天空不知什么时候又飘起了雪，明明白天时还晴空万里。他似乎又听到了小女孩倒在寒雨中哭喊的声音："求求你，求求你，救救我们。"这声音像是一把沉重的枷锁，锁着他，寸步难行。

村口第一户，易初颜兄妹的家，赤崎警官往村里深处望去，犹豫要不要先去季之白家，万一人回家了，最起码人身安全没问题。

这时，从院子的房间里传来一阵熟悉的音乐，非常熟悉，但一时又想不起来具体是什么音乐。

声音不小，应该是开了外放调到最大的音量。

这么晚了，为什么会放这么大的声音，赤崎警官推开了院子门，走到传出音乐声的门口敲了敲，只听到"咚"的一声。他迅速推开了门，是易初尧从床上摔到了地上，试图往门口爬，他看到是赤崎警官，表情怔住了。

赤崎警官听着单放机里的声音，明白了一切，那是《天气预报》的背景音乐——《渔舟唱晚》，但此刻早就过了七点半。炜遇做的不在场证明，是被这个声音误导了。

易初尧特意把声音调到最大，本意就是想呼救，没想到等来的是赤崎警官。他顿了几秒，像是做了一个重大的抉择，咬着牙说："快，警官快去救人，快去救季之白。"

赤崎警官紧张起来："人在哪儿？"他忽然闻到一股刺鼻的味道，不好，他赶紧出了门，只听到易初尧在身后喊："堂屋右边过去内侧第一间。"

越往院子里走，气味越重，他找到堂屋右侧第一间，一脚踹开门，烧炭的气味扑面而来。

他赶紧把门窗都打开，浓烟散开，他才看到季之白趴在地上，明显是无力地挣扎过，现在重度昏迷，不省人事。赤崎警官拍了拍他的脸，喊了几句，季之白才睁了一下眼，虚弱无比。赤崎警官把他抱出房间，放到易初尧的床上，这才看清他的脸，嘴唇乌青，昏昏沉沉，似醒非醒。过了一会儿，他人清醒了一点，眼神迷离着，嘴里在问："初颜呢？初颜呢？救救她。"

赤崎警官看向易初尧。

从远处隐约传来一阵乐器声，易初尧感到深深的绝望，什么也不肯说。

烟尘四起。

赤崎警官循着声音走向了后山，一条蜿蜒曲折的小路，延伸至山林深处，来石井这么久，他从未留意到，后山里竟然有大片大片的竹林。

大雪凄然，清远空谷的陶埙声越来越近了，在黑夜里，如泣如诉，婉转缠绵。在一片密密麻麻的散生竹里，一个少女披着洁白厚长的斗篷，坐在竹叶堆上，发丝轻垂，嘴唇在陶埙上左右游动。雪花落在她的身上，似乎她与后山与竹林就是一体。

"你吹的可是《故乡的原风景》？"赤崎警官在部队里听文艺兵吹过。

少女不为所动，吹到一曲完毕才缓缓仰起头来："原来警官也知道这首曲子。"

"听过而已，每个人都有自己的故土和原乡，我也是。"

少女站了起来，仰着头，星星之眼尽头是无尽的飘雪。"若故土没有了故人，故土也就不是故土了。不知道警官是否想念你的故乡，故乡是否还有人，让你惦记。"

赤崎警官微微颤动了一下，想起索道河旁边的老人，他说过，心里有故人，故人就会来心里。

"易初颜，今晚这通电话可是你打的？"

"是，我不打那个电话，警官又怎么会在这里？"

"你怎知我一定会来？"

"时间掐得这么准，我想不到警官有什么理由会不来。"

"一个月前跟踪我的人是你？"

少女浅浅一笑："我几乎以为这辈子都再见不到警官了，那天镇上发了公文，恰好被我看见，我都不敢相信，警官会以这样的方式再次出现，直到我看到了警官的伤痕。"

赤崎警官心里寒冷："你就是十三年前雨中的那个小女孩？"

"警官竟然还记得十三年前跪在雨中向你呼救的小女孩？"雪花落在少女的睫毛上，化成水湿润了她的眼眶，她转身面对赤崎警官，"我以为警官从未放在心上过，既然当年视而不见，又如何还能想起呢？"她停了一下，叹息了一声，"只可惜，我不是她。"

"不是你？"

"那是我姐姐。"她的眼睛清澈明亮，眼波含墨，十三年前的那场大暴雨历历在目。

那天，她和姐姐挤上去镇里的车，下车的时候雨卜得很大，好在前一天傍晚在星星之眼就下了一点，姐姐有备而来，带了一把伞。

镇上不大，问问路，就来到了派出所门口。

派出所的门卫大爷见是两个小孩子，没有紧急案件，也说不出个前因后果，愣是不让进，怎么求都没用。没有办法，姐妹俩只能撑着伞在路边的大树下躲雨。

雨越下越大，她浑身冷得发抖，姐姐一直安慰她："枝子，我们再等等，也许再等一下就出来了。"

她知道父亲的事大过天，一定要咬牙坚持。姐姐的坚持是对的，没多久，果然就见到一个警察从里面出来，步伐很快，姐姐立刻从衣服内口袋里拿出那张报纸，把伞给妹妹，冲进雨中，大喊："警官，我有冤情，请求您帮忙。"

可警官只是瞥了她一眼，就迅速钻进了车里。姐姐追了过去，一个趔趄摔倒在雨里，嘴上还喊着："求求你，求求你，帮帮我，听我说完……"没人理会她，车子瞬间就开走了，手里的那张报纸，被大风卷跑，姐姐在大雨里哭得肝肠寸断。

眼见姐姐被淋，她也顾不得大雨跑了过去。雨太大，伞根本撑不住，被吹散了架。她跑到姐姐身边，跪在雨水里，姐妹俩在雨中抱头痛哭。

"姐姐，我们还要等吗？要不要等你说的从市区调来的警官，不是说他是一个好警官吗，他一定会帮我们的。"

"不用等了，刚才就是他。"姐姐已经冷静了下来。

"姐姐怎么知道是他，会不会是你认错了，要不再去问问。"

"就是他，我不会认错，我早就听说他后脑勺有一道中过枪的伤疤，刚刚那个，就是他。"

"我们还有别的办法吗？"姐姐的话让她绝望。

倾盆大雨让姐妹俩眼睛都睁不开，姐姐说："枝子，你记住姐姐的话，以后一切都只能靠自己，只有自己可以救自己，记住了吗？"

她似懂非懂地点点头。

"还有一句话，你也要记住：置之死地而后生。今天的我们，没有任何出路了，但我们还是得想办法。"

置之死地而后生。这句话她完全不懂是什么意思，只顾着点头，但她知道，姐姐决绝的眼神，就是置之死地而后生。

回村里的两班车都开走了，但家里有妈妈和二哥，不能回去得太晚，只能等雨小一点，走路回去。

"我们就是走路回去的，那条路是那么漫长，为了快点到家，姐姐带我走了山里的一条近路。"少女说。雪花快要染白了她的头发，白色斗篷纯洁无瑕。"警官绝不会相信吧，我姐姐被山上的洪水冲走了。你听到的没错，姐姐是被洪水冲走的。

"我们经过一条小河，平时那里并不深，都能跨过去。但那天的雨实在太大了，姐姐说她先试一下深浅，脚才刚伸过去，一瞬间就被大水冲走了，连挣扎的机会都没有。

"我想要救姐姐，但姐姐只喊了一句'后退，不要过来'，就无影无踪了。我蹲在那条河边，喊哑了嗓子，没有人听见。我只能返回到马路上，一路上连一辆车都没有。

"警官，你知道世间最痛苦的事情是什么吗？你一定不知道，可是我知道，是当你最绝望的时候，你不敢绝望。我根本不敢想姐姐若是死了怎么办，我就拼命想啊想啊，也许姐姐抓住了什么得救了，也许姐姐被冲到了什么地方，过几天能自己回来。"

少女伫立着，过往年月皆是深渊，早已让她平静，她像是在诉说一件遥远的无关自己的故事。

"我跑回村里找大人求救，可是，他们说只能等雨停了才敢去找。是啊，那么大的雨，谁会冒着生命危险去救一个跟他们毫无关系的小孩呢。我想不到办法，只能回去告诉母亲。

"家里安静得如同这山谷一样，我叫醒妈妈，还没张口，妈妈说：'快，快让人去寻二哥，他今天跟着大队伍去游行，还没回来。这么大的雨，天都黑了，别出事。'

"我慌了，二哥不是跟着大人去游行的吗，不是说游行一会儿就能回来吗，为什么这么晚了他还没回家？我说我这就去找，妈妈拉住我，说让姐姐去。可我根本不敢告诉她姐姐的事。"

少女轻轻擦拭掉眼角的雪水。

"妈妈见姐姐没跟着进来，就问姐姐去哪儿了，一开始我还能坚持，说姐姐去拿药了。但是又过了一会儿，姐姐还是没回来，妈妈就说她要去看看。我再也坚持不住，哭着说，姐姐被大水冲走了，也许回不来了。

"妈妈一口气没上来，心绞痛犯了，大口大口地喘气。我吓坏了，不知道该如何是好，要去找医生，被妈妈死死拽住，不许我去。好久好久，我才听见妈妈说，枝子，哪儿都不要去，就在家里陪着妈妈。

"我一直握着她的手，多么希望姐姐和二哥这个时候都能回来。

"妈妈的气息越来越弱，但她还是紧紧地抓着我的手。

"警官，你一定见过很多死人吧，可你知道人在临死时断不了气的模样吗？我见过。"少女伸出手，在空中接住一片雪花，轻轻一揉，雪花碎了。

"妈妈终于睡着了，听不到一点呼吸。我使劲搓着她的手，大声喊着：'妈妈，你不要死，你不要死啊。'可是，她的身体一点一点地没有了温度，一点一点地就变得冰凉了。

"那种冰凉，岂是大雪能比，我躺在妈妈旁边，从温暖到冰凉。

"妈妈最后对我说了一句话，警官你猜，一个经历过世事苦难的女人，将死的时候会说什么。"

赤崎警官盯着她的双眼，他不敢想象，一夜之间丢失了两个孩子的母亲，会说什么。

"她说，枝子，如果有来生，你不要来找妈妈。"

雪水不停地在少女脸上滴落，大地素白，哀鸿丛生。

"姐姐的尸体在山脚下找到了，跟母亲一起下葬，二哥没再回来，村里的大人告诉我，在游行中走散的人，都回不来的。灵堂守夜的那晚，我把家里所有的炭都烧了，关了门，挨着姐姐，以后我们一家人永远都会在一起。

"没想到，上帝不要我，第二天，我又醒了。警官，你说，我有什么理由不活下来。

"今晚你既然会到这里来，想必后来的事都已经知道了。那份名单上的人，瓜分了我爸的赔偿金，也没有找剔骨师给他超度。他们欺骗了所有人，还让所有人都歌颂他们的重情重义，你说可笑不可笑。连死人的钱都敢要，还能安心地活着，活得比谁都好。警官你说，是不是很好笑。

"剔骨的传说，是不是你也已经知道了。不，那不是传说，都是真的，身为子女，做不到让死去的人落叶归根，我却不能无视他们的魂魄不能安息。"

"所以你杀了王林生。"

"是。除了他，我还杀了易君、易桥、易大海。说到底，若不是他们每个人都心存恶念，就凭我一个人，手无缚鸡之力，他们都不会死。我赌的，就是他们的贪念，还有他们做了亏心事的心虚。我把灌了水银的水端给了王林生，但若不是他和护士长之间本来就相互猜疑，护士长完全可以救他；易君更可笑，我只不过在矿场高处跟他说，我是易东博的女儿，他就吓得自己跳了下去；至于易大海，如果他当晚不喝酒，不骑车出门，我都不确定他会不会中风信子的毒；还有易桥，一把年纪了，色心不泯，为老不尊，毫无良知。他怎会想到，从我去找他的那一刻起，就是他自掘坟墓的开始。"

"风信子有毒？"

"我也不那么确认，小时候听说，如果误食它的茎球，可能会死。我没有别的办法，连这么拙劣的说法都相信。"

"唱戏的那个晚上，也是你布下的局？"

"我没有那么大的本事，只要他不来找我，我就没有机会出手。"

"但你算准他一定会认为那是个很好的时机，村里的人都在看戏，说不定，你也在。"

"没错。我就坐在那里等他出现。"

"那块石碑被你提前动了手脚，开车的人会产生距离误导，等看到的时候，刹车已晚。之后你又把它挪回原位，企图瞒天过海。"

"没想到警官连这些都知道。是啊，费了好大的力气才挪动。但如果不是刹车失灵，挪动石碑或许也不起作用。"

"所以你故意说去车上，趁机把刹车弄坏。"

"去车上是他说的，都不需要我开口。"

"那个酒瓶，也是你放的，混淆视听，让人以为他是酒驾沉湖，连引起警察注意的机会都没有，恐怕剔骨是在他沉入湖底之前，你怕尸体打捞上来之后没有机会。"

"后半句猜对了，但前半句不对，我没有放酒瓶，我根本不会游泳。"

"不是你，那是谁放的？我们差点被蒙蔽了真相，易桥的死就会无声无息地变成一桩普普通通的酒后驾驶事故的案子，就像你养父一样，没有人发现他的食指也被剔骨了。"

"这我不知道。不过，我从来都不怕你来查，从未怕过。"

"季之白又何错之有，孝顺又善良的人。"

警官知道的细节，远比她想象的更多。少女的脸上抽动了一下，她再度仰起脸，星星之眼还没有等来繁星一场，她和季之白之间的缘分无疾而终了。六岁之后，她便没再失控过，除了他。差一点，她就动摇，就失控了。

"季之白的爸爸当年也跟着一起染指了那笔赔偿金，所有名单上的人，都是我要找的人。"

"他爸爸从汾城回来没多久就过世了，已经得到了报应，你为什么不放过他？这件事跟季之白一点关系都没有，他甚至一丁点都不知情。"

"警官难道不知道'父债子偿，天经地义'这句话吗？他是季正的儿子。凭什么我们活得这么痛苦，还有我死去的姐姐和二哥，谁来给他们偿命！警官，我问你，谁给他们偿命，他们又哪里有错了？"

"你完全可以选择报警，求助警察，任何时候都可以。"

"选择？六岁开始，我的人生就没有了选择，从我爸去世之后，都是命运一次次地选择我。姐姐说了，以后任何事情，都只能靠自己，任何事情都是置之死地而后生。"

"易初颜，当年的事，我有愧于你们姐妹，当日我有不得已的苦衷，致使发生了后来的种种。但是，杀了人，就要接受法律的制裁，跟我归案吧。"纵使不忍，赤崎警官今晚也得将杀人凶手捉拿归案。

少女抚摸了一下手中的陶埙，这是父亲留给她的唯一一件遗物，她放到嘴边，吹响了几个音，以后不知道还有没有机会在星星之眼再吹这首《故乡的原风景》了。

她说："警官，你还不知道这里叫什么吧。"她慢慢地挪动着身子，走到警官的身后，"警官，这里叫星星之眼，若是能仰望星空，得繁星一场，便是世间最美的风景了。小时候，我姐姐带我和二哥去过寒戈的星星之眼。对了，就是去找你的前一天下午，那里的星星之眼跟这里一样美。可是，我姐姐和二哥，从来都没有在星星之眼看到过星星，你说，遗憾不遗憾？"

赤崎警官仰起头看了一眼，是啊，幽绿的散生竹正迎着寒风，呈现出它的傲骨，雪夜冷冽，竹叶上都落满了雪，头顶的视野越窄，也越美丽。假如竹叶尽头不是风雪，是星空，会是多少人渴求看到的画面，在这静谧的深夜，这里宛若世外桃源，可以忘却世间纷扰。

头顶的竹叶开始移动了，赤崎警官猛地回头，身后的竹子越来越密，瞬间形成了一道牢不可破的竹林之墙，像是被按下了开关，竹林的入口似乎从来没出现过。

少女也不见了。

他突然明白了星星之眼原来也是少女设好的陷阱，入口不过是个虚设的幌子。

少女把铁丝收紧了，直至最后一根竹子牢固地绑在另一根竹子上，铁丝从外面入口绕了一圈，里面的人丝毫触碰不到。铁丝是她特意去五金店里挑选的。改这道竹林墙，不需要费太大力气，星星之眼似乎就是天造的陷阱，像个机关，一拉铁丝，星星之眼便不再是星星之眼，是竹林陷阱。

赤崎警官冷静了几秒，大声喊道："易初颜，快打开竹门，现在就回头，跟我归案，你逃不掉的。"

少女站在竹林门口，缓缓地说："我知道我逃不掉，也从来没想过要逃，可是我还有未完成的事。警官，也请你尝一下彻骨的寒冷吧，姐姐就是这样，她死在寒冷的暴雨中，无人知道她的痛苦。"

"易初颜，回头是岸，你不要再固执了。"

踏着雪的脚步声越来越远，赤崎警官大声地呼救，可是除了山谷里的回荡声，没有人会在半夜听到。

"易初颜，你听我说，你没有失去所有，你二哥还活着，你二哥还活着！"

少女停住脚步，在心里冷冷地哼了一下，岂会相信警官这个时候的话。那一年，王林生已经在他的办公室里告诉过她，二哥死于暴病。

赤崎警官使尽全力想要掰开那些竹子，试图从缝隙里钻出去，但根本掰不动，外面的铁丝将它们牢牢绑住了，散生竹本就无比坚固，现在更如一张死网，纹丝不动。他又试着爬上竹子，上面间隔的缝隙大一些，可是下着雪，竹身被冰裹住，又湿又滑，借不上力。

精疲力竭，他绝望了。

易初颜回到房间，打开柜子，拿出背包，里面有她两年前从寒戈信用社取出来的两万块。她抬头看了一下钟表，十一点，时间刚刚好，还有十分钟，她预订的车就要来了。哥哥的行李早已收拾好，她要带他离开这里，去找外面的医生。

她计划让车把她送到市区，搭乘南下的火车，先到广州。列车时间已经选好，应该能赶上。

要走了，环顾了一眼房间，她在这里生活了十二年，有快乐，但更多的是每日内心的煎熬和挣扎。既然要走，就断得干干净净，这一别，就再也没有归期了。带着最初的行囊，告别吧。

可是，刚走到门口，手里的行囊就掉落在地。

有一个人躺在雪地里，身上早已被大雪覆盖。

易初颜的脚下似有千斤重，一步一步，走向雪地，柔软的鹅毛雪片，却让一个人的身体在雪地变得如此僵硬。她把哥哥抱在怀里，他的鼻间已经没有了气息。她上一次这样抱着他，还是易小虎逃回福利院的时候，他是那么弱小、无助，却对她信任依赖。这十三年来，他们相依为命，彼此都不再探究对方心里的秘密，她至今都不知道易小虎从何而来，如今，却知道他已经去了。一句再见都没有留。

这是她在世界上的最后一个亲人。

她的名字还是他取的，养母给的名字他们都不太满意。

他们当时就坐在身后堂屋的石基上，双手捧着脸，易小虎说："我觉得我初次见你的样子就很美，要不你就叫初颜，如何？"

"初颜，初颜，"易枝子一听就很喜欢这个名字，后来她知道了"人生若只如初见"这句词，更是觉得哥哥有才，"初颜，就它了，那哥哥你呢，你叫什么好？"

易小虎想了想："我就叫初尧吧，高大，骁勇善战。初颜，以后让我来保护你。"

嗯。易枝子重重地应了一声，她心里想，如果二哥还活着，他也一定会像小虎一样保护她，以后易小虎就是她的哥哥了。

漫天飞舞的大雪，落在她的身上。

她轻声地唤了一声哥哥，曾听石井的老人说，如果抱着熟睡了的孩子起身，要一边喊他的名字，才不会让魂离了身。她接连喊了几声哥哥，拨开他脸上的雪，脸庞干净如洗，只是风雪把他脸上的痛苦冰封了。

把哥哥半抱半拖到院里的树下，她靠着桃树，干枯的桃树枝旁逸斜出。哥哥的头枕着她的腿。

从易初尧手里掉下一张早已被风雪浸染的画，她捡起来，是那年他要离开福利院时，她画给他的，一个小男孩，一个小女孩，手牵着手。她想起易小虎曾经问过她，画上画的还作数吗？他把这张画视作世界上最珍贵的礼物。

永远作数。

易初尧使尽了全力，才把房门打开，看着外面的风雪，他笑了，这雪足以让他以最没有痛苦的方式跟这个世界告别。身体爬行着越过门槛，滚落到院子中央，自从生病以来，没有一个时刻，像此刻这样放松。

雪一片一片，落在他的身上。手里拿着那张画，一个小女孩牵着一个小男孩。

枝子，这张画还作数吗？作数的话，答应我，离开这里。

枝子，我爱你。他在风雪中笑得很舒心，只有离开，才是爱她最好的方式，为此，他不惜赴汤蹈火，星月不怠。《渔舟唱晚》，再也听不到了，他第一眼看到易枝子的时候，那是世间最动听的背景音乐，也是最痛苦的画面。世界上唯一一个说永远都不会离开他的人，只有自己离开了，才能让她了无牵挂地离开。

画上面写着一行字：枝子，见字如面，离开这里。

她的嘴角不断抽搐着，眼里满目萧然。不，不，哥哥，我哪儿都不去，就在这里守着你。她想大声喊，嘴张了好几次，可一点力气都没有了，就跟那一年她决定关上堂屋门，躺在母亲和姐姐旁边一样。

风雪侵袭，慢慢覆盖了她的全身，好冷啊，她用最后一点力气，伸出手，一大片雪花落在她的手掌心里。

真美。她笑了笑，闭上了眼睛。从在福利院第一次见面后，她所有的山山水水，都是和易小虎一起走过的，一场风雪，了却一场浮生。

终于可以闭上眼睛了，从此以后，不问世事，不问来生。

十八岁的漫长人生，再也经不起这流年，撑不住一场大雪的淋漓。

小叶栀子

一把伞遮住了风雪。

"枝子，枝子，你醒醒。"

再醒来，恍若隔世，易初颜发现自己躺在一辆车上，身上盖着一条厚厚的毛毯，周身温暖。阳光透过玻璃照了进来，刺着她的眼睛。她看向玻璃，映射出她的容颜，一张青春却又疲惫不堪的脸。

她缓缓起了身，推开车门，车停在一座山脚下，这里似曾相识，却又说不上是哪儿。

不会是做梦吧，一个人都没有。她在车窗玻璃里再次看了一眼，有影子，不是梦境。

山谷里传来陶埙的声音。是谁？

往前走了几步，来到一条通往山上的路的跟前。

这条路上铺满了落叶，不，是铺满了小叶栀子，已经好多年没在山上见过这么多小叶栀子的落叶和冬日残存的花瓣了。

陶埙声戛然止住。在路的另一端，坐着一个身影，见她来了，也缓缓地站起来。

两双眼睛隔空对望，噙着热泪。

对面的人说话了，哽咽着："妹妹……我……来背你……你……紧紧贴着二哥的背……就不会……害怕了。"

"二哥，是你吗？"易初颜泪如泉涌，再也不受控，一动不动地站在那里。她害怕动一下，眼前的人和景就消失了，她再也不想离别，哪怕是一场幻梦，就让它停留在此刻也好。她静静地站着，手不停地擦拭着腮边的泪水。

路尽头的人走了下来，站在面前，眼眶含泪，深情地望着她，如此真实，用手可以触碰到。易初颜一时间百感交集，所有的痛苦翻腾着涌了上来，她终于颤抖着哭喊了出来："二哥，姐姐和妈，都不在了……"

二哥背着她，走上铺满小叶栀子的路，她紧紧地搂着二哥的脖子，紧紧地贴着他，从未像此刻一样，希望脚下的路再也没有终点。

兄妹俩坐在山顶上，找到当年姐姐带他们来看过的星星之眼，竹子还有，却不是从前的光景了。谁也想不到，那一次竟是三姐弟最后的约会，最是岁月不可留，最是物是人非磨人心。

东风过境，山顶的雪地光芒刺眼，易初颜把头靠在二哥的肩膀上，静静地坐着。

"二哥，我还是那一年见过路上有小叶栀子，这个季节，山上看着也不多，刚才路上怎么都落满了。"

"枝子，当我确定是你后，我知道我们很快就会团圆，于是我每天晨练的时候，就到山上采一些，昨晚铺在这条路上，我想，你应该还记得我们最后走过的路。"

怎么能不记得？那是三兄妹最后的记忆。原来是二哥采来的。她吸了吸鼻子，得采多久，才能把整条路都铺满。"二哥，这么多年你在哪里？我以为……你再也不会回来了。"

"你还记得吗，村里通知那天下午的游行每家必须去一个，当时你和姐姐去了镇上，游行就得我去才行。我跟着大部队走啊走啊，那天下了很大的雨，大家分散在路边人家的屋檐下躲雨。我有点渴，就去了一户人家要了一碗水喝。后来我就被套住了头，被人从后门带走了。

"我喊啊哭啊闹啊，根本没人理我，被塞到了一辆车上。后来，我也不知道自己在哪儿，反正每天不是坐车，就是走山路。我被一户人家买了，天天想着逃跑回来找你们，可是他们看得很严。再后来，我就得了重病，也不知道什么病，他们请了赤脚医生来看，说我没救了。有一天晚上，我就被抱走了，他们把我从车上扔了下去。"

她紧紧搂着二哥的脖子，心里比自己遭受过苦难还要难受，没想到，二哥的命运亦如此，坎坷曲折。

"他们还算有良心，没有把我丢在荒山野岭，而是放在了省城的救济站，很多得病的小孩，都被扔在那里。九死一生，我又活过来了，现在的养父母收养了我。

"他们待我很好，视如己出，但我时刻都没有放弃过要回来找你们。大概一年后，他们答应送我回来寻亲，可是家里的大门贴着丧字，听说妈妈和大姐都过世了，说你也被福利院收养。我们就去找福利院，福利院倒闭了，我们又去了县里的福利院，他们说没有你这个人。

"我只得跟着养父母回了家，祈祷你还活着，祈祷你能和我一样，被好心人家收养。"二哥不知道此刻是悲是喜，当年妹妹怕踩伤了落花的画面，就在眼前。

一定要找到流落在外的妹妹，是他从未放弃过的信念。

"二哥怎么知道我在石井？"

"机缘巧合而已，但我猜，如果你还活着，一定是被邻近的几个镇收养了，所以学校让我选实习地的时候，我挑了易姓最多的石井。还记得爸生前经常对我们说，行不改名坐不改姓，我也只是挑了概率最大的地方，如果你是被邻镇的收养了，多半不会换姓。"

易初颜应了一声，轻声地问："那……二哥也还姓易吗？"

"养父姓张，我跟了他的姓。故乡和父母都不在了，姓什么叫什么又有什么重要的呢。"

易初颜鼻子又一酸，当年她跟着易小虎被收养，正因为是易姓本家："那你是怎么认出我的，我对你没什么印象，除了那天你突然出现。"

"我也没认你，但那天之前我已经知道是你了。"

她望着二哥，原来他早就在自己身边，只是自己浑然不觉。

"我查到你两年前回过寒戈，去通讯社借报纸的是你，应该是之前姐姐的那份丢了，你想知道都是哪些人当年参与瓜分爸爸的赔偿金。你又去借了姐姐的户籍卡，户籍卡没那么容易借出来，所以你干脆承认了自己的身份，才借到了姐姐的户籍卡。当年的事，早已没有人记得了，也没引起任何怀疑。你拿到姐姐的户籍卡之后，冒充姐姐去把当年被存放在信用社的两万块取了出来，因为有户籍卡，姐姐也没有被登记死亡销户，所以也没有人怀疑。虽然你做得看似毫无破绽，但只要调查一下，还是能找到很多蛛丝马迹。"

"我也只是想去试试，看看家里的户籍卡是否还在，家破人亡，也许什么都没有了，也许是没有人知道该如何处理，没想到竟然真的还在。除了父亲的户籍卡被注销了，你、我、姐姐和妈妈的都还在。"

当时和陈炅、赵睿去了信用社之后，所有的猜想都被证实了。他知道妹妹还活着，但是他得抑制住内心，不能相认，更不能让第二个人知道。

"其实调查到这些信息后，我只知道你还活着，并不知道你具体在哪里、具体是谁，我得到一份缺失了部分信息的报纸，看到了易桥的名字，我在他家蹲守了很多天，又跟踪他，但是没有等到你出现。

"之后，师父派我去做暗访，在十七组问到了你就是被收养的孩子的时候，我就知道是你了，但我没想好怎么和你相认，也想知道还有谁应该受到惩罚。同时，我也托人帮我在汾城找那篇报道的原件。"

知道二哥默默守护在身边，心里有点温暖，如果当时就相认了，她不知道后来的结局是怎样，也许，她会立刻跟着二哥离开。天边的浮云忽明忽暗，就像此刻内心的起伏。

"唱戏的那几天我都在，你被易桥带走的时候，我没看见，但我知道你突然走了，肯定是有事要发生，就四处找。我赶到的时候，看到你们在路边厮打，我当时就想出手，但易桥突然掉头开车，我看到他把车开进了湖泊里。"

"所以，那个酒瓶是你放的？"易初颜恍然大悟，"警官说易桥车里有酒瓶，后来都说是他酒驾沉的湖。"

"是，我使了个障眼法，但还是被师父识破了，"二哥停顿了一下，"他真的是个很厉害的警察，当年姐姐找他是没错的。"

"二哥，你知道湖泊有多深，有多寒冷吗，跳下去万一上不来怎么办？"

"虽然不知道有多深，但也不至于丧命，在警校我什么都学过。只要是能帮你挡的，一池深水，难不倒我。"

二哥的肩膀宽厚，哪怕风雪侵体，温暖也足以灼身。

"二哥昨晚又是怎么回事？你怎么会去十七组？"

"前天我跟师父请了假，但我一直在跟踪你，我看到你去镇上预订了车，时间还是晚上十一点十分，你应该还有放不下的人和事。就在昨晚，我拿到了那篇完整的报道，我猜想电话应该是你打的，因为对方说是一位女读者致电通讯社的。"

没有那个电话，赤崎警官就不会出现，没想到也是这个电话，让二哥也出现了。

"我原本想十一点直接在新开田的路口截住你的车，不知道为什么心里就是不安，不知道你为什么这个时间要离开。去了就发现你和易初尧躺在雪地里。"

像小时候一样，她把鼻涕眼泪都擦在二哥的肩膀上。"二哥，我已经变成了你最讨厌的人了，你是警察，我是犯人，命运让我们站在了对立面。"

"我们都还是原来的我们，我没有变，你也没有变，"二哥抚摸了一下她的头，"我们是兄妹，永远都是。

"枝子，为什么这些人的食指都会被剔骨？"

"因为……因为当年爸爸的赔偿金，大部分被他们瓜分了，他们本就该受到惩罚。而我们的爸爸，因为他们没有遵守承诺，在他死亡的地方为他剔骨超度，他的魂魄永远都回不来。"

二哥紧紧地搂着妹妹，这么多年，妹妹独自承受着来自虚妄传说的煎熬，心里的难受，无处遁形。

"我再也不想和你分开了。可是，接下来我们怎么办？"易初颜轻声地说，此刻她最害怕的，不是自己，而是不想再经历失而复得。

二哥从衣服内兜掏出一张全新的身份证递给她："枝子，我都安排好了，易初颜的身份证不能用了，你再用易初颜，就很容易被查出来你的行踪，二哥给你办了一张新的。"。

她接过来一看，怔住了，是姐姐易卉子的名字："二哥，怎么会是姐姐的名字，这不会是假的吧？"

"你不要问是怎么办的，有效期二十年，你以后出去就用这张身份证。另外，钱我也给你准备了一些。你一路向西边去，去西藏，去拉萨，越远越好，从此隐姓埋名。"

"那二哥你怎么办？我不能再和你分开。"

"我还有一些事要处理，你也不想易初尧不能安息吧，还有我的养父母，他们还不知道这一切。既为人子，就有身上的责任。"

易初颜低着头沉默，清冷的阳光洒在她的头发上："季之白呢？昨晚你看到他了吗？"

"季之白，我走的时候看到他躺在易初尧的床上，不知道生死。"

"说到底，现在是我亏欠了他。"

"枝子，我们不再亏欠任何人，你就是你，你是易卉子。"

她知道二哥为什么这么安排，但她此时此刻只想跟二哥在一起："二哥，我怎么联系你？"

"我给你一个BP机的号码，你可以留言给我，我会回复你。但是未来的一个月内，先不要打，想办法让自己安定下来。"

"你会来找我吗？"

"会的，枝子，我们兄妹再也不分开了。"

"二哥，我想带你去姐姐和爸妈的坟前，跟他们告别，也跟他们说一声，你回来了。"

二哥看了一眼手表："恐怕来不及了，我现在必须送你去车站，不能去市区坐汽车，只能去邻镇坐火车，买到省城的票，在那里中转，我查好路线了。"

兄妹俩在原来的星星之眼又坐了一会儿，下了山，直奔邻镇的火车站。上火车之前，易初颜从包里拿出一支笔，迅速写了一行字，又从包里掏出一样东西："二哥，你帮我把这个给易娅。"

火车来了，她上了列车。二哥站在站台上，握着她从车窗里伸出来的手，帮她把眼角的泪水抹去："不许哭，我们很快就会见面的，没有二哥的日子，一定要保护好自己。"

"你一定要来找我。"易初颜冲着他大喊。

她知道，石井回不去了，原本就要结束长达十三年最漫长的告别，却在最绝望的时候，命运第一次给她点亮了一盏灯，可还来不及团圆，却又要残忍地接受再一次的离别。

鸣笛声响，自此，兄妹俩天各一方。

火车飞驰远走，张炜遇朝着火车离去的方向，奔跑着，妹妹已走远，从此以后，又是一个人行走世间。他再也控制不住了，两行泪水也稀释不了心里的沉重。不知道以后，谁会替她阻挡这世间无处不在的锋利。

此别，也许就是永别。

他从口袋里掏出陈炅的 BP 机，扔在了旁边的垃圾堆里。

第 二 章

如 寄

二〇〇九年，冬。

一只温柔的手，冷冰冰的，在脸上慢慢地滑过每一寸肌肤。忽然，真实的冰冷感消失了，来去没有任何征兆。

季之白翻了个身，睡意一点点被唤醒，但他还是有很长时间不知道自己身在哪里，鼻间的味道陌生，床也很陌生，这些陌生的气息让他打了个激灵。他爬了起来，侧着身看到了挂在墙上的古老的钟。

一觉睡到了晚上八点。

房间透亮，不是日光，是外面的大雪，被远山密密麻麻的青柏和竹林映衬着，房间里的光似白似绿，很不寻常。于是，他起了身，床边不知什么时候摆有一双黑色的棉布鞋，布面上沾着灰尘。他迟疑了一下，慢慢地把脚伸进去，暖和的，被细微尘土裹住。

童年时一入冬，母亲就会从柜子里翻出藏了好几季的棉鞋，拍拍面上的灰尘，直接入脚，现在就是这种感觉。

就着脚底的温暖，他走到了门边。连续下了几天的大雪停了，此刻的天空干净如洗，冬日里的月亮清清冷冷地挂着，月光如注，洒在雪地上，远处的青柏和竹林反衬着，造就了房间里凄美的绿白之色。这种色彩有气无力。

可是，真的很美，若说这是春日的夜，所有人都会相信，可现在是三九寒冬。他想起，自己吃了中饭后，就睡了一觉，连续几日彻夜未眠，沾着床就睡着了，睡得深沉，身体一直往下沉，似乎所有的疲惫都落地了一般。

睡了这么久，一点饥饿感都没有，如果可以，他只想回到床上再睡一觉，意志还很模糊，他用了很长时间才分清楚，自己现在所在的地方。

是故乡，是石井。

厢房的门不像后门沉笨，只一拽就推开了，他却使了好几分的力。卧室外连着的，是一间单薄的厢房，说单薄，是因为它实在过于朴实简陋。

一个扎着丸子头的小女孩安静地坐在一张长桌前，桌面铺了藏青色的桌布，她双腿盘坐，几缕发丝垂在耳边，发质不好，有点糙，发尾有些都干枯分叉了。但头发干净得很，应该是刚刚洗过，散发着淡淡的栀子花气味。

房子长久没有人居住，灯泡已坏，电路需要重修，现在点的是细长的蜡烛，只点了一根，照着小女孩的脸，忽明忽暗。

见季之白进来了，小女孩抬起了头，笑容像静候了许久等待散开的涟漪，散开了，在昏黄的烛光下变成了暖色。季之白被这涟漪融化，大半个月来的悲伤，霎时好受了一点。

小女孩很淡定："刚才是我的手，想把你叫醒来吃饭。"

原来刚才不是梦境，难怪冰凉感如此真实。

季之白落座前摸了摸她的丸子头，他心里想，幸好她会扎，自己是完全不会的，以后要学着给她扎了。

淡淡的栀子味。小女孩抓着耳边的几根长发闻了闻，说："这种味道的洗发水，妈妈找了多年都没能找到，我昨天路过小超市，找到了。"

看着桌子上的菜，季之白问："这一桌……是你做的？"

"平时跟着妈妈学着做了一点南方菜。"

长桌上摆了几道菜，是南方的做法，有着原始食材的鲜，热浪呼腾而上，让房间里瞬间充满了烟火之气，掩盖了这废墟里的颓废。

"不是我做得好，是菜的原味很香。如果我在这里长大，应该会很爱这里吧。奶奶的坛子菜很好看，比妈妈做得好，我在地窖里还发现了奶奶早已囤好的过冬菜，所以才有食材来做。"

小女孩的双眸忽闪着清清浅浅的稚嫩之气，季之白很久没有见过这样纯净的眼神，如清澈见底的湖水。

没有一丝血红。世间也只有孩子，才能有这样的眼神了，完全不像是经历了大悲，经历了长达半个月奔波的模样。

"我们原本可以住奶奶那边的，方便很多，就不用两边跑。"季之白的声音很微弱，仿佛是在说给自己听。

"我还是想住妈妈住过的地方嘛。"小女孩的手一直没有停下来，揭开旁边的茶壶，里面冒出了老冬茶的味道。这只茶壶季之白认识，是从母亲的老宅拿过来的，特别笨重，壶身焦黑，至少有十五年了。从前母亲在世的时候，水开了直接往茶壶里放茶叶，这些年始终不肯换。光是这茶壶，就爬满了旧时光的痕迹。

季之白想说点什么，还没开口，小女孩先说了。

"你可以像妈妈一样，叫我深，妈妈说过，故乡山川，总是很深的。"

季之白一阵难过，女儿才九岁，在残酷的世界里，早已独立。她的淡定和谈吐，让他有点不知所措，至少在他的意识里，还不知道要怎么和她相处。

大概是为了打破尴尬与窘迫，小女孩把丸子头转了过来，用手摸了摸："以后我教你扎吧，很简单的，我两岁就会了。"

她的每一次笑，都像是之前散开的涟漪又重来一次。此刻在季之白的眼里，那是世界上最美的笑容，是自己未来的全部。

小女孩掏出一张照片，是一张五寸大小的照片，黑白的，照片边边的纹路都快磨光了。

季之白接过来，原来是自己的照片，大概是她在奶奶的房子里翻到的吧。

眼前的小女孩，和照片里的自己如同一个模子刻出来的，连笑起来都一样，眼睛眯着，眉目青黑工整。

"我和你更像一点，以前我以为我只像妈妈。"

烛火经受不住从木窗吹进来的风，左右摇晃，加速了小女孩脸上的忽明忽暗。她挪了挪身体，脸朝着木窗，眼里已是一潭深水。月色如织。她侧着脸，说："明天就是大年初一了，以前每年的这一天，妈妈都会跳舞给我看，在雪山脚下跳。"

季之白伸手想把照片拿回来，但被女儿紧紧地攥在手上，一潭深水最终还是化作清流渗出眼角，在她的脸上流淌着，悄无声息，融入了尘色之中。

季之白走过去抱着她，亲吻她的额头："我们以后永远都不会再分开了。"

没点头，也没说话，小女孩示意季之白坐回对面去，举手投足，是有教养的客气，因着这客气，一道鸿沟深深地刻在父女之间。

二〇〇九年就要过去了。十年前他不过十九岁，还是张少年的脸。

一九九九年，这里是什么样子呢？季之白望向了屋顶。

望着望着，房间里的灯泡突然亮了起来，犹如刚刚被擦得铮亮，照亮了房间，照亮了整个石井镇。

石井修好了新的马路，压上了从未见过的柏油。镇上正流行各式各样的发廊，不流行中分了，年轻人喜欢用一把剪刀把头发打得又碎又薄，看上去很清爽，女生把头发用负离子拉直，又染黄。

家家户户都还是二十一寸的小黑白电视，门口的树边立了一根杆，杆上绑着几根天线，每当电视出现雪花不够清晰的时候，就有人站在杆下使劲地摇，摇到电视清晰为止。有钱人家已经换上了彩电，电视里反复演着《小李飞刀》，年轻人喜欢看《将爱情进行到底》，孩子们爱看的《还珠格格》播到第二部了。

南方下了一场大雪，广播里天天都说，是一场五十年不遇的大雪，有多冷呢……反正许多老人没有熬过那个冬天。

眼前这间房也是熟悉的，一九九年刚刚新刷了一层白色的墙灰，房间的主人会在窗台上摆上一盆风信子，窗台干净，永远铺着一张过期的报纸，报纸上摆满了各种磁带。

院子里有一棵孤零零的桃树，石墙青瓦。

头顶的灯泡忽然又暗了，还是灰蒙蒙的。原来这十年都未曾有人来擦拭过，只有昏黄的烛光，照着这房间，剩下与时光相撞的孤老。

"可以把后半段故事也说给我听吗？警官后来怎么样了？我舅舅，后来发生了什么？他去找过妈妈吗？印象中没见过他。"

季之白望着她的双眼，她的眼神里藏着小小的渴求，又让它变得深邃、凝重。

上半段故事上午讲完后，他沉沉地睡到现在。

"可以吗？"小女孩再一次请求。

叹息了一声，季之白知道，若不讲完，父女俩之间的鸿沟余生都不会消失。况且，比起一九九九年的故事，他也很想知道一九九九年之后的故事，想知道女儿是在什么样的环境里长大，受过什么样的苦难，又是怎样百转千回找到自己的。所有的这一切，对他来讲皆是空白，他和她，和她们，在两个平行的世界里。

故事一旦开始，就无法全身而退，必定是伤痕累累。

杯里的茶凉了，小女孩把冷却的茶水泼在地上，又往杯子里续了一杯，热气重新袅袅升起。季之白端起茶杯，喝了一口，茶叶一定是母亲采摘的临冬最后的茶叶。这最后一拨被采摘的茶叶，是茶树拼尽了全身力气去供养的，元气已伤，比起早采的茶叶，它自根自叶自脉络，全是苦涩。

走吧，走进去吧。

炜遇

二〇〇〇年，春。

赤崎警官在探视窗口门外等着，烟灰缸里刚掐灭了一根烟。

他看着炜遇从里面走出来，空旷的走廊，炜遇穿着囚衣，迈着大步，脚步声落在地板上，发出回响，窗户外的阳光投射着他的影子，越来越近。炜遇已经剃了平头，从实习到现在，赤崎警官还是第一次近距离看清他的五官。

从火车站离开的炜遇，去了一趟寒戈的老房子，那里残破不堪，野草丛生，了无生气，最侧的墙面濒临倒塌，露出一个巨大的洞。妹妹已经走远了，以后再无机会回到这里，姐姐早已不在人世，这栋旧房子门前，再也没有三姐弟在草坪里玩耍的身影。从前母猫半夜钻来看小猫的窗户还在，窗纸全都破碎了，被风吹得零落。

在老房子里空坐了一天，一点也不觉得空虚孤独，自从知道妹妹还活着，他的信念就只有一个：无论如何，要保全妹妹。

今天早上看到了这十几年来最美的晨曦，傍晚又看到了最美的雪地夕阳，一个人站在窗户边哭得不能自已。所有的故事都已落幕，人生如此短暂，找到了妹妹，回来拜祭了父母和姐姐，似乎人生再也没有其他愿望了。

警车开来，他从房子里面缓缓地走出去，举起双手。

戴上了手铐，他在警车里提了一个要求，想去医院看一眼师父。那晚他救走了妹妹，车开到半道，他敲开路边一家小卖店，拨了所里值班室的电话，告诉他们赤崎警官被困在竹林里。

可是赤崎警官还是重病了一场，肺部受了严重的风寒感染，被救出来的时候，人已奄奄一息，连夜被送往了医院。

因故意帮助犯罪嫌疑人潜逃、帮助犯罪嫌疑人伪造证据，炜遇被判五年。

"不打算请辩护律师了吗？"

"不用了，师父。"

"你还在实习期，不属于滥用职权的主体，如果有辩护律师的话，也许能再判轻一点。"

炜遇摇摇头。

"父母来过了？"

"嗯，来过，我让他们失望了，对不起他们。也让您失望了。"

烟嘴在手里绕了一圈，还是放进了嘴里，点燃，旁边的看守员把窗户打开，已是阳春三月，万物之春姗姗到来。果然，没有哪个冬天是熬不过去的。医生叮嘱赤崎警官不要再抽烟了，但他还是瞒着家人，外出办公的时候，偷偷吸上几根。

"师父，把烟熄了吧，师娘会心疼。"

"没事。"赤崎警官猛吸了一口，想了想，终于还是把烟掐灭了。

"你怎么不和易初颜一起走？"

"我没地方可去。"炜遇顿了一下。

"我猜到你肯定是去了老家的房子，是我让他们去那里逮捕你的，你不会逃。"

"师父，那只猫还好吗？"

"我照顾着呢，饿不着，冷不着。"

"小时候家里喂了一只猫，母猫经常半夜偷空来看小猫，后来我把它赶走了，妹妹哭了很长时间。"

原来是这样，难怪门口那只猫猫粮不断，冬天又加了厚的垫子，赤崎警官想起风雪之夜星星之眼里的少女，不像是会为了一只母猫哭鼻子的样子。

"师父是从什么时候开始怀疑我的？"

"你想知道？"

"本来不想问，但还是想知道。"

"一个人，只要你说了谎，就一定有漏洞。我也大意了，一直忽略了故事里二哥的存在，直到我再次去暗访。"

赤崎警官想起那次去看望季之白的母亲。

季之白出去倒开水，赤崎警官提起了收养的事。

"不知道咱们十七组，有没有被收养的孩子？"

"这些年少见了，现在谁家的孩子不是宝呢。"季之白母亲说。

"是。早些年呢，十来年前。"

"那还是有的，"季之白母亲以为警官是跟她聊家常，数了数组上前后院的一些情况，"我想起来了，刚刚说的易家的女孩和男孩，也都是收养的。"

"跟之白谈恋爱那个？刚刚你说叫什么来着？"

"女孩叫易初颜，男孩叫易初尧，她和哥哥当年来的时候，也就五六岁。养母过世得早，但对孩子非常上心，组里没人敢当她和孩子的面开玩笑，她会跟人拼命，真的就像亲生的一样，没有差别。"

赤崎警官心里"咯噔"了一下，易初颜符合所有的目标条件。

原来那时候师父就开始怀疑自己了，对于师父，炜遇由衷地敬佩。

"如此重要的暗访信息，以你的能力，不可能查不到，加之你那天突然出现，给她做了不在场的证明。"

"我确实听到了《天气预报》的声音，时间上是吻合的。"

"是，没错，你确实听到了《天气预报》的背景音乐，所以你才会镇定自若，但那只不过是易初尧放的录音带，后来他用那个音乐发出求救，我就明白了。但无法排除你不知情的嫌疑，你平时那么细致，不会不知情，只是那个时候，你已经知晓了易初颜就是你失散多年的妹妹，我说得没错吧。"

炜遇低着头不说话。

"酒瓶也是你放的，你想制造易桥酒驾沉湖的假象，掩盖事实。"

"师父又是如何得知？"

"你以为那天在小刘办公室，我只是无意中折回吗？不是。前一天，我去你的宿舍，发现你洗完头发却不用吹风机，我猜想吹风机一定是坏了，就按了一下吹风机的开关，果然坏了，应该是你连夜把衣服吹干了吧。"

炜遇想起那天的场景，他洗完头在镜子前用干毛巾擦头发。

"可是我并没有把吹风机放在外面，也许没有呢。"

"你忘了你每次出门前，头发都是会吹干的，这么冷的冬天，我想不出你不用吹风机的理由。"

原以为自己做得很细致了，衣服连夜吹干，长时间地吹，把吹风机吹坏了，卷好丢进了衣柜的角落。

"你把吹风机藏了起来，平时就挂在镜子前。"

炜遇沉默，师父这么在意自己的生活细节。

"后来，我知道你已经拿到了一份名单不齐全的报道，易桥这个目标人物，恐怕你比我早知道。"

"师父可能也跟我一样，当时没有揭穿，就是想抢在她再动手之前，拿到那份名单吧。"

"那个时候逮捕她，没有任何证据，只能拿到名单，等着她出手伺机行动。"

"师父也托了其他人去找那份报道。"

"可惜，拿到这份报道，也只不过是你妹妹复仇行动中的一环，时间都被她算得死死的。我也没想到，她就是当年在雨中向我求救的小女孩中的一个。"说到这里，赤崎警官又想起了星星之眼的种种，因为当年自己的疏忽，姐姐死在了暴雨中。也许，当时自己停留下来，哪怕先问一声，两个小女孩的命运就会被改写。想到此，内心里的愧疚涌了上来。说到底，自己跟杀人凶手有什么两样呢？

"于是，师父你想到了我可能就是二哥。"

"你的生活条件很优越，做人正直，业务能力也强，实在无法想象你是被拐卖的孩子。但我还是给高桥打了电话，仔细调查，果然，你也是被收养的。炜遇，如果一开始你就告诉我这一切，你今天就不会一错再错了。"

炜遇望着窗外，他不曾后悔过，原本他对寻找妹妹这件事只抱着侥幸的心理，谁知竟然真的找到了，妹妹是他在世界上唯一的骨血至亲，做不到不帮她。

赤崎警官把烟又拿了起来，点了火，不知道为什么，这段时间他长时间失眠，不来见炜遇一面，有些信息，审讯员还是无法得知，但要不要来见，他在心里纠结了许久。

他从裤兜里掏出一样东西，放在桌上，是炜遇在火车站扔掉的 BP 机。

"我们第二天一早就严查了去市区的所有交通，出动了警察紧急追捕，可依然没有抓到易初颜。后来，我想到是你开了警车把她送到了火车站，而且走的不是石井和本市的火车站，就又派人去了邻镇周边的几个镇，在其中一个火车站，找到了这个。"

炜遇心里一惊，拿起 BP 机，他一再叮嘱过妹妹，一个月之内，都不要呼他，当时扔掉了它，就是怕再节外生枝。

"你不用看，已经坏了。我们换了新的 BP 机，绑定了寻呼号码。"

"它响过吗？"

"没有。我想，如果她传呼你了，你不至于不配合警方吧？"

赤崎警官死死地盯着炜遇。

"炜遇，你在警校待了这么多年，你知道的，天网恢恢，疏而不漏，没有人能逃过法律的制裁。易初颜现在究竟在哪儿，恐怕只有你知道了，一张假的身份证，能用得了多久，全国一联网，她没地方可以藏身。"

炜遇也看着赤崎警官，这是他一早就做的决定，唯独这个信息，只能是他一辈子的秘密。更何况，如今妹妹在哪儿，他确实不知。

"师父，我扔掉了BP机，就是想告诉你们，我跟她断了唯一的联系，我也不知道她在哪儿。"

师徒二人四目相对，一个死攻，一个死守。

终于，赤崎警官收回了审视的目光："即便你不说，让她落网，也是迟早的事。"

炜遇想终止谈话。

"想过以后做什么了吗？"

"有过案底，警察肯定做不了了，谢师父关心，人生有很多条路，回去帮父母做生意也不会是最差的选择。"炜遇起了身，对着看守员说："我没有什么可说的了。"又回头望了一眼赤崎警官，说："师父请回吧，保重。"

雪
盲

二〇〇九年，冬。

季之白迅速地收拾着行李，装了几件换洗的衣服，检查了下身份证，买了下午三点的票，等下就得去火车站了，广州最早一趟回家的火车。

一把钥匙扔了过来，是隔壁房间的同事言树，学校为每位单身的年轻教师提供了一居室，可以免费住六年。

"之白，你开我的车回去，坐火车速度还是慢。"

"也行，那就多谢了。"

"跟我还这么客气，伯母现在还好吗？"

"我两个姐姐都已经回家，医院下了病危通知书，只怕是熬不过去了。"

"吉人自有天相，人都会经历生老病死，你挺住。"言树帮着他叠衣服，继续说，"那我们的西藏行，你怕是去不了了？学校前天官网发的公文，临时更改名单，怕是来不及。"

"我已经跟学校请了一段时间的假，这一波教研交流，我赶不上了，还有机会。"

"机会不可多得啊，这个项目结束，可能就有几个助教晋升的名额，我也是听说，原本我觉得你机会最大。"

"肯定赶不上，要是老人熬不过去，我一时半会儿也走不开，你抓住机会，好好表现。"

行李包收拾好了，他拿了钥匙，就去学校的车库，半道又折回来，忘了一样东西。回去的时候，言树已经拿着相机站在门口了，递给他："我就知道你会回来取。"

接了相机，一路小跑，找到了言树的车。

季之白在这所大学待了足足九年时间，二〇〇〇年九月复学，念的生物工程专业，本科毕业后保送了硕士，在本校又读了三年。导师帮他争取到了唯一一个留校的名额，从做辅导员开始，他做了助教，今年下半年加入了学校科研工作室的项目。最近国外一所大学的生物工程科研所去西藏考察，向他所在的大学发出了共同研发项目的邀请，季之白作为最年轻的一批入围者，原本在两天后，要跟随大部队前往西藏。

不料，下午二姐来电话说母亲病危，要他尽快赶回去。

一转眼过去了十年，这十年的生活，平静得像一口枯井，一路求学，留校，工作，就是全部了。可能最让他觉得有乐趣的事，就是每年寒暑假，他都会带着相机回老家，去星星之眼拍有星星的夜晚。这些年唯一消费升级的，就是相机，现在包里装的是最新出的尼康D90，是他托同事从香港买的，八千九。

听姐姐的口气，母亲怕是再也熬不过去了，但是母亲这十年，姐弟三人都很感恩，是啊，十年，当年的种种想起来好像很遥远，却又那么近。

高速公路上的树木一棵棵快速地过去了，它们没有悲伤。

飞机落地拉萨，一出机场，还来不及兴奋，言树就觉得头重脚轻，走路跟踩棉花一样，来之前吃了一周抗高反的药，显然不起什么作用。上了车稍微好一点，能靠着窗，好在在拉萨的行程只有一天，接下来要去林芝，听说去了林芝再返回拉萨，高反会消失。

晚上睡觉就戴上了氧气罩，不能洗澡不能洗头，对一个在广州长大每天要洗两次澡的人来说，简直就是煎熬。

到了林芝，高反果然迅速消失了，真是神奇。

酒店办好了入住，这个时候他才有点兴奋，广州很少见到雪，但西藏大雪皑皑，他想等晚上就约同事下楼去觅食，今晚想吃烤肉。

洗了个澡出来，正准备给同事发短信，门外传来三下敲门声。

"请问里面有人吗？"一听就是藏区的口音。

"有。"他起身想去开门，这时从门缝里塞进来一个信封。

开了门，门外已经没了人影。如果是酒店服务生的话，至少会礼貌地打个招呼吧，信封里肯定不是早餐券，办入住的时候已经取过了。不会是那种服务吧，听说大酒店都流行往房间塞小卡片。

但也不是卡片，明明是一个信封。言树一下有了好奇心，才刚到酒店，会有什么人递信封呢？

信封是酒店提供的，里面只有一张纸，一行字，字迹娟秀，应该是个女生写的。

上面写着：季先生，邀您今晚七点星星之眼一聚，故人犹在，忽知半生。下面写了一个具体的地址，哪条路和房间号，都写得清清楚楚，但没有落款人。

季先生，莫不是季之白？没错，肯定是他，如果季之白来西藏的话，住的就是这间房。星星之眼，也听季之白提起过，他每年都会回去拍星星之眼，冲洗出来的照片也看过。西藏也有星星之眼？又说是故人，那肯定是跟季之白相熟的，至少，应该是故乡的人吧。

这个邀请方式还真是复古，只可惜季之白并未前来，要失约了，要约的自己，他一定会赴约。

言树拿起手机就给季之白打电话，想问问他什么情况，要不要去，但无人接听。这会儿他应该在葬礼上，昨天下飞机的时候就看到了短信，他母亲已经过世了。

言树把信封放在书桌上，想着怎么联系季之白，但除了手机号，他家里的联系方式还真没有。隔了一会儿，言树又忍不住给季之白打电话，竟然关机了。这家伙，应该是没电了吧。

如果季之白在的话，他会不会去呢？那肯定会去的，说不定还会拉上自己，但这会儿他不在，又是故人相邀，自己是不是应该替他去赴约呢？

毕竟来一趟西藏不容易。言树如此分析之后，便做了决定。他太好奇了，认识季之白多年，很少见他有其他朋友，平时也不社交，也不曾听他提过在西藏还有故人。

他特意换了一件正式的见客服，外面套了一件大的羽绒服，提前让酒店帮忙预订了一辆车。上了车司机告诉他，那个地方虽然也是在林芝，但是在很偏僻的地方。

果然偏僻，在绕来绕去的山道上绕了许久才到。

是一个小村庄，车开不进去，只能步行。为了节省时间，他在一户亮着灯的人家敲门问了路，一位大婶开了门。

"扎西德勒，"他来西藏已经学会了这句，"大婶，请问十八户人家在哪个方位？"

"十八户？是卉子家。往最里面走，山脚下就是。"

"多谢。"

正要走，从里面出来一个彪形大叔，四下打量了一下他："你停住，你是打哪里来的，这么晚了，去一个单身女人家，要做什么？"

邀请人竟是个单身女人，那怎么会认识之白呢？正想着怎么编个借口，但是大叔大婶两口子死死地盯着他，尤其是大叔，手里还拿着一根马鞭，目带凶光，听说藏民很团结，很有部落观念。想到这儿，言树觉得不如坦诚一点。

"是这样，我刚从广州过来，是卉子托人请我今晚来她家一聚。这里有她写的字条。"他现学现卖，要不然都不知道邀请人叫卉子。

大叔大婶互望了一眼："怎么会？没听卉子说过，况且……"

大叔还想说什么，被大婶打断："确实是卉子的字迹，我们没有人能写这么好看的汉字。"

他们没再阻拦，但言树明显听出大叔是欲言又止，忍不住问了一句："大叔，刚才您说，况且她怎么了？"

大婶抢先回了话："没什么，你去了就知道，既然是远方来的客人，就要多注意安全。"

明显大婶觉得不能说，言树对自己要前往的地方有点发怵："那……请问这座山是？"

"就是雪山。"

原来到了雪山脚下。他客气地道了谢，雪山脚下，一片平房，没有路灯，借着藏民房里散发出的灯光和雪夜的光，他摸着黑来到了村落最深处的一间，正是十八号。

门口挂了一块很厚的藏青色大棉布，他还没掀帘进去，便隐约听到一阵乐器声。他深呼吸了一口气，走了进去，最外面的房间没开灯，只点着一盏琉璃小灯，灯盏脚底是镶有藏族特色装饰的底盘。昏黄的灯光照着房间里的一条小路，通往后门，里面是一间卧房，床榻上被子整齐，似乎房间里没有人。

言树感觉自己的腿有点抖，眼前的一切太诡异了，想起大叔未说完的那句"况且"，完全猜不到里面是什么情况。他想撤退，但又好奇，到底是什么样的人会约季之白见面。

乐器声就在耳边，后门伴随着风发出响声，木门闩垂在空中。

鼓起勇气推开门，蜿蜒雄伟的雪山就在眼前，一幅波澜壮阔的画卷，不远处挂了许多五色经幡，随风飘荡着。旁边生了一堆篝火，坐着一个小女孩，穿着雪白的斗篷，嘴里吹出哀伤悠远的曲子。

难道这就是大婶口中说的卉子？怎么会是个小女孩？信里自称的故人，怎么也应该是和季之白年龄相近的人吧。言树心里疑惑着。

曲子在雪山的空旷之下，更是空谷绵延不绝。

等着她把一曲吹完，他慢慢走近小女孩。

小女孩转身来，只有十来岁的模样，脸被大雪映得雪白，浅浅的刘海露在斗篷之外，眼睛上绑着一根布条。

"是季公子吗？"声音稚气，还带着一点稚嫩的奶音。

季公子？应该就是季之白吧。

"你是？送信的人是你？"

"是我妈妈约你来的。"

"你妈妈？她怎么知道我来西藏了？"

"不知道她是怎么知道的。她查到你今日会达到林芝，所以托人送了信。"

"原来是这样，你妈妈人在哪儿？"明明刚刚经过房间的时候，并没有人。

"你知道我刚才吹的曲子叫什么吗？"小女孩显然不想回答，岔开了。

言树只是觉得曲子耳熟，但并不知道具体是什么曲子，他摇摇头，但发现小女孩没有动静，才想起她眼睛上蒙着布，可能是看不见。

"季公子听不出这首曲子了吗？我妈妈说过，这首曲子，你不可能听不出来。"虽然口吻尽量装成熟，但是稚气之声遮盖不了，夹杂着猜疑和失落。

言树绞尽脑汁都没想起这首曲子的名字，他努力回想季之白是否曾经提到过，但还没等他反应过来，小女孩又问话了："那，先生知道星星之眼吗？"

小女孩是有心思的，已经改了口。

星星之眼他知道，看过季之白冲洗出来的照片，仰看竹尖尽头的漫天繁星，很美。

"听说过。"

"先生和季公子是什么关系呢？"

三言两语，就露了馅，但他原本也没有想冒充季之白："他是我最好的朋友，因为家里有事，临时取消了行程。"

"这样啊！"小女孩起了身，伸着双手，慢慢地往前走，似要回房，"先生请回吧，我要找的人不是你。"

"你是季之白的什么人？"言树觉得自己这句话问得很蠢。

"既然你不是他，就不告诉你了。"

"可以让我见一下你妈妈吗？"

小女孩顿住了，雪色下，嘴唇抽动了几下，但还是回了话："妈妈她不在这里，在医院。"

"既然季先生是我最好的朋友，我就可以帮你们联系上他，但是你得告诉我，你们是什么关系？"

小女孩继续往前走着，仍然不答复，摸到了门，但摸不到门上的把手。

"你的眼睛？是天生看不见吗？"

"现在还能看到一点点。不知道先生知不知道雪盲之症。"

言树自然知道雪盲症，是被雪地强烈的紫外线刺伤了眼睛，雪盲之症可轻可重，现在小女孩眼睛蒙着布，证明症状很严重。

"为什么不去看医生？"

"妈妈带我去看过了，没有太大好转。"

"所以你想向季先生求助？"

黑色的寒风吹起了小女孩的白色斗篷，她停住了步伐："不是我，是我妈妈。"

"可以带我去看看你妈妈吗？也许我能帮到你，帮到你妈妈呢？"

去医院的路上又经过了大叔大婶的平房，大婶给了他一盏油灯探路。

说是医院，不如说就是一个比诊所大一点的地方，条件很简陋，病床上躺着一个女人，面容憔悴。应该是睡着了，言树拿起病床上摆的病历，看到了里面的病人信息：易卉子，肝脏恶性肿瘤，晚期。是肝癌！

小女孩坐在床边，轻轻拿起妈妈的手腕，放到自己的脸庞上，几次想张口喊醒母亲。

许是听到了动静，床上的女人慢慢睁开了虚弱的双眼，苍白的脸上一点血色都没有，连挣扎着坐起来的力气都没有。

"他来了吗？"她问小女孩。

"妈妈……我哪儿都不去。"小女孩把妈妈的手放在脸庞上使劲地摩擦，感受到那双手的冰凉，她原本不愿做这件事，但是想到也许母亲能得救，怎么样都要一试。

女人视线模糊，只见床头站着一个男人的身影，她把手慢慢从小女孩的手里抽出来，想要抓住什么，但什么也没抓住，半垂在空中了一会儿，终于还是没有力气抬起手。言树往前走了一步，他没想到看到的会是这一幕，他已经没有时间去想自己是不是季之白了，他握住了女人的手。

女人又微弱地睁开了双眼，反复了好几次，似乎是使尽了全身的力气，才喊出来："之白，救救我们的孩子……"

季深

二〇〇九年，冬。

母亲就葬在新开田的自留地里，是她生前自己选的，她说，只要孩子们回来，她会第一时间知道。

母亲见到季之白，已剩最后的气息。

她看着儿子，说："之白，你上大学时坐的公交车车牌号，妈还记得。"

季之白握着她的手，嘴角带着笑："我不信，你连我生日都不太记得了，没事记那个车牌号做什么？"

"妈怕你万一走丢了，还有个线索能找到你。没想到，一记，就记了十来年。"

姐弟三个在坟头祭拜完，这是母亲过世后的头七。经历了十年前那场生死，姐弟三个虽很悲痛，但都很平静。母亲走的时候没有痛苦，她反复强调，这十年她很知足，她唯一交代的是，如果有朝一日能找到易初颜，一定要虔诚地道歉。母亲已经知晓全部经过，对易初颜充满了愧疚，也知道儿子这十年从未放弃过寻找易初颜，没再谈恋爱，全部心思都在学业和工作上。

母亲是看着他点头，才安然离去的。

看着最后一片纸钱烧尽，灰飞烟灭，姐弟三人才起身。

这几日，季之白不想跟外界有任何关联，只在家帮着姐姐清点母亲的遗物。家里的土地，需要重新登记保存，除了几块必留的地，其他一律都托付给了邻居们。一家人的生辰八字信息，也一一重新用毛笔写好，三姐弟一人留一份，也送了一份去族谱保管处，这些是不可忘记的。

去了一趟易初尧的坟前，清扫，静坐了一会儿，从前他们的话就很少，现在也没有太多话想说。

晚上带着相机去星星之眼拍夜晚的天空。很遗憾，还从未在寒夜的星星之眼见过星星。

他坐在星星之眼，想起易初颜在竹林带给他的震撼，眼波含烟如墨，他以为那将是他一辈子要守护的原故乡，陶埙声就像还在耳边悠荡，雪花落在她的眼睫毛上，浣洗着岁月的混浊与不堪。她在雪地里跳的舞，他和她第一次交换身体的余温，似乎还散发着灼热，那是悲伤青春的成长，似水流年，淹没在茫茫人海不问归期的等待里。

这十年，都没有像这几日一样可以停下来，不问世事，这里的全部，就是让他可以追忆一生的从前，只有回到故乡，时间才会短暂静止。

请了足够长的假，临行的前一晚，才把手机拿出来充电。

屏幕亮了，嗡嗡作响的提示声，言树给他打了几百个电话，短信留言几十条，也没说具体的事，最后几条只重复了一个字：速回电。

他拨通了言树的电话。

"言树，你找我？"

"季之白，你真沉得住气，谁跟你一样，可以连续这么多天不看手机。"

"难得回来，就想安静一下，也没有心情跟外界联系。"

"之白，你听我说，现在你就拿着行李，开着我的车，速度赶回广州。有一件非常非常重要的事，需要你马上回来。"

"什么事？我原本也是明天早上就要回了的。"

"有一个人，想见你，你现在就开车走。她在广州等你。"

"谁？"季之白突然觉得呼吸有点急促，他虽然知道言树平常有点夸张，但绝对不会不分场合和时间。

电话那头沉默了一下："我问你，你认识一个叫易卉子的女人吗？"

就像平静的湖面突然投来的石子，季之白颤抖着："你说谁，易卉子？她在广州？"

"你小子把这么深的故事藏了十年，你够狠的，你现在就走，回来我跟你详细说。"

一顿慌乱。虽然不是易初颜的名字，但他迅速反应过来，为什么这么多年查遍了所有跟易初颜名字有关的信息，她都如人间蒸发，连警方都查不到，原来易初颜用了她姐姐的名字活在这个世界的某个角落。

她终于出现了。

来不及多想，他上了车，就死命地往广州的方向开。中途他拿起手机想给炜遇打个电话，通知炜遇前往广州，但想想还是不妥，先见到人再说。毕竟易初颜还是在逃犯。

言树又给他发了一条短信：不要去学校宿舍，往我家开。

脑海里都是十年的前尘往事，终于等来了她出现的这一刻。无数次幻想过重逢的情景，如今近在咫尺。这中间发生了什么？为什么言树会突然知晓，他不是去西藏了吗，为什么易初颜会在广州出现？

到了广州，已是第二天的早上十点。

门铃声只响了一下言树便来开门了，但他示意季之白不要出声。

季之白扫了一眼屋里，安静的客厅，除了言树父母和一个小女孩之外，没有其他人，气氛很温馨，像祖孙三人在用一顿平常的早餐。他看了一眼言树，悄悄去言树家里的两间卧室看了看，没有人。

言树按住他的肩膀，让他坐到椅子上。

客厅开着灯，窗帘拉得死死的，一点光亮也进不来。言树父母明显看到他进来了，但也没像往常一样起身。餐桌上摆着一盘水饺，

"姐姐，奶奶做的水饺好不好吃啊。"说话的是言树母亲。

"嗯。好吃。我从来没吃过这么好吃的饺子。"小女孩的声音。

"乖，那以后奶奶经常做给你吃好不好。"

小女孩不说话，只默默地点点头，碗里还有三个水饺没吃。

"妞妞啊，医生说，今天就可以把布摘下来，等你吃完，我们就试着摘一下，再上点药，看看恢复得怎么样了？"

季之白疑惑地看着眼前这一幕，分不清跟易初颜有什么关系，甚至他在想，是不是言树在哪儿听说了易卉子这个名字或者什么故事，只是想找他来求证。

"等她摘下眼布，你就明白了。"言树说，他只是转述了病床上的女人的原话。事实上，除了知道小女孩是季之白的女儿，他并没有听到具体的故事。女人知道他是季之白的同事，只是求他立刻带孩子回广州求医。其他的事，并未多说，也没有力气说。

言树母亲把小女孩的长发撩起来，帮她把眼布取下，让她试着睁开眼睛，看看是否还疼痛。

小女孩慢慢睁开了双眼，双手捂着，看一会儿，又捂着，最后冲着奶奶说："爷爷奶奶，我觉得我的眼睛没事了，跟以前一样，完全不痛，好好的。"

"傻孩子，雪盲症本来就很好治，广州医疗条件这么好，三天就能康复。医生说了，你是长时间盯着雪地看，受了强烈的紫外线辐射，其实病情并不很严重，只是耽误了治疗时间。好了，现在没事了，你的眼睛跟我们的一样，真好看，清亮极了。"

"爷爷奶奶，谢谢你们。"言树母亲把小女孩搂在怀里，从小女孩进家门的那一刻起，她就充满了怜爱。

言树戳了戳季之白说："你现在过去吧。"

季之白仍然云里雾里。但当他走到小女孩的面前时，他立刻就认出来了，眼前的小女孩一定是易初颜的孩子，跟她当年来石井时一模一样。尤其是眼睛，简直就是复刻，那眼神，清澈中散发着温润，和易初颜如出一辙，也是十年前他最迷恋的地方。

他的身体颤抖着蹲下去，和小女孩四目相对。

"你好。"

小女孩有点不知所措，客厅有两位叔叔，她还分不清是谁把她带回了广州，但还是礼貌地回了一句："叔叔，你好。"

"你妈妈的名字是？"

小女孩声音怯怯的："妈妈叫易卉子。"

"妈妈是不是还有一个名字叫易初颜？"

小女孩犹豫了一下："叔叔怎么知道这个名字，除了我，妈妈从未跟任何人提起过，也不让我说。"

眼眶一下就红了，嘴唇抽搐，季之白极力控制着自己的情绪。

"妈妈现在在哪里？"

她望了一眼言树，现在她能明确地分辨出眼前的叔叔不是带她来广州治病的人。言树示意她可以说。

"妈妈在林芝，妈妈……在医院。"

"在医院？你也是从林芝来的吗？"

"嗯。"

季之白有了一种强烈的预感，死死地盯着眼前的小女孩，只是他没想好应该怎么问。

言树走了过来，轻轻地拍了拍小女孩的肩膀："你可以告诉叔叔，你叫什么名字？"

"我……我……叫季深。"

"季深？季深？"此刻已经验证了他的想法，他脱口而出，"我叫季之白。"

"妈妈告诉我，我爸爸的名字叫季之白，我叫季深。她说，故乡山川，总是很深的。"

言树母亲不断地擦拭着脸上的泪水，从未见过面的父女此刻终于相认。

原来初颜后来怀孕生了孩子，这十年，她独自带着孩子在西藏生活。他还没做好心理准备接受这一切，但他知道，眼前的孩子就是自己的孩子，从第一眼看到她，就感受到了她眼里的温润，是他和易初颜之间独有的感觉。他把孩子轻轻地搂在怀里，心里柔软一片，在她耳边说："我就是季之白，我就是季之白。"

"你就是……爸爸？"小女孩再也不能像往常那样，把内心牢牢地锁着，此刻她觉得委屈，和突如其来的幸福交织在一起，她趴在爸爸肩膀上，哭得稀里哗啦。

言树递过来两张机票："这是下午三点的航班，她在那里等你，以及，她的时间可能不多了。"他用力拍了拍季之白的肩膀。

"你说什么？那为什么不把她一起带回广州？"

"医生不允许，只说她时日不多，不能再折腾。另外，她自己也不愿意来。我打你电话打不通，又怕耽误孩子的治疗，所以先把她带回了广州。"

"怎么会时日不多？"幸福有多深刻，悲痛就有多深沉，人生有许多悲痛都是一瞬间，相遇其实就是分别，诸如此类。

季之白知道此刻言树说的每一句话，都是真实的。

他把季深紧紧地抱在怀里，心里五味杂陈，十年等待的光阴，从未想过会是这样的结局。他和易初颜，从未真正地开始，却要面对所有的失去。一夜温存，他竟不知自己早已为人父，怀里的小女孩，竟然就是自己的骨肉。

季之白和炜遇深夜在林芝的机场会合，言树在广州联系好了桑吉，她提前在机场等。桑吉是初颜在西藏唯一的好朋友。

从机场到卡斯木村，还有几十公里的路，小女孩靠着季之白，一言不发。

桑吉直接把车开去平房："卉子知道你们要来，坚持要出院，在家里等。"

苍茫的雪地，转经筒被风吹动着，秃鹰的孤影在夜空里掠过，雪山圣洁肃穆。小女孩下了车，嘴里喊着阿妈，飞快地向家里奔去。

易初颜躺在床上，终于听见女儿的声音，等待了这么久，这一声阿妈让她内心舒缓了许多。女儿把头依偎在她的臂弯里，她抚摸着女儿，看了一眼女儿的眼睛，一如从前，透亮清澈，像极了春天雅鲁藏布江经过村口的流水。虽然桑吉早就告诉她孩子无恙了，但是直到真的见到，她的心才落了地。

她的病确诊了很久，一直在医院不断治疗，直到不久前，医生把桑吉叫来，告诉她病人可能不行了。不料却被女儿听到，女儿像疯了一样，从医院一路磕着长头，三步一叩首，一直磕到雪山脚下，求佛祖保佑阿妈。她撑着一口气，让桑吉搀扶着她去雪山脚下，看到长跪不起的女儿倒在雪地里，眼睛受了雪地紫外线长时间的辐射，几近失明。

送到医院治疗，连续几日不见好转。她把女儿抱在怀里，想起那一晚风雪里为母亲甘愿折寿十年的少年，为了孩子，她决定想办法联系季之白。

琉璃灯火照着她，脸色暗黄，脸颊凹陷得不成人形。她一早嘱咐了桑吉不要开灯，不想让女儿看到她临去之前的苍白，女儿若是再不回来，她都不确定自己是否还有力气支撑。

她缓缓地看向床边的两个男人，把手伸给二哥。

"二哥……"她气若游丝，强挤出一丝笑容，很想一口气多说几句话，话到嘴边，又变成无声的气息了。

炜遇握着她的手，叫了声枝子。

"二哥，你老了，"她摸向二哥的脸庞，清瘦，颧骨硬朗，胡子拉碴，眉目间早已不是那个背着她在铺满小叶栀子路上行走的小男孩了，那是何等美好的时光，"我在西藏等了你十年，终于见面了。你还好吗？我很想你。"

"枝子，二哥对不起你，应该早点来西藏找你。"炜遇把巨大的悲伤隐匿起来，从推开门见到骨瘦如柴的妹妹如若死灰的脸色，他已经知道，这是她最后的时光了。

她想起年幼时的那只母猫，想起在星星之眼和二哥坐在一堆竹叶上，靠在他的身上。时间过得太快了，二哥曾是她最温暖的记忆，是她十八岁人生最大的惊喜，是失而复得的礼物，当她知道二哥还活着，就是上天对她还有最后的眷顾。人的一生原来这么短暂，她和二哥的故事，都藏在数不尽的悲欢离合之中了。

"二哥……我无数次梦见，你还像小时候那样背着我，我们还斗着嘴……"再也说不下去了，谁都料不到当年斗嘴快乐的时光，很快只能封存在记忆里了。但不管任何时候，只要想起这些过往，都觉得来人间一趟值得。

"枝子，你放心，爸妈、姐姐，我每年都会去看他们。"

二哥知道她心里放不下的事，她很想念他们。

"我有二嫂了吗？"

炜遇点点头，他去年成家，孩子已经出生三个月了。

这个消息足以让她欣慰。她想起童年破碎的家，今天她忽然有了家的感觉。二哥有了家，有了孩子，是三兄妹中最有福气的，她和姐姐都没有这个福气拥有一个完整的家，姐姐甚至还来不及长大。

她想起十年前在星星之眼，她哭着对重逢的二哥说"妈妈和姐姐都不在了"，现在她不再悲伤，如今二哥成了家，再圆满不过了。

"二哥，我这一生，只做了一件事，希望咱爸能魂归故里。我想，他应该已经归了。"

"我已经修缮了坟园，他们都在一起。"炜遇克制着自己，长兄如父，何况他如今已为人父。

父母在，家才在，还不到六岁，家就亡了，活得如此挣扎，一点意思都没有。她这一生，都在为父亲的魂魄能归故里安息而活着，直到来了西藏，见过无数为朝圣而不计生命的人，她才知道，父亲的魂魄，会因为这世间还有人惦记他，就能魂归故里，就能安息。

只可惜，她用尽了漫长的一生，才将这个道理参悟透。

床边还站着另外一个男人，痴痴地看着她，脸庞还是那么温润。两个人的视线终于在一起了，穿越了人海，穿越了蹉跎岁月，南来北往，不曾相忘。

她把手缓缓伸向季之白，那只手已经枯槁，布满了针眼。

初
颜

二〇〇〇年，冬。

她跳上了命运的列车。

座位在车厢的第一排靠窗，她趴在硬桌板上睡了一会儿，很快就醒来，这一觉没有梦境。

已是最快的一班列车了，但依然觉得很慢，能看清窗外的每一棵树，路过的每一个小站，飘过去的站台上每一张脸。人生中第一次坐火车，竟是如此光景，从前不知世事艰险，此刻孤独和惊慌感如黑雾一般从四面八方笼罩而来。

就像一场梦，这一夜发生了这么多事，季之白不知道怎么样了，赤崎警官能否逃出星星之眼，二哥将如何面对他的处境？越想越乱，是不是从这一刻开始，应该不多想，也许很快就能再与二哥团圆。易初颜想到这里，心情似乎好了一点。她静静地趴在硬桌板上，看着景色一点点后退，人生正如这倒退的风景一样，过去了就不可再回头。

肚子有点饿，早餐还没吃，正好小推车来了，小喇叭喊着盒饭十元一份，方便面三元一桶，带热水。她要了一桶方便面，不用服务员帮忙，自己把热水倒上，把调味包放在桶盖上等上几分钟。

拉开背包想找一包纸巾，陶埙差点摔了出来，她紧握着陶埙，恍若隔世。

面差不多好了，揭开桶盖，滚烫的热气腾地冒了上来，熏得眼睛也起了浓雾，泪水落在了面里。她把垂落的乱发拨到耳后，脑海里季之白、哥哥易初尧、赤崎警官、二哥的脸孔交错着出现，心里是沉重的悲哀，又是重逢的喜悦，不知是该悲，还是该喜。十三年前，一夜之间，她失去了所有的亲人；十三年后，该报的仇都报了，该等来的人也等来了，人生似乎应该有个了结。如果不是知道二哥还活着，她希望就把自己埋葬在昨晚竹林的深雪里，埋葬这十三年的痛苦。

如果每一个十八岁都有一场成人礼，那自己的成人礼代价过于惨重，像是失去，又像是拥有。

人间聚散无常，本就是一出残局，自己也是这一盘残局里的棋子，只能奋不顾身，从未想过全身而退。走过了这一场场暮色，才会知道，生或死，都不是人生尽头。又有几个人能做到众生皆草木，此后不再见青山？命运的玩笑一个接一个，不曾停歇。

到了长沙站，人来人往，她找到一处公用电话，想呼一下二哥，想知道此时此刻他的境况。可她也记得二哥曾叮嘱过，一个月内不能呼他，拿起的电话放下了。

她又犹豫着把电话拿了起来，想要拨易娅家的号码，最终还是冷静克制了冲动。电话不能打，说不定此刻派出所已经派人在她家蹲守了。

既然已经出走，就要狠心，不能半途而废。

想起二哥说的，往西走，她在售票大厅看了一下，买了车票。没出车站，就在车站等着。

去西藏的列车有漫长的十几个小时，到了郑州，她忽然决定先停留一段时间，等到联系上了二哥，再做打算。她找了家银行 ATM 机把二哥给她的钱存了起来，竟然有三万多块，二哥应该是倾尽了所有。银行卡是用易初尧的身份证办的，之前是想把从寒戈信用社取出来的钱存进哥哥的户头，让他更有安全感，没想到他还来不及用上这笔钱就走了，世事难料。

找了家小旅馆落脚，虽然知道用的是姐姐的身份证，通过身份证信息被查到的可能性不太大，但她仍然有挥之不去的恐惧感，且与日俱增。这份恐惧不是对未知的未来，而是对二哥境况的不安，还有对赤崎警官和季之白的命运的不安，这些不安，让她彻夜难眠，无法克制住要给二哥打电话的冲动。

如此等了大半个月，不能再等了，她挑了个夜晚的时间出门找电话。

下着雨，她跟旅馆前台借了雨衣，严实地披在身上。旅馆旁边就有一家专门打电话的地方，店里摆了十几台电话。她在门口站了一会儿，进去跟老板买了一张200卡，全国通。沿着昏暗的路灯，走了三百米，见到一个路边的电话亭，插入那张200卡，根据语音提示，拨通了寻呼台，快速地给二哥留了言，就站在电话亭等回复。

密集的小雨飘洒在雨衣上，头发还是被打湿了，但她非常坚定，今夜一定要等到二哥的电话。电话店里的电话不能打，警方可能会迅速解锁IP地址，联系上店家，即便没那么迅速，事后店老板也能做证她出现过，很容易暴露踪迹。200卡相对安全，如果被查到IP，这也只是一台无人路过的空机而已。

还不到一个月，不知道二哥说的一个月时间，有什么含义，但就算今晚要冒险，也要等到二哥的回电，再不知道他的处境，她觉得自己会被折磨至疯。

电话可能没有回得那么快，易娅应该还没睡，她房里有分机。她有太多事想求助易娅了，请帮忙把哥哥易初尧葬在星星之眼旁边，那是他最想去却从未去过的地方；如果季之白没死，请帮忙务必把她托付给二哥转交的东西，转交到他手上；赤崎警官如果还活着……哦，不，星星之眼就是天罗地网，逃出生天的可能性很小，那……能否去他的坟墓前祭奠一次。

易娅的电话还没打，电话响了，她迫不及待地拿起了电话，喊了一声二哥，接着又问你好吗，但电话那头是长时间的死寂。

终于，二哥开口说话了，语气听不出任何情绪："我还好，你现在呢？"

这么冷静的声音，她有点琢磨不透，"你现在呢"这四个字既不是问她好不好，也不是问她现在在哪儿，不像是正常的问候。她放慢了语速，脑袋里高速运转着，如果二哥现在身不由己，那自己说的每一句话，都会暴露信息："二哥，我很好，你……你怎么样？"

二哥在电话里说："什么都不要问，你还记得我说过的话吗？"

她把听筒紧紧地贴在耳边，琢磨着二哥话里的意思："我记得，我记得。"

"记得就不要忘了，冷了多穿衣服，到了深圳，春暖花开，就不冷了。"

雨衣上的雨水落进了眼睛，易初颜没再多说，毫不犹豫把电话挂了，沿着来时的路，小跑回了旅馆。她迅速收拾好行李，决定去买第二天最早一班的火车去拉萨，二哥交代过她，往西藏的方向走。

她不断地告诉自己要冷静，果断地退了房，背着包，叫了一辆出租车，随意说了个广场的名字。电话亭附近的旅馆肯定不能住了，即便是身份证查不出，但只要锁定电话亭的 IP 定位，查附近的旅馆，查易姓女子，被搜查到的概率很大。

她又转乘了一辆出租车，来到火车站，买了去拉萨的票。不能在火车站过夜，她在旁边找了家胡同旅馆，说自己身份证丢了，多交十块钱，打着哈欠的老板就给了她房门钥匙。

再也睡不着，越是慌乱越要强制冷静，这是她在六岁就学会了的生存本领。当她知道王林生就是拐卖易小虎的源头时，就告诉自己，所有人都靠不住，王林生每天都打着慈善的幌子用最高的身份在儿童福利院出入，却人面兽心，私下做着肮脏的勾当，图谋钱财，不顾孩子的生死。后来，知道二哥的死跟王林生有关，她就开始了人生中第一次不动声色的复仇谋划。

可此时此刻，她还是有些慌乱，她分析着二哥在电话里的言辞。

二哥在电话里说，到了深圳就变暖了，可他明明叮嘱的是往西走。她猜想有两个可能性：要么二哥的电话被监控了，他故意说了另一个城市，声东击西；要么，二哥已经被警方控制，只要她打了寻呼台，警方势必就会让二哥来回电话。可如果是这样的话，二哥可以选择不回电话，但他又回了，那说明二哥一方面想知道她的状况，另一方面是在暗示她，警方的行动已经铺开，暂时不要再联系。

让她害怕的是，无论是哪种情况，二哥肯定已被警方控制。为什么二哥会被控制？他要是想脱身，是有办法的，所有的罪状都跟他无关，窝藏逃犯？但他若有意掩盖，不是难事，况且按照二哥的行程，他还在休假，时间上完全错开了，完全有不在场的时间证明。

那二哥为什么会被控制了呢？

她坐在床上抱着膝盖，身体蜷缩。这是她最害怕发生的事情，在她的猜想里，二哥除了自首这一条，就不太可能被警方逮捕。

自首，二哥不会傻到去自首吧？此时此刻，恐慌根植在心里，今晚注定无眠了。她希望是另外一种猜测，警方想知道她的下落，所以二哥的电话被监控了。

事情没有那么简单，她突然想起赤崎警官在星星之眼说的最后一句话。

"你没有失去所有，你二哥还活着。"

也许赤崎警官早就识破了二哥的身份，所以监控他的电话来协助追捕她，因为警官知道，妹妹一定会联系二哥。

她有点后悔了，起码在挂电话之前要跟二哥说，不要傻，不要被自己牵绊。

她这会儿也想不到，当时没来得及说的话，在此后十年的漫长岁月里，也没有机会再说。

她再无睡意，也许让自己安全，才能让二哥心安。她起了身，站在窗户边，风雪来袭，在郑州待了半个多月，还从未认真看过这座城市，但她此时此刻知道，之后的人生都要往西边走，那里应该下着更大的雪，有着最寒冷的凛冬。

灯光照在身上，循着自己站的方向望去，看不见影子，也许，影子在前晚的星星之眼，就彻底失去了吧。

第二日，她匆匆踏上了到拉萨的列车。到拉萨住了几日后，她突然有点懂了为什么二哥会让她来西藏。

遥远的雪山蜿蜒，蓝天艳阳下，心境清爽了不少。她去了布达拉宫，去了大昭寺小昭寺，学会了朝拜祈祷，跟着队伍去转山，见过清晨十点钟最美的羊湖，双手转过无数的转经筒。跟着藏民制作经幡，聆听经幡被风吹动的声音，她知道了，每当风吹动经幡的时候，都是对众生的一次祈福。

但隐约的不安并未减少，她盼着二哥能早日来拉萨和她会合，在西藏找个人烟稀少的角落，隐姓埋名，生活一辈子，至于其他的，她没再做多想。

如此在拉萨又熬了一个月，她仍不敢联系二哥，一旦西藏这个方位被发现了，也不能长待。她在日复一日的等待里，想给易娅写信，可信写好了，最终还是没有投递出去，万一信被拦截，她也会跟着暴露，也许还会给易娅带去不必要的麻烦。

等待是最煎熬的，估算着易娅开学回校的时间，她给学校打电话，相对比较安全，无论如何，都要得知二哥的处境。

学校的电话拨通了，守卫处的老头在广播里通知易娅接电话，如此广播了三次之后，她有点焦虑。

话筒终于再次被拿起，是易娅的声音："我是易娅，请问你是？"

屏住了呼吸一秒，这是她自从离开以后第一次听到易娅的声音："易娅，是我，初颜。"

易娅惊讶地捂住嘴："初颜，你怎么样啊？你现在在哪儿？担心死我了。"

"我很好，不用担心我。警官有来找过你吗？"

"何止找过，前面那阵子，我在家，几乎天天都来，我还害怕你往我家里打电话，万一撞见了怎么办。"

"易娅，都怪我，连累了你。"

"我没事，就是担心你，你的事我都知道了。初颜，这么大的事，你都不告诉我，也太不把我当朋友了。"

"不知道怎么开口，有些事不能说。"

"现在说这些也没有用了。你过得怎么样，吃的用的都够吗？不够的话，你跟我说，我给你寄，放心，我不会乱说的，现在我回学校了，他们也没再来找我。"

"我很好，谢谢你，易娅，"明明已经很想哭，但她还是拼命忍住，有更重要的事情要问，"长话短说，我想问你一些事，季之白怎么样了？"

"之白哥没事，我们发现他在你哥哥的房间昏迷不醒，就送了医院，用了药，他很快就苏醒过来了，没大碍。是警官救了他，但医生也说，要是再晚点，可能就会伤害到呼吸系统了，还有脑部。"

易初颜松了一口气，原来赤崎警官去星星之眼之前，就已经救下了季之白。这一个半月，她不断地回想着和季之白的种种过往，心里充满了愧疚，复仇之心让她失去了理智。季之白从未做过伤天害理之事，跟父亲的死也没有任何关联，仅仅是因为他的父亲染指了赔偿金一案，就得替父亲去死，实在过于无辜。

从前总觉得父亲的魂魄无法安然回故里，在西藏见过许多藏民的生活之后才知道，是从前的自己没有放下，才会一再迷失。

"他……恨我吗？"

"我不知道他恨不恨你，我只知道他常常去星星之眼，有时候一整天不说话。"

"警官呢？"

"警官也没事，说是你二哥给派出所打了电话，及时救了他，不过也大病了很久，听说出院时人苍老了许多。对了，我听说他好像要辞职，不知道真假。"

知道他们都无恙，她心安了不少。

"我哥哥怎么样了？"虽然知道哥哥易初尧在雪地里就已经死了，但还是想知道他葬在哪里，如果他的生命里没有遇到她，也许不会是今天的结局。

"初尧哥就葬在星星之眼旁边，我想，你肯定也愿意这么做，就替你安排了。"

"嗯，那是他最想去的地方。"

"初颜，没想到那个实习警察张炜遇是你二哥，我是真的一点都没想到。"

张炜遇，如此陌生的名字，她从未将这个名字和二哥关联过，但张炜遇就是二哥。"我二哥……他怎么样了？"

"他有点可惜，应该以后不能当警察了。"

"为什么？"

"听说他自首了，开学前我特意去打听，不知道具体是什么罪名，但罪名成立后，他也没有做辩护，好像很快就有了审判结果。"

这个消息让易初颜心理瞬间崩塌，她最担心的事还是发生了。无论如何，这件事都跟二哥没有任何关系，他并未参与其中一丝一毫，岂会被判刑。二哥，不值得。

话筒从手里掉落了下来，手突然麻木了，没有了力气。

"喂，喂，初颜，你还在吗？你还在吗？"电话里易娅急促的声音。

她再次拿起了电话筒，强忍着问："我二哥，他判了几年？"痛苦就像一阵穿堂风一样，在心里来回地钻着。

"说是五年，我回学校之前本想去看他，但据说他已经被转移到市里的监狱服刑去了。"

后面易娅又说了什么，她完全没有听进去。二哥本就是她黑暗人生中最后的光亮，但是二哥为了她，坐牢服刑，放弃了最爱的警察职业，丢掉了大好前程，一生都要背负洗不掉的污点。为什么这么傻啊？

挂了电话，她脑袋里一片茫然，在路边漫无目的地走着，双目无神。她蹲在一家小画店的门口，挂在门口的画，每一幅都勾勒出了它们原本的意义。

一只小猫的尾巴被卡在窗台上，不停地叫唤，弱小的眼神向她发出了求救的信号，她伸出手把窗叶轻轻拉了一下，小猫的尾巴松了出来，喵喵叫了几声，涌入了茫茫人海。

浑身无力，像失去了重心，二哥入狱的消息对她打击太大，如果可以选择，她宁愿二哥就在他的养母家一辈子平安无忧地生活，不用知道他的下落。没有期盼，才不会绝望，可如今这份期盼变成了不可逆转的绝望，这样的人生，要它又有何用。

一阵晕眩，她拖着腿往前走了几步，倒在了路边。她努力睁开眼睛，想呼救，却怎么也喊不出声音，路边有几个全神贯注的朝拜者，但没有人发现角落里她的存在。眼皮渐渐失去了最后的力气。她趴在地上想，若是那一日死在茫茫雪地里多好，让大雪覆盖她肮脏的躯壳，洗去一身的负重，便不会如现在这样再次痛苦了。

易初颜双手抱着膝盖坐在窗台上，湛蓝的天空飘着几朵慵懒的云。本来今天就想走，但是旅馆老板劝她，不如等医院检查的结果出来，万一体力不支再晕倒在路边如何是好？从昨天醒来，她整个人就很虚弱，喘不上气来，嘴里冒着苦味，那味道让她随时随地想呕吐。

行李都收拾好了，傍晚的列车，可以随时买票走。她要回石井去，找警察自首，一切都是自己的责任，跟二哥没关系，如果犯罪者自首落网，二哥窝藏逃犯和知情不报的罪名，或许也就不成立了，至少不会被判五年。一定要想尽办法帮二哥洗脱。

又一阵苦水翻涌上来，她冲到洗手间呕吐，肚子里完全空了。

没多久，旅馆老板差服务员把医院的检查报告送到了房间，朴实的藏区大姐转告医生的话，说她已经怀孕了，有了六周的身孕。

易初颜瘫倒在地上，原来犯恶心是因为怀了身孕，怎么就怀孕了呢？她想起那一晚与季之白的缠绵，一夜欢愉，竟然怀上了他的孩子。

"我要当母亲了？"她不断地重复着这句话，反复看手里医生的医嘱，医生说她身体底子本就薄弱，又受了连日的风寒，容易生病，而且黄体酮过低，叮嘱她需要静养一段时间稳胎。

人世间的悲喜交织竟然如此之密，前一刻，她还在盘算回石井如何救二哥，可是下一秒，她却得知自己做了母亲，一个新生命在她身体里，正在慢慢长大。

她想起母亲临死前，自己握着母亲的手，一点一点的，从温热变成冰凉，母亲对她说的最后一句话。

"如果有来生，你不要来找妈妈。"

她岂能不知这是母亲不愿她再跟着受苦的用心。可是父母又岂能选择，谁都没有权利选择，腹中的孩子也同样，没有权利选择。

回去救二哥，还是保住孩子，是她从出生到十八岁，面临的最难的选择题。如果救二哥，一路风霜雪雨，必定要受尽折磨，回去自首，让孩子还没出生就跟着自己进了监狱，又岂是一个母亲应该做的选择。

她把那张医嘱紧紧地抓在手里。窗外传来经筒被风吹动的声音，她看着窗外的朝拜者，他们是如此虔诚，她第一次因为这样的匍匐而湿润了眼眶。她下了楼，走出旅馆，跟在朝拜人群的身后，跪下，双手合十越过头顶，俯身，叩拜，将身体全部贴在地面上，闻到了泥土的气味。起身，走三步，再一次，跪下，叩拜。

泪水逐渐从狂热变成了冷清。

人生就像一场无尽的电影，命运又跟她开了一次玩笑，救二哥还是救孩子，选择了其中一方，都是将刀子插在了另一个人身上。

最不值得孕育新生命的自己，新生命却在她的体内生根发了芽。

她跟着朝拜队伍匍匐前行，直至大昭寺的门口，这一路，她心里再无杂念，她在自己泪水幻示的影子里看清了前尘和来世，前尘不可再回首，来世不可求，而新生命，是她和这个世界再次相见握手言和的源泉。

在旅馆又住了一个月，鲜少出门，医生叮嘱她目前还是保胎阶段。好在旅馆老板一家都很好心，每日三餐除了正常饮食，还有营养汤水。

阳春四月，再过一阵子，西藏也要开春了，易初颜每日面朝大昭寺虔诚朝圣，心静下来不少。

南方应该烟笼细雨了吧，希望二哥也能偶尔抬头望向天空，时空流转，远方有人牵挂。

得为接下来的生活做计划，虽然二哥给的钱在拉萨生活几年都不成问题，但居无定所的流离漂泊，又无生计，未来孩子出世，生存问题就摆在眼前。她对藏区的生活还一无所知，从前自己谋划的，也是带着哥哥南下。她知道南方有很多工厂，流动人口也多，无论做什么，糊口不成问题。如今到了西藏，人生仿佛从头来过。

她抽空会去找旅馆老板娘聊天，逐渐了解藏区的生活习俗，听说很多非本地的孕妇在孕期会有严重的高反，目前自己还没有反应，但她还是有点担心，想往海拔低的地方去。老板娘建议往林芝方向走，说那是西藏的小江南，海拔低许多，氧气也足，森林多。恰好老板娘有个妹妹在西藏大学快要毕业了，目前在林芝做支教志愿者，可以帮她找个落脚点。

她决定去林芝生活。临走的前一天，她去了布达拉宫，又去了八廓街，坐在大昭寺门口的一个角落，晒着太阳，看着来来往往的朝圣者，见到了一位从几百公里外，一路从故乡磕长头到大昭寺的藏民。风餐露宿早已让他看上去沧桑如枯，可是他在见到佛祖像的那一瞬间，嘴里念着六字真言，眼泪双流，长跪在地。

听说有虔诚的藏民，要磕足十万个长头。如此，就是一生。

直到日落，浓云叠层而至，她才起身，八廓街依旧有人潮。命运多舛，世人都逃不了要入世，走向人潮，是每个人最终的宿命。有的人十八岁精彩斑斓，有的人十八岁已经见过山水，千帆历尽。

告别了拉萨，三个半月，肚子已经有点明显了，临走的时候，老板娘送了一串珠子给她，珠子上有一颗色泽晶莹的蜜蜡，希望她一生吉祥。

乘坐大巴来到了林芝的八一镇，认识了老板娘的妹妹桑吉卓玛。

桑吉为人热情开朗，知道她怀有身孕，建议她不要住酒店，帮她找了一户偏僻安静的民宿，饮食好，价格便宜。

桑吉从未离开过西藏，对南方的世界颇为好奇，易初颜给她描绘了南方的艳阳、烟笼之雨、竹林深处、无际麦田，也会说起小镇上的生活，流行的少女衣服款式，听什么歌，染什么头发。这些，对桑吉来讲，是另一个世界。

桑吉问她为什么来西藏，她低着头不知道怎么解释，要怎么说，才能解释这一路的颠沛流离还不是终点呢。并非不想说，只是不能说，最终她找了个理由搪塞了过去，生活大抵最后说起来都是狗血，为了躲避孩子的父亲。不知道这样的说辞，桑吉又会相信几分。

好在淳朴的桑吉也没多问，猜到她有自己的苦衷，就说要带她去一个地方，要想在这里生存，得先了解民俗生活。

桑吉带她去了一个小村落，叫卡斯木村，离八一镇有二十多公里，原本在车上摇摇晃晃有点晕车的她，一下车就被眼前的风景迷住了，她以为自己来到了梨园，满园纯白，竟不知西藏也和南方一样有如此洁白纯净的梨花。

"这可不是梨花，是桃花。"桑吉纠正她。

竟然是桃花？易初颜走近一看，果然不是梨花。南方的桃花多是艳红，花开耀眼，卡斯木村的桃花是纯白的，有些也会带点淡淡的粉，不易察觉。桑吉解释说，这里之所以有桃花，是因为海拔较低，所以才能在开春后看到如此美景。

是啊，真美，她想起她的星星之眼，难免感怀。世间的纯粹之色，就是最美的，最纯粹的景和人，才会拥有最纯粹的信仰。沿路的雅鲁藏布江和卡斯木村的桃林，仿佛将她内心最后一点肮脏不堪的浮华都洗涤净了。

她决定留在这里。

桑吉建议她如果有南方的渠道，可以考虑把藏区的商品卖出去，易初颜花了时间研究，但最终还是没有选择这条出路。既然来了这里，就不想再与曾经的生活有任何瓜葛。反倒是桑吉在做支教志愿者的事让她饶有兴趣，桑吉也说，不仅在卡斯木村，藏区还有太多周边的村落，许多藏地贫困小孩需要更好的教育。

她试着问能否加入她们的队伍，这个想法让桑吉很开心，她们正愁这批志愿者撤了之后，后续的教育和师资力量跟不上，尤其是汉语，没有人比易初颜更适合了。

桑吉当即就跟学校与村里汇报，很快，易初颜成了村里的一名老师，学校提供了一间单独的平房，伙食也不用发愁，当地的藏民对来支教的老师都很热心，牦牛肉、羊肉和青稞茶从未间断地送来。

桑吉给她换上了厚实的羊皮藏袍，替她整理好襟口，藏袍衣袖宽长，下摆也是以氆氇镶边，襟边则是黑红绿紫蓝的五色色带，还特意挑了腰襟肥大的束腰，让她的肚子不难受。看上去完全就是藏族姑娘的装扮。

"桑吉，听说西藏有一种刀叫卓玛刀？"

"卓玛刀？那真的只是传说，我们没有卓玛刀，卡卓刀倒是有的，不知道你有没有听说过一句话，古有干将莫邪剑，今有藏家卡卓刀，但卡卓刀都是男子使用的，你用来做什么？"

易初颜有点不好意思："防身。"

"哎呀，你就放心吧，这里的人都很淳朴，他们看上去是粗犷了些，说话也不那么讲究，但是，你放心，他们对老师很尊重，你是来帮助他们的。不过，你这种弱女子，也许日后有男子追你，就不好说了。喜欢都来不及，没有人会伤害你。"

易初颜本来也就是随口一问，听桑吉这么说，心安了不少，如果真有卓玛刀，她倒是真想要一把，感受下藏区姑娘的勇敢。

学校的硬件太差，教材不齐全，也不分年级，导致许多学生重复学习。易初颜拿了一部分钱出来，从南方采购了一批新的小学教材和课外读本，她将学生分了年级，又建立了一个图书馆，学校虽小，但有了明显的变化。从前从未想过会当一名老师，这是人生另一个意外，是另一种人生。

就这样，她在雪山脚下安了家，心无旁骛。偶尔也会想念二哥，心里仍然有数不尽的愧疚，但不再和任何人联系，易娅也失联了，好像举家迁出了十七组，家里的电话再没人接过。

她很清楚地知道，这个孩子，是她新生活的开始。唯愿岁月无恙，方能治愈千疮百孔的人生。

如
寄

　　为给女儿落户，季之白跑了市区好几趟，终于办好了。

　　好多年没有来过市区，街道变化很大，几元店变成了通信店，现在的人们学会了吃下午茶，喝浓缩咖啡，市区有了很多家电影院，到处都覆盖了网络。满眼盛世，十年前的那场冰灾，从所有人的记忆里被抹去了。

　　那家磁带店还在，但老板说过完年要换营生，有了 MP3 和 VCD 机，磁带被时代淘汰了，没有人再来光顾生意。陈设还是跟以前一样，磁带整整齐齐一盒一盒地卡在木板里，手指一张张滑过封面，在《故乡的原风景》那里停住，轻轻一抠，磁带落到手里。

　　"可惜我已经买到了，要不今天肯定得高兴死。"

　　是初颜的声音，他看到她就站在前面，回头望向他，说："之白，你愣着干吗？快帮我找一下，有没有《渔舟唱晚》，也是纯音乐，给我哥的。"

　　哦哦哦，好的，他快速地浏览起所有的磁带，嘴里念着渔舟唱晚渔舟唱晚，还真让他找到了，他像个孩子一样开心："找到了找到了，初颜，我想请你……"

　　磁带递了过去，却不见初颜人影，他一时慌了，刚才明明还在，赶紧追出去。店老板以为他要跑，大声喊，他又折回来放了十块钱在柜台上。出了店门，转角看见初颜站在麻辣烫小摊的电线杆旁边。

　　"初颜，还想吃麻辣烫啊，今天想吃什么？"他拿起一个小菜篮，让她选自己爱吃的，但回头又不见了人影。

他跑到马路中间，四处张望，人来人往，就是找不见她。

他忽然想起什么来，穿越人海，疯狂地在路上奔跑着，脑袋里想今天无论如何都要找到她。

录像厅还在，初颜肯定来这里了，她说过她想看一部叫《缘，妙不可言》的电影，现在就去排队买票。

"先生，你没事吧。"正在收拾柜台的售票处小姑娘停下手里的活，递给他一张纸巾。

他接过纸巾，才发现自己不知道什么时候已满面是泪。

"请问，刚才有没有看到一位女孩，十八九岁的样子。"

"我都一个月没见到客人了，今天是我们店最后一天营业，你可能是我们店最后一位客人——如果你要看片子的话。"

最后一天营业？明明刚才门口还排了很长的队伍，都在抢票，门口还挂着《缘，妙不可言》的海报。

服务员这次递过来一包纸巾："先生，我看你还需要纸巾。送你啦，不用付钱。"

季之白愣愣地接过纸巾，突然拿起柜台的日历，二〇〇九年十二月二十八日。

一切都是幻觉，易初颜已经死了，怎么会出现在磁带店里，怎么会去吃麻辣烫，十年前没看的电影，十年后又怎么会来看。

"你刚才说什么，最后一天营业？"

"对啊，先生，你……确定没事吗？"

"我没事。那……还可以看片吗？"

"我刚才说了，如果你愿意看的话，你是我们店里最后一位顾客。"

"你帮我找找有没有《缘，妙不可言》这部电影。"

服务小妹一脸狐疑的表情："哪一年的？"

"十年前吧。"

"你确定有这部电影？我都没听说过，先生稍等，我得查一下我们的库存片单。"说着，她就在电脑上输入了片名，"啊，还真的有，先生要看吗？"

"看。"

"先提醒一下，旧碟片都可能会存在跳针。"

"我能提个要求吗？"

"先生请说。"

"能帮我出两张票吗？我可以付两张票钱。"

"多出一张票没问题，钱就不必了。可是，先生，你要两张票干什么？还有人要来吗？"

"是。"

他进了录像厅，看得出还是十年前的旧陈设，许多座位都落了灰尘，他挑了最中间的一张座位，屏幕上很快就出现了片头，有点好笑，又有点伤感。两种相遇，两种不同的结局，命运不按套路出牌，意想中的结局没有出现。

若是十年前看这部电影，初颜应该会跟着又哭又笑吧。

季之白安静地坐着，看完了整部电影。渴望着哪怕就像刚才那样的时空幻象，但他真实地感受到易初颜没有再出现过，孤独的录像厅，只有自己孤独的影子。

没有一起走过的路，也注定不会在幻影里出现。

电影结束，他很平静，他知道易初颜不会再来了。起身时，他把两张电影票，放在了座位上。

初颜，即使你没有来过，我也要和你一起看完这场十年前就该看的电影。

录像厅最后一盏灯熄灭了，从此以后这条路上再也没有人声鼎沸的录像厅，谁的青春都注定走完，曾经仰起的脸，最终都会与世界平视，直至眼里的光芒一点点地逝去。

他走在大街上，风雪灌进了他黑色的风衣里，还可以和风雪抗衡的，只有无尽的孤独。

下午，他去了趟银行，从 ATM 机上取了两万块，易娅在市区工作，这次初颜的骨灰从西藏回来，还有女儿落户的事，她没少帮忙。

　　就约在炜遇开的咖啡馆里，这会儿是生意最好的时候，到咖啡店里喝杯咖啡，正成为市里最时髦的生活。炜遇正忙着磨咖啡，见他来了，指了指靠窗最里面的座位，易娅已经到了一会儿。

　　两人寒暄了几句。易娅在市电视台上班，是新闻节目的主编。

　　他从包里拿出用纸袋装好的钱，推到易娅面前。

　　"谢谢你，易娅，早就该还给你了，可惜自从你家搬来市里，就再没碰上。"

　　易娅浅浅一笑："我还是经常回去的，只是你在广州上班，每次都错过了。"她说的是真的，初颜自从那次通话后，再未给学校打过电话，后来她跟着家人迁去市里，她还经常回家，电话号码没注销，也许，初颜哪天想起要跟她联系，还能打得通电话。可终是什么都没再等到。

　　她又把纸袋推回到他面前："之白哥，你还真是有心人，这钱你不用给我，突然多了一个孩子，需要花钱的地方很多。"

　　"养孩子没问题的，你别嫌弃就好，十年前的两万块，很值钱，现在钱都不值钱了。"

　　"是啊！"易娅叹息了一声，看向窗外，炜遇在落地窗前种了红梅，几枝红梅枝傲立着，"之白哥，钱你收好，因为这笔钱，也不是我的。"

　　"不是你的？"他疑惑地看着易娅，就是她当年说借给他这笔钱，他才有机会去复学，他也想不出在那个年代除了易娅家谁还愿意一次性拿出两万块借给一个穷途末路的小子，两万块，是他四年的大学学费。

　　"是初颜的。"易娅喝了一杯咖啡，真苦，虽然不爽初颜有那么多事都没告诉她，也知道初颜的双手沾了那么多人的血，可对她也还是恨不起来，可怜又可悲，这样的人生。反观自己的生活，平淡，却幸福。她常来炜遇的店里，炜遇经常说，咖啡就要喝最原汁原味的苦咖啡，才会齿有余香。

她淡淡地告诉季之白，钱是当年初颜从信用社取出来准备给易初尧治病用的。"后来，她在逃亡的时候给我打过一次电话，还在问钱是否转交到你手上了，她对你，很愧疚。"

季之白怔怔地望着杯子里的水，他从未想过，钱会是初颜留给他的。他端起水杯，一口气把杯里的水都喝光，凉得很透彻，比风雪还要冷。

炜遇过来，拉了条凳子坐下。

"之白，有没有考虑过让季深在市区念书，我家里完全住得下，正好和弟弟还有个伴。"

季之白摇摇头，他已经错了女儿前面这一段完整的童年，怎么都不会再错过她接下来的人生。

炜遇知道他不会同意，也不强求，但还是说了："或许，是不是可以让她自己选，跟爸爸，还是跟着舅舅生活，多一个选择，不是坏事。"

"你放心，我会想办法让她迁去广州，最多三年就可以随迁，读书也不会有问题，我去我们学校的附属小学申请。过完年，我就带她回广州，重新开始生活。"

"这样也行，如果有机会，市里的师专也会招讲师，你要是能转过来，大家生活在一起，有个照应。"

"炜遇，我知道你放心不下孩子，但是请你相信，我会照顾好她，也会时常带她回来见你。毕竟除了我，她在这个世界上，还有骨血之亲的，就是你了。"

炜遇不再说什么，一开始也不抱希望，只是未来季之白肯定会结婚，会有自己的家庭。想到这一点，难免替孩子担忧，话到嘴边，终究是没再说什么。

易娅冲前台招了招手，打着招呼，前台过来一个人，挨着易娅坐下，挽着她的手。

"溪澈，你这手镯不错啊，新买的吧。"

"新买的，好看吗？我也给你带了一个，等下拿给你，前不久我带孩子回高桥看爷爷奶奶，在市场上淘到的。"

"真好看。对了，还没给你介绍，这是之白哥，就是……"

"我知道之白哥。我是李溪澈，炜遇是我先生。"

好像在哪儿见过，名字也有点熟悉。易娅见他疑惑，说："溪澈就是赤崎警官的女儿。"

他恍然大悟，原来是赤崎警官的女儿，怪不得眼熟。这么多年，他虽然偶尔和炜遇有联系，但相互都不曾问起过对方的生活，若不是这一次，他都不知道炜遇已经成了家有了孩子，他唯一知道的，就是炜遇出来后，没有再当警察。

"哎呀，快讲讲你们的浪漫史吧。说真的，我都没想过，你们会在一起，我记得炜遇哥当年可是你爸让人去抓的。我也记得，你恨死了炜遇哥，造化弄人，你们最后成了一对。"

李溪澈倒是落落大方，一点也不在乎，嘴很快："我当时真的恨死了炜遇，我爸当年入院后落下一身的毛病，他年轻时本来就中过枪，受过重伤，后来差点中风，还好我们劝他辞了职。我那会儿就想考警校，以后当警察，跟他一样。"说着，戳了一下炜遇的脑门，"那时我经常陪我爸去探监，知道了整个故事的来龙去脉，有很多年，我想亲手去抓易初颜归案。

"可是，想知道她的下落，只有从他那入手。高中毕业后，我成绩不好，也没考上警校，他出来的时候，还是我去接的。我也不知道为什么，就爱上了他。"

"原来是这样，这么说来，还是你追的炜遇哥吧。"易娅笑着说道，时过境迁，谁又会真的和岁月过不去呢。

"这么说也可以，神奇的是，我还怕我爸不同意，犹豫了好久，没想到我跟我爸一说，他举一万只手赞成。你看，这就是缘分吧。"

"就你得意，"炜遇瞪了妻子一眼，"好了，我去招呼客人，你们聊。对了，之白，你要冲洗的照片，我放在前台抽屉，你走的时候我给你。"

"好。"时间也不早了，开车回石井还需要一点时间，孩子一个人在家里，总是不放心。

"赤崎警官现在好吗，他在哪儿？"

"我爸挺好的，退了下来，每天在家看看报纸，喂了好几只猫，现在就在楼上，帮我们看孩子。你回广州之前，要带孩子跟我们聚一下，也让我爸看看孩子。对初颜，我爸总说，他很愧疚，如果当年他能顾得上，也许我们所有人的命运，今天都会不一样。"

"都过去了。你帮我跟警官带声好，拜年的时候我把深儿带来。"

季之白起身告别，易娅把他送到门口，雪花落在肩膀上，一会儿就雪白了。

"之白哥。"

"嗯。"季之白站在车门旁边。

"我知道你等了初颜十年，如果她没出现，或许，你还会等十年。刚才炜遇哥没说的，但也是我想说的，孩子，也许真的可以跟炜遇哥生活。你的人生，应该重新开始，初颜去了，你不应该再等她。"

季之白仰起脸看向天空，他从未想过这个问题。一大片雪花完整地落在他的脸庞上，十年前的冰雪之灾，没有一片雪花是无辜的，而孩子，不应该生活在无妄之灾里，她是无辜的。缺席了的人生补不回来，但人生还有数十年，他会好好守护着她。易初颜可以无所求地付出，身为父亲，又有什么理由做不到呢。

炜遇在咖啡店的窗前看着季之白的车子开远。

五年前，出狱后的第一件事，就是找了季之白和易娅问妹妹是否和他们联系过，得到的答案都是没有。他想起自己曾叮嘱她往西藏走，但时隔五年，枝子却杳无音信，不知道她又经历了什么。他索性买了票直达拉萨，找了家旅馆住了大半年，沿途问遍了所有大大小小的旅馆和酒店，但都是查无此人。只要碰到驴友，或者非藏区的人，他都会去询问，是否见过一个南方的女孩，名字叫作易卉子。

如大海捞针。枝子一定是遇到了什么事，要不不会消失得这么彻底，也不会这么长时间不跟自己联系，可是，一个在逃犯，拿什么联系呢？只要联系，可能就是自投罗网了。

回到南方后，他在网上求助，搜寻跟妹妹各种可能存在的关联词，他用"寒戈母猫"的 ID 隐身在各个社区。甚至创建了"寻找卉子"的论坛，他以原创推理小说的斑竹（版主）身份，在论坛里发表了许多推理故事，把南方小镇、母猫、陶埙、小叶栀子、剔骨的故事隐秘分散于各个故事里，只要枝子能看到，就一定知道是哥哥在找她。他还不断发起"寻找在西藏的卉子"的活动，五年间，不断地收到网友的各种信息，好几次他都以为就要找到妹妹了，但最终核实后都不是。

他希望哪一天妹妹能偶然看到这个论坛，看到跟她相关的故事，哪怕只有万分之一的概率，他也要试试。

他猜想过无数种妹妹可能会选择的生活，比如在拉萨待了两年，迫于生计，回到南方了；又比如最坏的结果，可能遇难了。但他从未想过妹妹竟然是因为怀孕，为了保护孩子，从此隐秘于卡斯木村周边，再不与前尘往事有任何牵扯。

打烊后回到楼上，桌上已经摆满了菜，岳母还在厨房忙碌着，岳父戴着老花镜坐在电视机前翻看报纸。

"炜遇，你还记得十年前的那场冰灾吗？"

"记得。"他一边洗手，一边回复着。

"今天的报纸出了冰灾十周年的回忆特刊。我记得那一年你刚来实习，还是个警校的学生。"

"那时候你还是我师父。"

"你这小子，竟敢娶师父的女儿，把师父变岳父，这一点，打死我都想不到。"

见炜遇终于笑了，赤崎警官把身边本就开着的笔记本电脑拿起来："来，你过来。"

炜遇走过去一看，正是"寻找西藏的卉子"论坛页面。

他很惊诧，师父比他想象中知道更多。"师父，你是怎么知道的？"

"当年我一直想，易初颜肯定是办了假身份证，那个年代，办假证的太多了，所以才一直追捕不到她的信息。没想到，她用的是你们姐姐易卉子的真身份证，是我疏忽了。如果我当年就想到了，可能现在又不一样了吧，至少孩子不会跟着受难。身份证是你找人办的吧？"

炜遇不说话，当年托了关系办了一张姐姐的身份证。

"难怪你选择不辩护，宁愿多坐几年牢。"

"师父，不，爸，你是怎么知道这个论坛的？"

"我能怎么知道？还不是你上次回老家修坟园的时候，我再次看到了你姐姐的名字，我突然醒悟，尝试用网络搜索，竟然让我搜到你建的这个论坛。连载我看了，写得还不错，你天生是块当警察的料。可惜了。不过，当个网络悬疑小说写手也不错。"

"爸，你恨我妹妹吗？"

"为什么要恨，都是命运弄人，有很久我都很自责，自己无意中的一个不留心，造成了大错，唉。说起来，还得感谢你，要不是你通知了所里，当天晚上我是真的很难逃出去。你妹妹也是个天才啊，把那么美的地方布置成了陷阱。星星之眼，名字还挺好听，可惜，可惜。"赤崎警官扶了扶老花镜，世事沧桑，刚才他在窗户边看到季之白的身影，他已不是当初风雪里的少年。

谁能说成熟稳重，不是岁月赐予的另一种悲哀呢？

"爸，我其实现在都不知道，当年替妹妹做的选择是否正确，但在当年，确实没有路可走。"

"我懂你，可能换了我，也许也会不理智。我也想问你，如果知道是现在的结局，你还会选择让妹妹独自一人流落他乡吗？"

"不知道，我当时想的是，等我出狱后，找到她，即使她一辈子都要隐姓埋名，我也可以养着她。妹妹从小吃了太多苦，这个世界对她，没有一丝温暖。"

"但你要知道，互联网越来越强大，即便是现在不落网，警方也会有办法找到她，只是迟早的事。大人就不说了，只是孩子可怜，这么小就没了妈妈。"

岳母把最后一道菜端上了桌。

孩子喝完奶睡着了，炜遇去摇篮前望了望，新生婴儿纯洁如玉，毫无保留地信任这个世界。他想起童年时的枝子，比自己只小一岁，全家都宠着她，被保护得很好，连踩着花都怕花会痛，可是残忍的命运却将她推向了悬崖峭壁，粉身碎骨。

溪澈从后面紧紧地抱着他，擦掉他脸庞的泪水。

从西藏回来后，炜遇就变得沉默寡言，巨大的悲伤笼罩着他。她把熟睡中的孩子抱起来，笑着说："孩儿他爸，你亲一下我们的孩子。"

炜遇轻轻地在儿子脸上亲吻了一下，瞬间心里柔软了许多。

"过几天，我们去把季深接来住一阵子，以后我们也经常去广州看她，好不好？"

炜遇点点头。

晚上，季之白把新冲洗的照片拿了出来，是最新拍的一张星星之眼，又从抽屉里拿出以前拍的，一张张摆好。这十年，他拍了很多，每一年寒暑假各选了一张冲洗出来。照片里的景都一样，唯独天空不一样，角落的日期不一样。

太阳和星辰，晨暮与朝夕，十年的记忆都在这里。

他拿起日期最早的一张，是二〇〇〇年冬天拍的，那一年他复学，回到大学，年底拿了奖学金，用四百块买了一台索尼自动相机，买了一卷胶卷，也是风雪之夜，他拍了第一张星星之眼。那晚的星星之眼是怎么样的呢？他努力回忆，也不过是只能想起云卷云舒，未见繁星。

那时的自己还是个少年，长发遮掩，跟现在的平头短发完全不一样。

十九岁的季之白，站在星星之眼，不知道为什么，如此深山幽谷，他一点惧意也没有，他想再听一曲《故乡的原风景》，想在这里再看一眼穿着洁白斗篷温润如玉却苦难缠身的女孩。

初颜，你好吗？我不知道你在哪里，我曾经说过，这里就是我们的原故乡，我想，你一定还会回来的吧，尽管我知道，你可能此生都不会再回来了。

季之白又抽起了一张，是二○○四年的夏天，这一张有漫天繁星，照片上隐隐约约的，竹叶尖的绿色明显比冬天要深许多，就这一点点的变化，两张照片竟然气质很不一样。

二○○四年夏天，他很轻松，很早就接到了保送本校研究生的通知。

初颜，你好吗？我想以后留校当老师。其实就是哪儿都不想去，总觉得在一个固定的地方，不会让我分心，总能等到你的消息。今晚的星星之眼有星星，星空广阔无垠，遥不可及，就像你一样。我把它冲洗出来，寄给你，好吗？

他想了想那个时候自己的样子，平头就是那一年开始剪的，别人都在想着毕业旅行，他默默去把头发剃成了平头，眉目还是那分眉目，自己却觉得成熟了不少。

他又拿起了一张，是二○○七年的冬天。在经历了漫长的是否能留校的等待结果之后，他最终拿到了学校发的 offer（录用信），是那一届唯一留校的硕士生。那一晚的星星之眼，有皎洁月色，洒在竹叶尖上，照片都有点曝光，该把相机配置升级才行了。

初颜，你好吗？我留校了，以后会当讲师当教授吧。我想给你写信，可是不知道你的地址。我妈这几年都自己一个人生活，我说让她跟我去广州，她不去。她的记性明显差了许多，但她每天都去那座废弃的佛堂为你祈福，我想，她其实是在为我祈福吧。她彻底老了，除了知道我爱吃什么菜，对我的生活一无所知。但这大概就是原乡之于我们每个人的美好吧，不管你去了天涯海角，都有人惦记你，可能是父母，也可能是恋人。对我是，对你也是。我想念你，我知道你此刻不会出现，但我可以等，等到你出现为止。

他又拿起了一张，是二○○九年夏天拍的，没有星空，好像和往年的风景没有区别。

初颜，你好吗。我刚去爬山，山上的小叶栀子盛开了，我很想你。

你离开快有十年了，时间过得真快，我今天在家里收拾，你猜我翻出什么东西来？是我从前登台的戏服，大武生的戏服，想想真遗憾，生旦净末丑，我只唱过武生，没唱过小生。当年也就学了个皮毛，薛平贵出征的词我都忘得差不多了，空翻也翻不来了。岁月可能就是这样，有些东西会日益消退的，唯独我对你的记忆没有褪色。我记得你送给我的风信子，记得你在凛冬之夜和我生死与共，记得你闭上眼我亲吻过你的眼睛。我觉得有这样的记忆，人生足够了。你也许已经不记得我在台上的样子了吧，可我还记得，我看到你在新开田那条路往湖边奔跑的时候，看到车开进湖泊里的时候，我使尽了我人生中最大的力气鸣鼓，我不知道为什么要那么做，然而我就是做了。昨天我也找到了两根鼓槌，可惜，再也不会有机会用上它们了。

有句诗词怎么说来着，花发多风雨，人生足别离，对我来说，和你的一次别离，就是我余生里所有的别离之痛了。

繁

星

床边还站着另外一个男人，痴痴地看着她，脸庞还是那么温润。两个人的视线终于在一起了，穿越了人海，穿越了蹉跎岁月，南来北往，不曾相忘。

她把手缓缓伸向季之白，那只手已经枯槁，布满了针眼。

"对不起，之白……"

季之白摇头："不需要说这些。"

"你恨我吗？"

"不恨。为何要恨？"

"还痛吗？"她看着季之白的手。

"一点都不痛。"季之白不知道自己是在哭还是在笑，努力让自己的脸不要抽搐得畸形。

"我差点杀了你。"

"陈年旧事，已经不在我心里了，即使你杀了我，我也不恨。"

"终究是我对不起你。"

说了这句话，心里顿时轻松了许多，一句对不起，这十年沉重地压着她，最害怕此生没有机会再说。

"你没有对不起过任何人，要说欠，是我欠你一句。"

"欠我什么？"

"欠你一句，我爱你，现在还爱。"温润的脸上流淌着这些年未曾流过的泪水，母亲过世，他一直都很平静，可是眼前这个女人，给他送过风信子，在风雪里陪他度过漫漫长夜，在星星之眼吹过《故乡的原风景》，也是他奉献了青春第一次的女人。她曾在最黑暗的时候，出现在他的世界里，如星光般温暖、璀璨。光是这些记忆，便能支撑他一直等她出现。

初颜望着他，春风徐徐，艳阳高照，他们走在稻田的田埂上，坐在星星之眼，头顶满天繁星，岁寒不散。

这一句"我爱你"从未在她的世界里出现过，即便是这十年带着女儿独自生活，无欲无求，也不曾奢想过季之白会爱她。

她不由得笑了："之白，你和我度过了最寒冷的冬天，没想到，我后来来了西藏，住在了最寒冷的雪山脚下，这大概就是宿命吧。我在青春最美好的年纪，离开你，却用一生想念你。"

把女儿轻轻地揽了过来，示意季之白靠近，一家人坐在一起，这是她不曾期盼过的画面，今夜也实现了。一生何求，知足了。

刚才的大悲大喜似乎就是在等待这一刻的到来，她的气息越来越弱。

一家人在一起，多好，多温暖。

"故乡山川，总是很深的。"她的声音已经弱到自己都快听不见了，"深，以后你要带爸爸去转山，去看看这里的桃花，去看看娘古拉苏节，唱歌跳舞，好不好？"她多么想自己还能进入这样一家三口的画面里，可是，她没有力气了，想想，哪怕只是最后的想象，也是好的。孩子有了故乡，才能让她安心地离去。

星星之眼，雪地里的漫天繁星，她等不到了。"之白，等我死了，我的骨灰，就埋在星星之眼吧，西藏有天葬，我就星葬，你听，多美啊。"

声音弱了，呼吸却越来越急促，季之白告诉她不要多说话，先平静，明天就带她去广州治疗。但她似乎什么都听不见了，她感觉身边的人都在离她而去，心里着急，自己的灵魂正在慢慢脱离身体。

"深，以后你就跟着爸爸，好不好，他是你的爸爸。如果爸爸不要你，你跟着舅舅……"

"阿妈，我哪儿都不去，我就跟着你。"季深也不再哭喊，她想让阿妈安静。

"记住，以后不要再一个人去雪地里祈福了，眼睛会难受，知道吗？要学会保护自己。"

女儿把她的手放在小脸上，手心里是冰凉的泪水，静流不息。

易初颜想起自己最大的遗憾，想起曾经握着妈妈逐渐变得冰凉的手，想起妈妈最后的绝望。

"深，如果有来世，你还会要妈妈吗？"

"要，永远都要，我只要阿妈。"季深趴在阿妈的肩膀上，出生就和阿妈相依为命，即便是知道父亲和舅舅就在身旁，但她还没有完全接受他们，她到现在依然深信，阿妈才是这个世界上最爱自己的人。

"那我们约定，如果有来世，你还来找阿妈，好不好？"

季深紧紧地搂着阿妈的脖子："我现在就要祈福，要阿妈好起来，跟我们在一起，跟爸爸在一起，我们不要分离。"

对，祈福，佛祖能听见她的声音。季深跪在地上，向着遥远的雪山，念着六字真言，双手合十，举过头顶，俯身遥远地磕了一个头。

"阿妈，佛祖会听见我的祈祷，你会没事的。"

易初颜再也说不出什么话来，等女儿回来的这几日，她无时无刻不告诉自己要撑住，现在看到女儿和她的父亲团聚了，最后的心气消失殆尽。这一生为了复仇，机关算尽，就连最后让孩子和她的父亲团聚，也要经历重重困难，如果不是女儿突然得了雪盲症，她愿意女儿就在雪山脚下生活一辈子。

这些都是她的罪恶，她从一开始就被命运选中了，现在又是命运来清算这一身的罪恶。

季深忽然想起了什么，从阿妈枕头下面翻出陶埙："阿妈，我现在就吹给你听。"

她吹起了《故乡的原风景》，如泣如诉，眼泪滴滴滑落在陶埙上，滑落在雪山脚下，和着转经筒和经幡飘动的声音，如那渐渐飘远的行歌，粉白桃花，星星之眼，江南如故，一场大雪洗净人间悲欢。

阿妈曾经跟她说过，如果有一天阿妈要走了，一定要记得吹这首曲子，阿妈就知道，该回故乡了，不再远行了。

易初颜的脸逐渐变得平静，她其实还有好多话想跟季之白说，还有很多话想跟女儿说，病痛折磨她至此，也都是宿命，充满罪孽的一生，终于都卸下了。如果人真的有魂魄，今后孩子在哪儿，她就在哪儿。

她还从未告诉女儿，那一年生她之前，林芝暴雪，她隐约感觉预产期快到了，但是附近没有医院，村里女人都只能在家生产，幸得村里有接生婆。肚子突然疼痛起来，她知道是要临盆了，身边一个人都没有，她忍着疼痛出门，大声呼救，想要邻近的村民帮她通知产婆。出门就滑倒在雪地里，血流不止，有那么一刻，她感觉生命疼痛到快要消失了。邻居听到了她的求救声，抱她回了房间，叫来了产婆。

骨开十指。女人完整的一生，她都曾经历过。

人生忽如寄，渺渺天一方，故人此去，再无归期。

季之白把照片一张张收好，茶杯里的老茶又续了一杯，泡得越久，老茶的芳香散了出来。

"下雪的晚上真的能看见繁星吗？"季深捧着小脸问。

"爸爸也不知道，可能心里有繁星，就随时都能看到，像妈妈说的，心里有故乡，就哪里都是故乡。"

"那……我的故乡是卡斯木村，还是这里呢？"

这个问题，季之白没想过，但他伸手摸了摸女儿的头，栀子的香味都在发梢上。"爸爸妈妈的故乡在这里，你觉得你的故乡应该在哪里呢？"

"阿妈在哪里，我就在哪里。"

她的悲伤不再那么深刻，烛火之下，她看起来温暖，当她知道所有故事后，她也就明白了，眼前的男人，是她一辈子都离不开的。

"阿爸，刚才你说的那位赤崎警官，他如果当年真的多看阿妈一眼，你说现在的我们，是不是真的就完全不一样了呢？"

季之白顿了顿，可惜这永远都是个假设的问题，眼下就是最好的安排，他没有机会保护易初颜，命运却安排了他保护他们的孩子。"那……可能就没有你了。"

"这么悲伤的故事，没有我也就没有了，但阿妈曾说过，会遇到的人就一定会遇到，你和阿妈怎么都会遇到。"

"是啊，我和你也都会遇到的。"

"阿爸，阿妈交代我一定要去看看娘古拉苏节日，六年一次哟，你要算好时间。"

"放心吧，爸爸记着的。故事讲完了，我们是不是可以睡觉了？"

"阿爸，我们还会分开吗？"

"在你长大之前，爸爸都不会离开你。"他在女儿额头上亲吻了一下，知道她内心里的不安全感还没有完全消失，不是她不能离开他，而是他不能再失去一次了，以后他不再是一个人，相依为命吧。

哄了孩子睡着，季之白睡意全无，应该是老茶起了作用。他站在窗边，又看了一会儿清冷的月光，白皑皑的雪地，远山的青柏，竹林，故乡的原风景，便定格在这些画面里了。陶埙放在嘴边，终是一个音符都没有吹出来，他想起易初颜在星星之眼里吹着陶埙热泪盈眶的模样。那样温暖的面具之下，是一个负罪前行的灵魂。

不知道她的魂魄，是不是也跟随着他和孩子一起回来了，她的骨灰就葬在星星之眼里面，她要的星葬还没有出现。也许，等夏天来了，她会在那里再见漫天繁星。

从衣柜里取出浴巾，去浴室刷了牙，刮了胡须，在镜子里看到自己苍老的容颜，时光利刃，世间本就无人能逃过。

把水温调成了滚烫的热水，他想洗个热水澡，故事讲完，一身的疲惫感和尘土，想要好好清洗。

浴室是曾经他和易初颜一夜温存的房间改的，和女儿的卧室中间还隔了一间房。

澡洗到一半，他忽然想去拿手机，好多年都没有再听那首《欢颜》了，这也是他和初颜共同的记忆。十年前，就是在这间房里，初颜在后山的晒谷坪，跳了《欢颜》的舞蹈。

但想起手机好像落在了女儿房间，只能作罢，嘴里哼起了《欢颜》的曲调。

忽然，外面响起了那首熟悉的曲子，是《欢颜》。他从浴室里探出头看了一眼，原来手机竟然就在这间房里，他拿起手机，播放的正是《欢颜》。可是洗澡前，他根本就没有打开过任何音乐软件，也没有点开过播放器，奇怪。他裹上浴巾，轻轻去到女儿的房间，月光下，女儿已经进入了梦乡。

应该是故人来了。肯定是故人来了。

听说故人，会和自己心灵相通。

他放下手机，换好睡衣，头发还滴着水，拿起吹风机吹头发，吹着吹着，他在镜子里看见了易初颜，站在他的身后，微笑着对他说："之白，今晚，留下来陪我好不好？"

他不敢回头望，怕她消失，手伸向镜子，隔空想要抚摸她的脸，他和她在镜子里相视而笑，就像他们十八岁时重新认识的少年模样，一点都没有改变。

音乐停了，镜子里的人也消失了，季之白顾不得穿鞋，光着脚走出了房门。后山的晒谷坪，和十年前一模一样。雪地空谷，遥远的地方传来陶埙的声音，他一路踩着雪地，一步一个脚印，来到了星星之眼。

"初颜，是你回来了吗？"他的身体颤抖着，"这里有故土，有故人，这里还是你的故乡，我知道你还放不下。"

空无一人的竹林，什么也没有，只有一块被厚雪覆盖了的孤零零的墓碑。

竹林发出了挪动的响声，最外面的散生竹，慢慢地向中间靠拢，迅速地形成了一道竹林之墙，将他和墓碑的视线阻隔了。

"阿爸，"一个稚气的声音，"寒夜太冷，你背我回家好吗？"

是女儿的声音，是女儿拉动了星星之眼的铁索。他回过头，看着女儿，小女孩的脸上挂着晶莹剔透的泪珠，像一条岁月的河。

他点点头，伸出手去抱女儿。中间的食指，空荡荡的。

（全书完）